Nachhaltigkeit liegt uns am Herzen.

Hergestellt in Deutschland
Gedruckt auf FSC®-Papier
Lösungsmittelfreier Klebstoff
Drucklack auf Wasserbasis

Natürlich
magellan

Mario Fesler

Extrem gefährlich!
Hamster undercover

Band 1: Extrem gefährlich! Maus mit Mission
Band 2: Extrem gefährlich! Hamster undercover

Für Mara
Engel der Groß- und Kleintiere

In diesem Buch hat sich ein hamsterhartes Daumenkino versteckt.

Extrem gefährlich wird es auch hier:

www.extrem-gefaehrlich.de

Mit Illustrationen von
Eva Schöffmann-Davidov

magellan

PROLOG:

WENN GÖTTER FALLEN

Antoine Blanche hatte alles.

Ja okay, natürlich hatte Antoine Blanche nicht wirklich alles: Ihm gehörte nicht die Welt, sondern nur ein Kosmetikunternehmen, das Jahr für Jahr mehrere Hundert Millionen Umsatz erwirtschaftete. Er hatte kein Schloss, sondern nur eine riesige Villa mit über fünfzig Räumen. (Wobei: Selbst seine Abstellkammer war größer als das, was du und ich unter »ein wirklich großes Zimmer« verstehen.) Daneben sah er blendend aus, war überall beliebt und hatte sein Studium mit Auszeichnung abgeschlossen. Also sind wir uns einig: Antoine Blanche hatte nicht alles, aber er war nah dran an dem, was du und ich unter »alles haben« verstehen. Und vor allem hatte er eins: eine Vision. Die Vision einer friedlichen Welt voller kluger Menschen, die immer das Richtige tun. Davon ist – und hierbei sind du und ich uns leider wohl auch einig – die Welt ein ganzes Stück entfernt. Diese Vision haben viele. Doch da Antoine halt ein bisschen mehr hatte als viele – insbesondere einen ganzen Haufen Geld und vor allem einen nicht gerade kleinen Dachschaden –, hatte er auch eine Idee, wie er diese Vision wahr werden lassen konnte.

Er stellte zwei brillante Wissenschaftlerinnen ein – Eva-Maria und Sibylle Schröcklich – und finanzierte ihnen alles, was

sie für ihre Forschungen benötigten. Dafür hatte er das Geld. Die Forschung bestand darin, eine Substanz zu entwickeln, die Menschen sehr klug machte und gleichzeitig dafür sorgte, dass sie letztlich seinen Befehlen gehorchen mussten. Dafür hatte er den Dachschaden.

Als die Substanz entwickelt war und ein Weg gefunden, sie den Bewohnern der Stadt Schönhain heimlich unterzujubeln, fand Antoine Blanche, dass er eigentlich schon kein Mensch mehr war.

Er war ein Gott.

Aber auch Götter stolpern. Und wie Menschen stolpern sie oft über die sehr kleinen Dinge. Im Falle von Antoine Blanche war es eine Maus. Eine Maus mit besonderen Fähigkeiten. Was natürlich auch half, war, dass dieser Maus Kinder zur Seite standen, die auch ohne künstliche Intelligenz ganz schön was auf dem Kasten hatten. Und dass die gewissenlosen Wissenschaftlerinnen Schröcklich gar nicht gewissenlos waren, sondern Agentinnen einer Geheimorganisation, die Leute mit zu viel Geld und Dachschaden davon abhalten, ihre tollen Visionen umzusetzen. Tja, das ist bei Göttern halt genauso wie bei dir und mir: Wenn erst einmal der Wurm drin ist, dann aber richtig.

Antoine fiel. Und wenn Götter fallen, dann fallen sie sehr tief. Zumindest empfinden sie das immer so. Antoine fiel in eine Zelle von gerade mal einhundertvierzig Quadratmetern und nur wenigen Gemälden alter Meister an der Wand. Statt zweier Butler, die einen Tag und Nacht betüttelten, gab es nur noch einen Gefängnisaufseher, der bloß alle halbe Stunde vorbeischaute und fragte, ob man einen Latte macchiato wollte. Das einzige Fenster zur Welt war nun eine Highspeed-Internetverbindung an einem Höchstleistungsrechner. Was er durch dieses Fenster sah, deprimierte Antoine. Täglich spuckte das Internet weniger Suchergebnisse aus, wenn er seinen Namen eingab. Nachdem seine Firma verkauft worden war, stiegen ihre Aktienkurse, wovon Antoine rein gar nichts hatte. Als er erfuhr, dass er in der Liste der bestaussehenden Unternehmer auf Platz elf abgerutscht war, entdeckte Antoine im Spiegel der Webcam sein erstes graues Haar. Es sollte nicht sein einziges bleiben. Nicht zuletzt dank dieser Nachrichten, die sein Postfach auf verschlüsselten Wegen erreichten.

Ein gewisser Herr Niemand nutzte Antoines Fenster, um ihm Angebote zukommen zu lassen. Herr Niemand wusste von Antoines besonderer Substanz, obwohl keine Zeitung und kein Fernsehsender der Welt jemals darüber berichtet hatten. Er machte lukrative Angebote, die Antoine schwer zu denken gaben. Dabei hatte der sich doch immer vorgenommen, nicht an Geld zu denken. Das war eines großen Geistes wie ihm schließlich unwürdig. Aber jetzt, wo immer klarer wurde, wie es nach seiner Entlassung aussehen würde, dachte Antoine viel an Geld. Seine Firma gehörte ihm nicht mehr, und alles, was ihm blieb, waren sein bescheidenes Haus und eine lächerliche lebenslange Rente von fünf Millionen jährlich.

Fünf Millionen! Wie sollte man davon eine Familie ernähren?

Zum Glück hatte Antoine keine Familie, sonst hätte er wohl sofort diesem Herrn Niemand zugesagt. Visionen waren doch nicht käuflich! Herr Niemand hatte keine Vision, da war sich Antoine sicher. Der wollte mit der Rezeptur, deren Bestandteile leider nicht mal Antoine kannte – das war Aufgabe der Wissenschaftlerinnen gewesen –, die Welt gewiss nicht klüger machen, sondern wollte nur Geld. Geld! Wie wichtig war denn schon Geld? Auch wenn fünf Millionen im Jahr wirklich knapp waren.

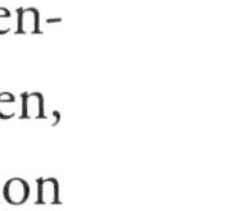

Und eigentlich war es ja auch schade, dass Antoine keine Familie hatte. Sonst hätte er wenigstens jemanden zum Reden gehabt. So hatte er bloß den Gefängniswärter, der mit ihm sprach, weil er dafür bezahlt wurde. Genau wie sein Anwalt. Dann blieb nur noch dieser dämliche Hamster, den er damals aus einer Laune heraus aus dem Versuchslabor hatte mitgehen lassen. Der redete nicht. Aber wenigstens konnte ihm Antoine sein Herz ausschütten. Manchmal hatte er fast das Gefühl, dass das kleine, namenlose Ding ihn tatsächlich verstand, wenn es ihn mit seinen großen Knopfaugen anguckte.

Was Antoine nicht wusste: Der Hamster hatte einen Namen. Er hieß Jerome. Er hatte sich diesen Namen selbst gegeben, weil er es so schön fand, wie das J als weiches »Sch« ausgesprochen wurde. Und dass man das e am Ende gar nicht hörte, fand er herrlich geheimnisvoll.

Aber was noch wichtiger war: Jerome hatte Antoine verstanden. Jedes einzelne Wort.

Am Tag seiner Entlassung – aufgrund guter Führung, die aus einer nicht unbeträchtlichen Bestechungssumme bestand, schon nach sechs Monaten statt drei Jahren – tat Antoine Blanche drei Dinge.

Er entschied, dass ihm die grauen Haare in seinem gepflegten Dreitagebart wirklich gut standen.

Er erkannte, dass Visionen doch käuflich waren. Es war nur eine Frage der Summe.

Er verschenkte seinen Hamster an ein armes Würstchen von Mithäftling, der noch sechs Monate abzusitzen hatte.

NICHTSAHNENDE KINDER

SHAKIRA

Als Shakira Bitter an einem Julimittwoch gerade in ihren Haferflocken herumrührte, machte sie eine erstaunliche Entdeckung. Ihre schlechte Laune war erstmalig, solange sie denken konnte, auf Stufe 4 gefallen. Noch vor einem Jahr hatte sie es maximal, an einem sehr guten Tag, auf eine 7 geschafft. Der Normalzustand war damals aber eine 8 gewesen, die schnell auch zum Höchstwert 10 werden konnte. Gut, zugegeben, seit sie dank einer extrem gefährlichen Geheimmission mit Max Kühl und Pascal Schön Freunde gefunden hatte, war die schlechte Laune schon gesunken. Normalzustand 7, aber auch eine 6 war drin, und einmal hatte es sogar schon eine 5 gegeben, als sich Pascal und Max beim Schlittschuhlaufen im vergangenen Winter angestellt hatten wie Neandertaler beim Ballett. Nun also eine 4. Das war neu. Das fühlte sich ungewohnt an. Aber auch gut. Woran lag das nur? Doch nicht etwa, weil in zwei Wochen Sommerferien waren? Sie hasste Ferien doch. Vergeudete Zeit, in der man nichts lernte und entweder alleine oder mit Onkel Wichmann rumsaß. Aber irgendwie hatte Onkel Wichmann ja doch auch seine guten Seiten, obwohl er in letzter Zeit häufig mit seinen Gedanken woanders zu sein schien. Alleine war sie auch

nicht mehr. Pascal und Max waren erst die letzten zwei Wochen mit ihren Eltern im Urlaub. Und da würde Shakira – ja, sie würde es tun – mit Wichmann wandern gehen.

»Ich weiß natürlich, ein junges Mädchen wie du möchte die Welt sehen und fremde Länder entdecken. Und in nicht allzu ferner Zukunft werden wir dafür auch das nötige Kleingeld haben. Aber die Ahlsfelder Ebene wird dir auch gefallen«, hatte er erklärt. »Vor Jahrmillionen ein unwirtliches Gebiet voller Feuer speiender Vulkane. Der durch sie entstandene extrem fruchtbare Boden hat uns heute eines der schönsten Naturschutzgebiete unseres Landes eingebracht. Und danach bereisen wir, versprochen, die ganze Welt.« Dann hatte er so tief geseufzt, dass es schon fast wie ein Rülpsen klang. Die Erinnerung daran ließ Shakira grinsen.

»Ist das ein Lächeln auf deinem Gesicht?« Onkel Wichmann, der sich wie üblich auch zum Frühstück ein Graubrot mit Leberwurst und Gewürzgürkchen gönnte, schaute sie verblüfft an. Schnell zog Shakira ihre Lippen in die gewohnte Stellung. Ihren Vorstoß in die Welt der guten Laune musste ja nicht gleich jeder mitbekommen.

»Warum sollte ich lächeln?«, fragte sie. »Es ist ein stinknormaler Mittwoch, ich muss zur Schule und die Haferflocken schmecken wie immer nach Teppichflusen mit Milch.«

»Ach schade«, sagte Wichmann. »Vielleicht doch mal ein Leberwurstbrot zur Abwechslung? Ist gut fürs Gehirn.«

»Ich bin Vegetarierin, Wichmann. Damit bringst du mich eher zum Schreien als zum Denken. Außerdem denke ich eh schon zu viel.«

Wichmann hob entschuldigend die Hände und stand auf.

»Ich muss los. Und später … ähm … müssten wir noch darüber sprechen, was du am Wochenende vorhast.«

»Was soll ich da anderes vorhaben als sonst?«, fragte Shakira und brachte ihre Schüssel zur Geschirrspülmaschine.

»Es ist … na ja, es ist erster Samstag im Monat.«

Er schaute sie eindringlich an.

»Und?«, fragte Shakira. Ja, Wichmann hatte auch seine guten Seiten, aber dieses Rumgedruckse konnte echt nerven.

»Besuchstag«, sagte er nach einer kurzen Pause.

»Oh.« Shakira verabschiedete sich mit einem schmerzhaften Gefühl im Bauch von der 4.

»Okay, Besuchstag. Da war ich die letzten fünf Jahre nicht, ich wüsste nicht, warum ich jetzt damit anfangen sollte.«

Wichmann verschwand kurz im Flur und kam dann mit einem Umschlag zurück.

»Na ja, es ist nicht nur Besuchstag …« Wieder eine dieser Wichmannpausen, die er nach einem genervten Blick von Shakira beendete.

»… es ist sein Entlassungstag. Hier, da ist gestern ein Brief von ihm gekommen.«

Er legte das Kuvert vor Shakira hin.

»Du hast ihn gelesen?«, fauchte sie ihren Onkel an, der erschrocken zusammenzuckte.

»Natürlich nicht!«, wehrte er sich.

»Warum weißt du dann, dass er rauskommt?«

Da war sie wieder. Diese Wut, die sie immer bekam, wenn sie zu lange über Papa oder Mama nachdachte.

Wichmann ging etwas in die Knie und schaute Shakira an.

»Weil ich dein Erziehungsberechtigter bin. Natürlich weiß ich, wann dein Vater aus dem Gefängnis entlassen wird. Dafür muss ich nicht deine Briefe lesen. Das würde ich doch niemals tun.«

Er sah Shakira lange an, aber als kein Nicken oder Okay kam, verabschiedete er sich und verließ die Wohnung.

Shakira überlegte kurz, ob sie ihm hinterherlaufen und sich entschuldigen sollte. Aber nein, das konnte sie einfach nicht. Nicht an einem Morgen, an dem die schlechte Laune von 4 wieder auf 10 gestiegen war. Sie nahm den Umschlag, betrachtete die krakelige Handschrift der Adresse, die aussah wie von einem Grundschüler geschrieben. Die hatte sich nicht verändert seit seinem letzten Brief. Na ja, Brief war übertrieben. Es war nur eine popelige Weihnachtspostkarte kurz nach seiner Inhaftierung gewesen. Sie klebte an der Kopfseite von Shakiras Bett, ihr kurzer Inhalt war aber natürlich auch in ihrem fotografischen Gedächtnis gespeichert.

»Fröliche Weinachten mein Schatz und ein gutes Neues Jar.«

Rechtschreibung war echt nicht Papas Sache.

Shakira strich über den Falz und war kurz davor, den Brief aufzureißen. Dann warf sie den Umschlag in Richtung des Beistelltischs neben der Eingangstür, auf dem Wichmann immer das Altpapier ablegte.

»Sorry, Papa«, murmelte Shakira. »Aber für eine Brieffreundschaft bist du echt ein bisschen spät dran.«

MAX

Heute war wieder einer dieser Tage, an denen Max genau wusste, warum er Shakira früher nicht leiden konnte. Stolz hatte er ihr das Referat gezeigt, an dem er mit seinem besten Freund Pascal das ganze Wochenende getüftelt hatte. Sie hatte es in gerade mal fünf Minuten während der Mittagspause, die die drei auf einer Bank im Schulhof verbrachten, in der Luft zerrissen. Natürlich nicht wörtlich – der Ausdruck lag wieder sauber zusammengelegt auf ihrem Schoß –, aber schlimmer wäre das auch nicht gewesen.

»Du findest es also langweilig.« Max bemühte sich, ruhig zu klingen, obwohl er innerlich kochte.

»Ja, und schlecht strukturiert, viel zu kompliziert formuliert, und der Wikipedia-Artikel schlägt unser Referat um Längen und ist dabei noch unterhaltsamer. Sie muss das nicht wiederholen. Mir reicht es einmal.«

Pascal starrte deprimiert auf den Boden, nachdem er so treffend Shakiras Kritik zusammengefasst hatte.

»Das find ich echt fies von dir«, zischte Max Shakira an.

»Ich will nur helfen«, sagte sie mit steinerner Miene. »Ich hab meine Eins in Bio sicher. Ich könnte mir so ein Referat leisten. Für euch hängt da wohl ein bisschen mehr dran.«

»Meine Sommerferien hängen dran«, murmelte der weiterhin den Boden betrachtende Pascal.

Max schaute seinen Freund überrascht an.

»Wieso das denn?«

»Noch 'ne Vier im Zeugnis und ich muss in so ein Lerncamp. Drei Wochen lang. Und gerade mal eine Woche später darf ich dann mit meinen Eltern verreisen.« Pascal legte sich stöhnend die Hände aufs Gesicht. »Nach solchen Sommerferien hab ich einen Dachschaden fürs Leben.«

»Keine Sorge, den hast du jetzt schon«, sagte Shakira.

Jetzt reichte es Max. Meistens fand er ihre bissigen Bemerkungen ja witzig, aber das gerade war völlig daneben.

»Mann, Shakira, jetzt ist aber gut. Merkst du nicht, dass das

echt nicht lustig ist? Nicht nur für Pascal. Ich will auch nicht, dass er weg ist. Und du doch auch nicht. Wir wollten die ersten Ferienwochen gemeinsam verbringen!« Max redete sich richtig in Rage. »Aber wenn du nicht mehr im Angebot hast als miese Laune und fiese Sprüche, kann ich auf deine Gesellschaft auch gut verzichten.«

Shakira schaute ihn lange an. Max rechnete damit, dass sie zurückfeuern würde. Und danach vielleicht mal erzählen, was wirklich mit ihr los war. Stattdessen legte sie das Referat neben sich auf die Bank und stand auf.

»Dann fangen wir mit dem Verzichten gleich mal an«, sagte sie und ging.

Max und Pascal blickten ihr hinterher.

»Kapierst du mittlerweile, wie sie tickt?«, fragte Pascal.

»Keine Spur«, antwortete Max. »Die ist aber auch mies drauf heute.«

»Na ja, du warst auch schon mal besser gelaunt«, bemerkte Pascal.

»Ach«, seufzte Max. »Kann sein. Meine Eltern streiten in letzter Zeit dauernd. Das nervt.«

»Wenigstens hast du Eltern, die noch miteinander streiten. Meine leben einfach nur aneinander vorbei. An mir eigentlich auch.« Pascal griff sich den Papierstapel und steckte ihn in seinen Rucksack.

»Was machen wir jetzt mit dem Referat?«

Max zog sein Handy aus der Tasche, suchte in den Kontakten nach Johann Klein und tippte eine Nachricht.

»Ich beschaff uns ein bisschen Expertenwissen zu unserem Thema«, sagte er.

BESUCHSTAG

MAX

Max' Eltern waren bei Freunden zum Brunch eingeladen. Er versüßte sich die Wartezeit bis zu seinem Gespräch mit einem weiteren Teil der Filmreihe »Klassiker des Horrorfilms«, die er versteckt hinter der »Miss Marple«-Collection entdeckt hatte. Er war so gefesselt, dass ihm gerade rechtzeitig um 9:55 Uhr einfiel, dass er in fünf Minuten einen Termin hatte.

Er drückte die Pause-Taste auf der Fernbedienung, die Riesenspinne auf dem Bildschirm fror ein und Max wetzte die Treppe zu seinem Zimmer hoch.

Mann, das war schon anders als noch letztes Jahr, fiel ihm mal wieder auf. Da hätten Mama und Papa ihn ums Verrecken nicht stundenlang einfach so alleine gelassen. Sie hatten echt dazugelernt. Nicht nur, dass sie ihm nicht mehr für jede freie Minute einen Babysitter auf den Hals hetzten oder ihn nach der Schule von einem Fortbildungskurs zum nächsten scheuchten. Sie hatten ihm sogar zu Weihnachten ein ganz normales Smartphone ohne Ortungsfunktion geschenkt und ihm einen ihrer alten Laptops überlassen. Beides natürlich mit einer handelsüblichen Kindersicherung, aber das war im Vergleich zu früher ein echter Fortschritt. Wenn sie jetzt noch aufhörten, immer zu streiten, ständig

heimlich seine Nachrichten zu lesen und sich wegen seiner Noten Sorgen zu machen, wären sie eigentlich die perfekten Eltern. Aber gut, wenigstens drohten sie ihm nicht mit einem Lerncamp in den Sommerferien und bei den mitgelesenen Nachrichten konnte man mit ein bisschen Erfindungsreichtum trotzdem alles Wichtige besprechen. Da Johann Klein wusste, dass »Sehen wir uns Samstag um zehn zum Spielen?« bedeutete, dass man ein Videotelefonat brauchte, konnten nichts ahnende Eltern das ruhig mitlesen und sich freuen, dass Sohnemann so nette Freunde hatte.

Max klappte seinen Laptop hoch, suchte den tief in seinem Ordner »Hausaufgaben« versteckten Link und klickte ihn an.

Ja, Johann Klein war ein Freund. Aber er hieß nicht Johann. Er hieß auch nicht Klein. Er war klein.

Auf dem Computer öffnete sich ein Fenster. Eine Maus lächelte in die Kamera.

»Mensch, Maxe«, sagte die Maus. »Ich dachte schon, du hättest unsere Verabredung vergessen.«

»Hallo, Juan«, antwortete Max. »Ich brauch deine Hilfe bei einem Referat.«

SHAKIRA

»Du bist dir sicher, dass du ihn nicht besuchen willst?«, fragte Wichmann unvermittelt, als sie mit dem Frühstück schon zu Ende waren.

»Hast du jemals erlebt, dass ich meine Meinung ändere?«, fragte Shakira zurück.

»Ich wollte nur sichergehen. Ich fahre auf jeden Fall hin, wenn ich Erwin bei seiner Renovierung geholfen habe. Keine Ahnung, warum das ausgerechnet am Wochenende sein muss.«

»Warum gehst du zu Pa… meinem Vater?«, fragte Shakira.

»Ich will wissen, was er so vorhat nach der Entlassung. Ob er … äh … irgendwelche Ansprüche an dich stellt.«

»Das wäre ja was ganz Neues«, sagte Shakira. »Da brauchst du dir keine Sorgen zu machen. Du wirst mich garantiert nicht so schnell los.«

»Das wäre auch sehr schlecht«, murmelte Wichmann.

»Geh ruhig, wenn es deine Nerven beruhigt. Ich komm klar«, sagte Shakira.

Es klingelte an der Tür. Wichmann schaute überrascht.

»Kommen deine Freunde zu Besuch?«, fragte er.

»Nein«, sagte Shakira. »Die … haben was anderes zu tun.«

Natürlich würde sie Wichmann nicht erklären, dass gerade Sendepause herrschte. Sonst würde er sich bestimmt wieder verpflichtet fühlen, sie zu bespaßen. Diese Verpflichtung gab es nicht. Eine Shakira Bitter brauchte niemanden.

Wichmann war mittlerweile an der Tür.

»Wir sind da wegen dem tropfenden Wasserhahn«, sagte eine Stimme. Ein Handwerker offensichtlich.

»Am Samstag?«, fragte Wichmann.

»Na, Sie wollen doch unbedingt, dass der gemacht wird«, blaffte ihn der Handwerker an.

»Ja, seit zwei Jahren«, antwortete Wichmann. »Und ich muss eigentlich gerade weg …«

»Na, dann sehn wir uns wohl in zwei Jahren wieder.«

»Lass sie rein!«, rief Shakira. »Noch zwei Jahre ertrag ich diesen verdammten Wasserhahn nicht!«

»Hilft dir das erst mal?«, fragte Juan.

»Ja, und wie!« Max quetschte die letzten Stichworte auf sein bereits total volles Blatt. »Vielen Dank! Ich glaube, das wird super!«

»Schön«, sagte Juan. »Dann kann ich mit deinem Opa jetzt noch beruhigter meditieren.«

»Wo seid ihr eigentlich gerade?«, fragte Max.

»Nepal. Buddhistisches Kloster. Wunibald fand, für unsere nervenaufreibenden Missionen brauchen wir etwas professionelle Gelassenheit.«

»Und das funktioniert?«

Juan zuckte mit den Schultern. »Zumindest bleiben die Mönche hier sehr gelassen, wenn eine quatschende Maus vor ihnen im Lotossitz dasitzt oder eine ihrer Katzen verprügelt, wenn die ihr zu nahe kommen. Also ja, denke ich.«

Es klingelte.

»Das ist wohl dein Referatspartner«, sagte Juan.

Max nickte. »Ich glaub auch.«

»Schön, dann machen wir jetzt Schluss. Grüße an den Verräter!«

Max winkte bereits in die Kamera und fuhr mit dem Mauszeiger über den »Verbindung beenden«-Button.

»Ach, eine Sache noch«, hielt Juan ihn vom Klicken ab. Max schaute fragend in die Kamera.

»Habt ihr was von Antoine gehört? Er ist schon einige Monate draußen, und ich will sichergehen, dass er euch in Ruhe lässt.«

»Nee, der ist nicht mehr aufgetaucht. Die Firma gehört ihm nicht mehr und sein Haus ist auch letzten Monat verkauft worden. Den sind wir wohl für immer los.«

Juan nickte. »Gut, das passt zu unseren Beobachtungen. Er investiert zwar hier und da ein paar Millionen, aber anscheinend nur in harmlose Firmen, die Bildungs- und Erlebnisreisen anbieten.«

Max bemerkte ein sehnsüchtiges Kribbeln in seinem Bauch.

»Irgendwie schade«, murmelte er. »Mit Antoine wäre das Leben vielleicht wieder ein bisschen spannender.« Es klingelte erneut.

»In deinem Alter ist ein wichtiges Referat genug Spannung«, sagte Juan. »Wahnsinnige mit Weltherrschaftsplänen haben in einem Kinderleben eigentlich nichts verloren. Viel Erfolg!«

Max winkte noch einmal und klickte auf den Button.

»Spannender war es trotzdem«, stellte er fest, während er seinen Laptop zuklappte.

Zuerst hatte Pascal skeptisch gewirkt, aber mittlerweile fand er wohl Gefallen an der Sache. Insbesondere die Idee, mit welchem Knalleffekt Max das Referat beenden wollte, hatte es ihm angetan. Die war ja auch super.

»Brauchen wir mehr Zeitungen?« Pascal betrachtete die Pampe aus Kleister und Papier, die sie bereits in zwei großen Eimern angerührt hatten.

»Ich glaube nicht«, sagte Max, zugegebenermaßen nicht zu 100 Prozent sicher.

Pascal kratzte sich am Kopf, während Max die Eimer auf die Arbeitsplatte hievte.

»Ob wir das wirklich hinkriegen? Nicht dass uns das am Ende zusammenfällt.«

»Das schaffen wir schon«, erklärte Max mit dem Selbstbewusstsein, das er nicht hatte. Pascal blieb am Ball.

»Wollen wir nicht lieber Shakira fragen, ob sie uns hilft?«

»Damit sie uns auch das nächste Referat schlechtredet?«, fragte Max beleidigt.

»Ach komm, da hatte sie einen schlechten Tag. Und wenn wir dieses Ding hier nicht vernünftig gebastelt kriegen, muss sie nichts mehr schlechtreden.«

Max grunzte unwillig, gab aber auf.

»Na gut. Rühr noch mal ein bisschen, ich hole mein Handy.«

SHAKIRA

»Jetzt mach mal hinne!«, brüllte es aus der Küche. Handwerker. Stets laut. Und wahrscheinlich noch stundenlang da. Shakira schaute auf ihren Digitalwecker neben dem Bett. In einer Stunde war Besuchszeit. Sie war zwar noch nie da gewesen, aber das hatte sie nicht vergessen. Sie vergaß eh nie was. Segen und Fluch eines fotografischen Gedächtnisses, in dem sie jetzt den Busfahrplan der Haltestelle am Rathausplatz hervorrief. Die Linie 27, die auch am Gefängnis vorbeifuhr, startete in zwanzig Minuten. Sie könnte es noch schaffen. Ihren Vater noch einmal sehen, bevor er in ein neues Leben aufbrach, in dem sie garantiert nicht vorkam.

Oder vielleicht doch?

Sie schaute aus ihrem Zimmer zum Tisch neben der Eingangstür. Er war leer. Natürlich hatte Wichmann das Altpapier darauf schon entsorgt.

Jetzt ärgerte sie sich, dass sie den Brief nicht doch gelesen hatte. Vielleicht hatte sich Papa – ja verdammt, auch nach all den

Jahren, all dem Mist, den er ihr eingebrockt hatte, nannte sie ihn noch so – verändert.

Sie ließ sich wieder auf ihr Bett fallen. »Quatsch«, grummelte sie. »Der hat sich nicht verändert.«

Trotzdem könntest du ja hinfahren, hörte die Stimme in ihrem Kopf nicht auf. Schließlich hatte sie es sich mit ihren Freunden ordentlich vergeigt. Vielleicht für immer. Dann hatte sie nur noch Wichmann und der war in letzter Zeit irgendwie komisch, hatte viel mehr Termine als früher. Vielleicht eine Freundin? Dann blieb nicht mehr viel Platz für ein Kind, das man von seiner überforderten Schwester geerbt hatte. Möglicherweise war es Zeit für neue Verbündete.

Das Piepen ihres Smartphones riss sie aus ihren Gedanken. Sie zog es aus ihrer Hosentasche und schaute aufs Display. »Wir basteln gerade Naturereignisse. Ich bin zwar dagegen, aber Pascal fragt, ob du Lust hast mitzumachen.«

Na, wahrscheinlich scheiterten die beiden gerade grandios. Aber immerhin: Ihre alten Verbündeten waren nicht so nachtragend, wie sie dachte. Und ein Besuch bei Max war bestimmt bei Weitem nicht so frustrierend wie ein Besuch im Knast.

Nebenan wurde nun gehämmert, untermalt von Kommentaren wie »Dat klappt nicht« und »So wird das nie was!«.

»Tja, Papa, doch kein Wiedersehen«, entschied Shakira, stopfte sich Schlüssel und Handy in die Taschen und sprang zur Eingangstür hinaus. Die Handwerker kamen ohne sie klar. Max und Pascal anscheinend nicht.

GESPRÄCHE UNTER FREUNDEN

JEROME

Jerome sah nur Schuhe. Die billigen Sporttreter von Kevin Bitter, auf denen peinlicherweise auch noch »Adidash« stand, und langweilige braune Lederschuhe. So was trugen wohl nur Beamte. Dieser Wichmann, der sie trug, war ja auch Beamter, wie Jerome mitbekommen hatte.

»Ich … ich dachte, Shakira ist dabei«, sagte Kevins Stimme über der Tischplatte, unter der Jeromes Käfig stand. Unfassbar. Der Mann hatte ernsthaft geglaubt, ein – wenngleich sehr schöner – Brief könnte fünf Jahre Vernachlässigung wettmachen. Er konnte von Glück reden, dass ihr Vormund erschienen war.

»Tja, ist sie nicht. Ist vielleicht auch besser so. Dann sind wir ganz unter uns. Ein Gespräch unter Freunden.«

Oha, für einen Beamten konnten die Lederschuhe ganz schön eisig klingen, fand Jerome.

»Aber wir sind doch gar keine Freunde«, sagte Kevin verwirrt.

»Das war ironisch gemeint«, erklärte Wichmann. »Aber mit Ironie kannst du ja nicht viel anfangen.«

Stimmt, das war nicht seins, dachte Jerome. Genauso wenig wie Denken. Eigentlich konnte Kevin Bitter, so viel hatte Jerome in den vergangenen sechs Monaten in seiner Zelle herausgefunden, nur zwei Dinge richtig gut: Fußball gucken und die falschen Entscheidungen treffen.

»Und warum bist du hier?«, fragte Kevin.

»Um zu wissen, was du vorhast. Insbesondere ob du auf die sehr, sehr dumme Idee gekommen bist, mir Shakira wegnehmen zu wollen.«

»Sie ist meine Tochter!«, rief Kevin.

»Ja«, gab Wichmann zu. Er klang ganz ruhig, aber seine Füße wippten vor Aufregung. »Und ein sehr wertvoller Mensch. Ich glaube nicht, dass du ihren Wert zu schätzen weißt. Daher ist sie besser bei jemandem, der das erkannt hat.«

»Natürlich weiß ich, dass sie wertvoll ist!«, widersprach Kevin.

»Du willst sie wiederhaben?«, fragte Wichmann.

»Ähm … nein. Ich hab noch was zu erledigen. Aber dann … dann hole ich sie natürlich und biete ihr das Leben, das sie verdient hat.«

»Da bleibt mir wohl noch reichlich Zeit mit ihr.« Wichmanns Füße hörten auf zu wippen.

Kevin verstand die darin steckende Beleidigung nicht und kam dankenswerterweise endlich zum Punkt.

»Aber bevor ich gehe, will ich, dass du ihr ein Geschenk von mir gibst.«

»Oh, was denn? Leere Versprechungen? Gebrauchte Handschellen?«

»Die darf man nicht mitnehmen«, erklärte Kevin. Er beugte sich unter den Tisch, griff nach Jeromes Käfig und stellte ihn vor Wichmann. Jerome sah ihn an: ein völlig harmloses Gesicht, dem man die scharfen Worte, die es gesprochen hatte, gar nicht zutraute.

»Ein Hamster«, sagte Wichmann.

»Genau«, bestätigte Kevin. »Ich … ich kann ihn nicht mitnehmen, und ich dachte, Shakira freut sich.«

»Erst trittst du die Verantwortung für deine Tochter ab, jetzt reicht es nicht mal mehr für einen Hamster. Nicht mal Einpacken war drin.«

»Ähm … wir haben kein Geschenkpapier im Gefängnis, aber vielleicht kannst du ja noch –«

»Wenn es das Letzte ist, was du von mir willst, haben wir einen Deal«, unterbrach Wichmann Kevins Gefasel. Er stand auf und nahm den Käfig.

»Viel Glück, Kevin. Du wirst es brauchen«, sagte Wichmann. »Und halt dich fern von Shakira. Die gehört zu mir.«

Er drehte sich grußlos um. Jerome schaute an seiner rechten Hüfte vorbei und sah, wie Kevin ihm zum Abschied winkte.

MAX

»Danke, Shakira.« Max breitete ein Handtuch über die fertige Bastelarbeit. »Ohne dich hätten wir das nie geschafft.«

Mit sicherem Blick hatte sie sofort erkannt, was an der Rezeptur der Papiermasse nicht stimmte und wie man verhindern konnte, dass das Gebilde einfach zusammenkrachte.

»Hättet ihr schon«, wiegelte sie ab. »Aber garantiert nicht bis Montag«, setzte sie spitzzüngig nach.

»Ah, die alte fiese Shakira ist noch da«, bemerkte Pascal. »Ich hatte schon Angst, du wirst plötzlich eine Heilige.«

»Keine Sorge. Aber gestern war ich wirklich schlecht drauf.«

»Du verrätst uns aber bestimmt nicht, warum«, stellte Max fest.

Shakira sah ihn lange an, bevor sie es doch tat.

»Mein Vater wird heute aus dem Gefängnis entlassen.«

Die drei schwiegen einen Moment. Pascal brach die Stille.

»Wir haben unser Referat fertig! Und Shakira hat uns was Privates erzählt! Das sind zwei Gründe zu feiern!«

»Wir haben noch milchfreies Milcheis da«, schlug Max vor.

»Ihr seid einfach ein kulinarischer Albtraum«, erklärte Pascal. Unten ging die Haustür, man hörte Max' Eltern miteinander streitend hereinkommen.

»Verziehen wir uns lieber«, bemerkte Pascal. »Ich hab gestern Taschengeld gekriegt. Wir decken uns im Supermarkt ein und machen ein Picknick. Kennt jemand einen schönen Platz?«

»Yep«, sagte Shakira und ging schon mal hinaus zur Einfahrt, während Max seinen Eltern erklärte, dass er mit seinen Freunden unterwegs war. Betrübt von den angespannten Gesichtern seiner Erziehungsberechtigten trat er draußen zu Shakira und Pascal.

»Neben euch wird gebaut«, bemerkte Shakira. Tatsächlich war in den letzten Wochen ein Rohbau auf dem bislang ungenutzten Nachbargrundstück der Kühls entstanden.

»Ja«, sagte Max. »Keine Ahnung, wer da einzieht.«

»Wahrscheinlich Vollidioten«, erklärte Shakira. »Die Chance ist deutlich höher, als dass da wer Nettes reinkommt.«

»Wir erleben heute wirklich eine faszinierende Mischung aus alter und neuer Shakira«, stellte Pascal fest.

»Coole Ecke«, gab Pascal zu, nachdem Shakira sie zu ihrem Geheimplatz geführt hatte. Max gab ihm in Gedanken recht. Es war

ein menschenleerer Streifen Wiese am Schönhainer Baggersee, am Ufer gegenüber der eigentlichen Badestelle. Über das Wasser sah Max an diesem heißen Tag wahre Menschenmassen herumwuseln. Hier hingegen nutzte kein Auto die Parkmöglichkeiten an der Straße, kein Fahrrad fuhr über den komfortablen Radweg neben dem Rasen. Max, Pascal und Shakira waren ganz für sich auf der Wiese, die mit genau zwei Bäumen auch noch genug Schatten für die Freunde bot. Sie breiteten ihre Beute aus dem Supermarkt aus und begannen zu essen.

»Hier bin ich, wenn ich alleine sein will«, erklärte Shakira.

»Bist du nicht immer alleine?«, fragte Max.

»Nicht seit ich euch Dumpfbacken am Hals habe«, sagte Shakira, grinste aber dabei.

»Jaja, es war ein großes Glück, dass Antoine Blanche uns alle vergiften wollte, um damit die Weltherrschaft an sich zu reißen.« Pascal meinte es natürlich lustig, aber irgendwie stimmte es, fand Max.

»Vermisst ihr es nicht auch manchmal?«, fragte er schüchtern.

»Die willenlose Marionette eines wahnsinnigen Multimillionärs zu sein? Eigentlich nicht«, erklärte Pascal.

»Ich war keine Marionette«, stellte Shakira klar.

»Das meine ich doch nicht«, sagte Max. »Aber … das, was damit zusammenhing. Die Ermittlungen. Die Geheimnisse.«

»Und nicht zu vergessen, Juan.« Shakira seufzte.

»Doch«, gestand sie dann. »Aber es ist nun mal, wie es ist. Es ist schon unwahrscheinlich genug, einmal im Leben auf einen sprechenden Nager zu treffen, der mit einem die Welt rettet. Wenn es doch passiert, dann garantiert nur einmal.«

»Und das ist einfach verdammt schade«, fand Max.

EIN GANZ BESONDERES GESCHENK

SHAKIRA Wichmann war schon zu Hause. Aufgeregt lief er ihr im Flur entgegen, als sie die Eingangstür aufschloss.

»Wo warst du?«, fragte er panisch.

»Am Baggersee«, antwortete sie.

»Allein? An dieser gottverlassenen Ecke, wo ich dich vor zwei Monaten mit dem verstauchten Fuß abholen musste? Es ist schon nach acht!«

»Wichmann, noch mal zur Erinnerung: Du musst hier nicht so ein Elternding mit mir durchziehen, da steh ich gar nicht drauf. Außerdem musstest du mich nicht abholen, du hast nur zufällig angerufen, bevor ich nach Hause gehumpelt bin. Und nein, nicht allein. Mit Pascal und Max. Alles gut.«

Sie ging in die Küche. Auf dem Tisch stand ein großes, schön eingepacktes Paket. Shakira nahm sich ein Glas aus dem rechten Teil des Küchenschranks – der linke war durch eine Holzplatte versiegelt, weil sie beide eh kaum Geschirr brauchten – und füllte es mit Wasser.

»Dann lass mir wenigstens eine Nachricht da«, sagte der ihr hinterherwuselnde Wichmann. »Ich muss doch wissen, wo du bist.«

»Nein, Wichmann, musst du nicht. Du bist nicht mein Vater.«

Sie trank einen Schluck und sagte dann, betont beiläufig. »Apropos Vater. Wie war's im Gefängnis?«

»Ähm … ähm … also …«

»Ja?«

»Er … will … jetzt irgendwie ein neues Leben beginnen«, brachte ihr Onkel endlich heraus. »Er wird wohl erst mal keine Zeit für dich haben …«

»Prima. Da haben er und Mama ja was gemeinsam, scheint mir«, unterbrach ihn Shakira.

»Shakira.« Wichmann sah sie ernst an. »Ich glaube einfach nicht, dass dir deine Eltern so egal sind.«

»Doch«, behauptete Shakira. »Ich kann mich doch kaum noch an sie erinnern.«

Sie verzog keine Miene. Wichmann brauchte nicht zu wissen, dass sie ihr nicht egal waren. Und sie sich sehr wohl erinnerte. Daran, dass die besten Nudeln mit Tomatensoße die von Mama waren. Dass sie mit Papa Verstecken gespielt hatte. Lachen musste, wenn er auf die Fragen, die sie ihm stellte, keine Antwort gewusst hatte.

Aber das war egal gewesen. Sie hatte ihre Antworten schon immer selbst gefunden. Verstecken war toll gewesen. Die Tomatensoße war toll gewesen. Und die Scherereien – nein, die waren nicht toll gewesen, aber wen interessierte das jetzt noch?

»Er hat übrigens was für dich«, sagte Wichmann.

»Dachte ich mir schon, dass das meins sein soll.« Sie würdigte das Geschenk keines weiteren Blickes. Das Geschenk war ihr egal. Papa war ihr egal.

»Willst du es nicht aufmachen?«, fragte ihr Onkel.

»Ich muss mir erst über meine persönliche Meinung zu Bestechung klar werden. Solange stelle ich es mir einfach ins Regal. Und du trinkst besser nicht mehr deinen Kaffee nach dem Abendbrot, du bist heute schon hysterisch genug.«

Damit nahm sie das Paket vom Tisch und ging in ihr Zimmer.

Jerome war froh, dass dieser Wichmann seinen Käfig verpackt hatte und nicht Kevin Bitter. Der hätte garantiert nicht an Luftlöcher gedacht. So war es nun zwar dunkel und auch sehr warm, aber wenigstens musste sich Jerome keine Sorgen um die Sauerstoffzufuhr machen. Und ein paar Nüsschen hatte er auch dabei.

Aber Jerome hatte auch nicht gedacht, dass er so lange im Dunkeln bleiben musste. Mein Gott, das Mädchen war elf, es bekam etwas geschenkt – etwas wirklich Großes –, da war es doch unwahrscheinlich, dass das Papier auch nur fünf Minuten unangetastet blieb. Nun saß er schon fast zwei Stunden hier drin, wie ihm sein unbestechliches Zeitgefühl – Teil seiner überragenden Instinkte – verriet. Er nahm sich die nächste Nuss. Ein Schmerz trieb durch seinen Kiefer. Verdammt, eine Nuss war ja nicht verzehrfähig. Die Glücksnuss, wie Jerome sie für sich nannte. Er legte sie zur Seite, verteilte etwas Stroh auf ihr und nahm sich eine andere Nuss.

Diese Shakira Bitter war offensichtlich ein besonderes Kind. Das hatte er sich schon gedacht, als er das erste Mal von ihr gehört hatte – bei einem der endlosen nächtlichen Selbstgesprä-

che eines in Wehleidigkeit abgesoffenen Antoine Blanche. Und bei der Unterhaltung mit ihrem Onkel hatte sie sich ganz schön abgebrüht gegeben. Aber mit seinen feinen Ohren hatte Jerome registriert, dass ihre Stimme ein winziges bisschen gezittert hatte, als sie nach ihrem Vater gefragt hatte. Das Mädchen war nicht nur schlagfertig, sondern kämpfte auch ziemlich verbissen gegen seine persönlichen Bindungen.

Hoffentlich nicht zu lange, dachte Jerome. So langsam wurde die Luft doch etwas schal hier drinnen.

Erst kurz nach Mitternacht hatte Shakira ihren Kampf verloren. Ein Schwall frischer Luft trieb Jerome ins Gesicht und verscheuchte langsam die Lichtpunkte, die bereits vor seinen Augen tanzten.

Als er wieder klar sah, bemerkte er, dass dieses knochentrockene Mädchen lächeln konnte. Breit, glücklich und hocherfreut.

»Hallo«, hauchte sie dabei.

Wenn mich alle menschlichen Wesen so angelächelt hätten, dachte Jerome, wäre mein Leben anders verlaufen. Dann würde ich jetzt einfach zurücklächeln und auch Hallo sagen.

Aber nein. Nichts da. Ein zweimal verschenkter Hamster hielt sich an seine Pläne. Nicht mit Menschen reden, wenn es nicht zwingend notwendig war. Das sorgte nur für Komplikationen. Er würde einfach hierbleiben, einen dummen, alltäglichen Hamster spielen und warten, was so passierte. Egal, wie sehr er dieses Mädchen auf den ersten Blick mochte, man durfte Menschen nicht über den Weg trauen. Punkt.

REFERAT MIT KNALLEFFEKT

MAX

Er hatte sich kein einziges Mal verhaspelt. Keiner seiner Klassenkameraden hatte auch nur ein einziges Mal heimlich gelangweilt auf sein Handy geguckt. Pascal neben ihm strahlte wie ein Honigkuchenpferd. Kein Wunder. Alle hatten in diesem Jahr ein Referat über ein zufällig zugelostes Tier gehalten. Doch weder beim Tiger noch beim Krokodil hatte so atemlose Spannung geherrscht. Weder beim Seepferdchen noch beim Erdmännchen hatte irgendjemand »Oh, wie süß« gerufen, was hier gleich dreimal passiert war. Und so oft freudig gelacht wurde weder beim Pinguin noch beim Schimpansen. Sie hatten echt nicht das begehrteste Tier bekommen, aber dank Juans Hilfe war aus ihrem Referat ein spektakulärer Erfolg geworden. Jetzt fehlte nur noch der krönende Abschluss.

»Und ein Tier, das so etwas weiß, ist einfach immer wieder für Überraschungen gut.« Max nickte Pascal zu, der ein Feuerzeug an die Lunte hinter ihrem wirklich beeindruckenden Vulkan aus Pappmaschee hielt. Funken sprühend brannte sie ab. Dann jagte das im Papierberg versteckte Tischfeuerwerk, das von Silvester übrig geblieben war, eine Woge Konfetti und Luftschlangen in die Luft.

Die Klasse applaudierte. Pascal und er verneigten sich. Max

bemerkte, dass selbst Shakira anerkennend nickte. Sogar der Anflug eines Lächelns zeichnete sich auf ihren Lippen ab. Siegesgewiss drehte er sich zur Seite, um von Frau Breitenbanner das wohlverdiente Lob entgegenzunehmen.

Seine Biolehrerin lachte nicht. Sie klatschte auch nicht. Stattdessen lag ihre Stirn in Falten, während sie langsam auf die Referenten zukam.

»Danke, Max. Und danke, Pascal«, sagte sie in den nur langsam abebbenden Applaus.

»Das war wirklich … sehr unterhaltsam.«

Max nickte. Vermutlich guckte sie nur so ernst, weil sie noch völlig überwältigt war, dass zwei ihrer durchschnittlichsten Schüler so ein Hammerreferat über so ein unspektakuläres Tier wie den Hamster vorgelegt hatten.

»Aber leider wissenschaftlich kein bisschen haltbar.«

Max' Grinsen fror ein. Aus den Augenwinkeln sah er, dass es Pascal genauso ging.

»Aber weil es wirklich sehr unterhaltsam war, gebe ich euch statt einer Sechs eine Fünf.« Frau Breitenbanner klappte ihr kleines Notizbuch auf, in das sie die Referatsnoten eintrug, und vermerkte ihre Entscheidung.

Max blieb die Luft weg. Eigentlich wollte er losbrüllen, aber er hatte keine Ahnung, was.

»Was ist das denn für ein Schwachsinn?«, brüllte es stattdessen aus der ersten Reihe.

Frau Breitenbanner drehte sich zu Shakira.

»Bitte?«, fragte sie.

»Das war das beste Referat des Jahres! Dafür können Sie doch keine Fünf verteilen!«

Frau Breitenbanners Lippen versteiften sich.

»Shakira, du bist zwar die beste Schülerin der Klasse«, sagte sie dann. »Aber die Noten gibt immer noch die Lehrerin. Die bin immer noch ich. Über deine Betragensnote habe ich übrigens auch ein Wörtchen mitzureden.«

Mit einem Schnappen klappte sie ihr Büchlein zu und wanderte steif mit dem Klingeln der Schulglocke aus der Tür.

Wenn Shakira eines ganz besonders hasste, dann war es Ungerechtigkeit. Und das, was sie gerade erlebt hatte, war eine himmelschreiende Ungerechtigkeit, wie sie im Buche stand. Um genau zu sein, in Frau Breitenbanners Notenbuch. Sie marschierte auf Pascal und Max zu, die wie erstarrt in der hintersten Ecke des Schulhofs festgewachsen schienen. Max bemerkte sie als Erster.

»Willst du uns jetzt sagen, du hast es gleich gewusst?«, knurrte er.

»Sie hat uns verteidigt! Nur weil die Breitenbanner unfair ist, musst du es nicht auch sein«, sprang ihr Pascal zur Seite.

»Entschuldigung«, murmelte Max.

»Schon okay«, sagte Shakira. »Ich war letzte Woche auch nicht fair. Diese Note ist echt eine Frechheit.«

»Wir hätten vielleicht doch mehr Wikipedia statt Juans Spezialwissen einfließen lassen sollen«, zweifelte Pascal.

»Blödsinn«, sagte Shakira. »Gut, dass Hamster Naturkatastrophen Jahre im Voraus ahnen, ist eine steile These, aber die Fach-

welt ist sich da durchaus uneinig. Wegen so was gibt man keine Fünf! Bastian und Thea haben Wale ständig als Fische bezeichnet, die halbe Klasse ist dabei eingeschlafen und die hatten eine Zwei plus.«

Pascal setzte sich im Schneidersitz auf den Boden und vergrub sein Gesicht in den Händen.

»Drei Wochen Lerncamp. Und dann Urlaub mit meinen Eltern. Nächstes Schuljahr bin ich vollständig ergraut.«

Max klopfte ihm auf die Schulter. »Du wirst es irgendwie überleben«, sagte er dabei.

»Wollt ihr mit zu mir?«, schlug Shakira vor. »Ich habe einen … ähm … Hamster geschenkt bekommen.«

Pascal seufzte in seine Hand. Max schaute sie bedröppelt an.

»Ich glaube, unser Bedarf an Hamstern ist gerade gedeckt«, sagte er. »Ich geh nach Hause.« Pascal gab mit einem Nicken zu verstehen, dass auch er jetzt erst mal in Ruhe deprimiert sein wollte. Mit hängenden Schultern liefen die beiden zum Haupttor.

Shakira nahm wie immer den Weg über den Lehrerparkplatz. Beim alten Corsa der Breitenbanner hatte sie nicht übel Lust, ein kleines Andenken in Form eines langen Kratzers dazulassen. Sie fuhr unwillkürlich in die Knie, als sie ein paar Autos weiter die Stimme ihrer Biolehrerin hörte. Langsam schob sich Shakira an den geparkten Wagen weiter vor und spähte um die Ecke eines Kofferraumes, um zu sehen, wo die Breitenbanner genau stand.

Natürlich. Bei Marcel Weidner. Dem neuen Sportlehrer, in den Frau Breitenbanner verschossen war. Nicht dass sie das jemals gesagt hätte. Aber wenn man knallrot anlief, sobald der Herr Kollege sich auch nur auf zehn Meter näherte, und in der gemeinsamen Pausenaufsicht die Stimme drei Tonlagen höher war als sonst, durfte das wohl als sicheres Zeichen gelten.

»So, die ist auch noch für dich«, sagte Herr Weidner und reichte aus seinem geöffneten Kofferraum eine Orchidee, die Shakira von der Auslage der örtlichen Tankstelle kannte.

»Danke«, kiekste Frau Breitenbanner.

»Du guckst so nachdenklich?«, stellte Herr Weidner fest.

»Ach … ich bin mir nicht sicher, ob die Note bei dem Referat richtig war.«

Ah, Spuren eines menschlichen Gewissens im Lehrkörper, dachte Shakira. Am liebsten hätte sie ihr ein »Da hätten wir lieber mal ein bisschen vorher drüber nachgedacht« zugebrüllt, aber sie riss sich zusammen.

»Mach dir keinen Kopf deswegen«, meinte Marcel Weidner und strich sich lässig seine halblange Haarsträhne aus dem Gesicht. »Die Kids hier werden eh alle zu nett benotet.«

Na klar, dachte Shakira, der Sportlehrer wird wissen, wie eine korrekte Bionote aussieht.

»Hast recht«, sagte Frau Breitenbanner. »Also danke, Herr Weidner.«

Kopfschüttelnd schob sich Shakira im Schutz der Autos weiter.

»Du sollst mich doch Marcel nennen«, hörte sie den Weidner. »Und wenn du mal ganz mutig bist, darfst du sogar Honeybunny zu mir sagen.«

Ein leises Kotzgeräusch konnte Shakira nun echt nicht mehr unterdrücken, aber das »Hast du das auch gehört?« von Herrn Weidner war schon in sicherer Entfernung.

Das Mädchen war früher zurück als gestern. Ganze zehn Minuten. Das war nicht gut. Jerome war nämlich gerade auf Erkundungstour. Zuerst hatte er die Küche inspiziert. Danach hatte er festgestellt, dass unter dem Tischchen neben der Eingangstür noch ein Brief zwischen Holz und Wand klemmte. Und im Schlafzimmer des Onkels hatte er Unterlagen entdeckt, die verrieten, dass der zurzeit viel mehr Geld ausgab, als man es dem Bewohner einer nicht gerade großzügigen Wohnung zutraute.

Hoffentlich ging Shakira nicht direkt in ihr Zimmer. Dann würde sie feststellen, dass ihr Hamster ausgebüxt war. Da das Mädchen ganz schön pfiffig war für sein Alter, würde es sich zu Recht die Frage stellen, wie er das nur geschafft hatte. Er hatte – bei aller Sympathie, die das Kind in ihm erweckte – nicht vor, dass es von seiner Einzigartigkeit erfuhr. Man musste den Kontakt mit Menschen auf das Nötigste beschränken, alles andere gab eh nur Ärger.

Eine weitere Tür wurde zugeworfen. Ein Riegel drehte sich im Schloss. Die Badtür, erkannte Jerome erleichtert. Shakira sperrte sie immer ab, selbst wenn außer ihr keiner da war.

Jerome sprang aus dem Küchenschrank auf die Arbeitsplatte. Schnell warf er den Deckel der geöffneten Kaffeedose zu und verschloss sie mit einem Hüpfer darauf. Mit einem weiteren Satz war er auf dem Boden und trippelte über den Flur in Shakiras Zimmer. Er hörte leises Schimpfen, dann das Plätschern von Wasser. Er rannte über den Teppich, sprang auf den Schreibtischstuhl, kletterte auf die Lehne. Von dort aus auf das Regal, die Bücher entlang in das mittlere Fach, in dem sie den Käfig aufgestellt hatte. Die Badezimmertür wurde wieder geöffnet. Jerome hangelte sich über die frei stehenden Stäbe des Käfigs, schwang sich hinein und zog das Türchen gerade noch rechtzeitig zu, bevor das Mädchen hereinkam.

»Hi, Hamster«, knurrte Shakira und warf ihm einen kurzen Blick zu. Solange hielt er die Luft an. Sie wandte sich ihrem Schreibtisch zu und klappte den dort stehenden Laptop auf. Jerome atmete aus und hechelte sich schnell frische Luft ein. Er musste irgendwann sein Gewicht in Angriff nehmen. So eine Hektik ging ihm doch ganz schön an die Kondition. Während er langsam wieder ruhiger atmete, beobachtete er Shakiras Hände und übersetzte sich ihre Bewegungen auf der Tastatur. »§KL5U*mnkT%frR«. Das Mädchen wusste echt, wie ein sicheres Passwort auszusehen hatte. Schön, dass er es nun auch kannte.

Das Internet war in seiner Zeit mit Antoine Blanche ein guter und unverzichtbarer Freund gewesen, nun hatte er wieder Zugriff. Auf alle Informationen, die ein wissbegieriger Hamster brauchte. Auf grenzenlose Kommunikationswege, falls man mal chatten wollte. Und nicht zuletzt auf lustige Katzenvideos. Die waren aber auch immer süß.

»So, Frau Breitenbanner, als kleines Dankeschön für Ihre fairen Noten«, hörte Jerome das Mädchen murmeln.

Interessiert beobachtete er, was auf dem Bildschirm ablief, und konnte eine leise Ehrfurcht nicht unterdrücken. Shakira hatte noch weit mehr im Kopf als nur ihr fotografisches Gedächtnis. Sie hatte sich offensichtlich soeben in wenigen Sekunden in den Computer dieser Frau Breitenbanner gehackt und richtete ihr als Bildschirmhintergrund gerade aus einem gut versteckten Ordner ein Foto von der letzten Weihnachtsfeier ihrer Schule ein. Das vermutete Jerome zumindest, weil die Dame neben dem Bikini auch eine Zipfelmütze trug. Der Herr im Blaumann, den sie auf dem Bild knutschte, war wohl der Hausmeister.

Das Mädchen lehnte sich mit einem zufriedenen Seufzer zurück.

Plötzlich erklang eine kurze Melodie. Shakira sah überrascht auf die untere Ecke des Bildschirms.

Johann Klein, las Jerome mit. Wer das wohl war?

Sie drückte auf »Annehmen«.

»Hallo, Juan«, grummelte Shakira.

Auf dem Bildschirm erschien eine winkende Maus.

Das war sie also. Die Maus des Todes, wie sie seinerzeit genannt worden war. Es gab sie noch.

»Hallo, Shakira«, grüßte sie zurück. »Ich wollte nur fragen, wie das Referat von Max gelaufen ist, bevor es weitergeht nach Guatemala.«

MAX

Max stapfte wütend die Straße nach Hause entlang. Wie war die Breitenbanner auf eine Fünf gekommen? Ihr Referat war toll gewesen. Das hatte sogar Shakira zugegeben. Ein lautes Geräusch riss Max aus seinen zornigen Gedanken. Er blickte hoch. Auf dem Nachbargrundstück begann ein Bagger seinen Dienst, beobachtet von einer eleganten Frau, die sein Werk kritisch beäugte. Der Mann neben ihr lächelte. Überrascht stellte Max fest, dass er ihn kannte. Es war Shakiras Onkel. Was hatte der denn auf dieser Baustelle zu suchen? Dann fiel ihm ein, dass Herr Wichmann ja auf dem Bauamt von Schönhain arbeitete. Vermutlich mussten die jeden Neubau begutachten oder so. Max lief ins Haus und warf die Tür zu.

»Alles in Ordnung, Schatz?«, hörte er die Stimme seiner Mutter aus der Küche.

»Nein«, gab er zu, als er hineinging.

»Was ist denn los?« Sie schaute von ihrem Laptop hoch, an dem sie mit einer Tasse Tee saß. Daneben lag ein kleiner Flyer, auf dem die Sonne malerisch hinter einer Bergspitze unterging. »Eine neue Welt für Touristen. Eine neue Chance für Sie!«, versprach der Prospekt über dem groß gedruckten »Naturpark Ahlsfelder Ebene«.

Max hatte eigentlich gar keine Lust, von dem vergeigten Referat zu erzählen. Wenn seine Schulnoten mal ein Stückchen absackten, verfielen seine Eltern immer in Panik und sahen ihren Sohn gleich bettelnd auf der Straße sitzen.

»Warum bist du schon hier?«, versuchte Max deshalb abzulenken.

»Oh, ich hatte – aber pst, das ist streng geheim …« Sie legte einen Finger auf die Lippen. »… ein erstes Bewerbungsgespräch.«

Max' Mutter arbeitete bei Blanche Industries, der Kosmetikfirma, die einst dem verrückten Antoine gehört hatte. Nachdem er eingesperrt worden war, hatte es ihr dort eigentlich immer gut gefallen. Aber dummerweise hatte der neue Besitzer Max' Vater vorletzten Monat zum Chef der Marketingabteilung gemacht. Seitdem war Mama nur noch unzufrieden, und das dummerweise nicht nur bei der Arbeit.

»Hoffentlich klappt's«, sagte Max. »Dann giftet ihr euch vielleicht nicht mehr ständig beim Frühstück und Abendessen an.«

»Wir haben nur professionelle Meinungsverschiedenheiten«, behauptete Mama.

»Für mich klingen die aber wie ein Ehekrach«, erklärte Max.

Seine Mutter räusperte sich. Wahrscheinlich weiß sie ganz genau, dass ich recht habe, dachte Max.

»Zurück zum Ausgangsthema – was ist los?« Dummerweise war die Ablenkung damit auch schiefgegangen. Also erzählte Max, was los war. An den geweiteten Augen seiner Mutter erkannte er, dass sie sich nun wieder ganz schreckliche Sorgen machte.

AB IN DIE FERIEN

JERÔME

»Tschüs, Hamster!« Sie war extra noch mal reingekommen, um ihm das zu sagen. Auch wenn er sich weiterhin extrem unauffällig verhalten hatte, hatte Shakira begonnen, eine Bindung zu ihm aufzubauen. Sie war ein sehr vorsichtiges Mädchen, sie sah in ihm einen Bestechungsversuch ihres Vaters, aber trotzdem war ihre Eisschicht langsam gebröckelt. Sie hatte aufgehört, ihn lediglich – allerdings mit der Zuverlässigkeit einer Maschine – mit Trinkwasser und Futter zu versorgen und den Käfig zu säubern. Hatte angefangen, ihn sich abends auf die Schulter zu setzen, wenn sie noch am Rechner tippte, und dabei manchmal geistesabwesend über sein Fell gestreichelt. Hatte ihn ihren Freunden gezeigt. Anscheinend zählten dazu, abgesehen von der weit entfernten Maus, tatsächlich nur diese beiden Jungs. Sie hatten ihn beide angestrahlt und festgestellt, dass dieser Juan halt doch was anderes war.

Tja, nicht ganz so anders. Aber irgendwie dann doch. Die Maus glaubte nämlich an das Gute – im Menschen, im Tier, in der Welt. Das hatte Jerome in ihren Augen gesehen. Shakira hatte Jerome einmal in die Webcam gehalten und da hatte er sich diesen Juan genau anschauen können. Ein hoffnungsloser Idealist,

sofort erkennbar. Jemand, der trotz aller erdrückenden Gegenbeweise an das Gute im Menschen glaubte, ja, sogar mit welchen zusammenarbeitete. Der nicht verstand, dass man nur sich selbst vertrauen durfte, wenn man eine Vision hatte. Jerome hätte es ihm erklären können, doch er hatte es natürlich gelassen. Diese Maus brauchte nicht zu wissen, wer er wirklich war. Trotzdem hatte Jerome den Eindruck gehabt, dass die Augen der Maus eine Hundertstelsekunde zu lange auf ihm geruht hatten und sich ihr Kopf einen halben Millimeter zur Seite drehte. Sicher, die Instinkte einer Maus waren im Vergleich zu denen eines Hamsters ein Witz. Aber sie waren da und funktionierten – offensichtlich besonders gut, wenn diese Maus dank verbotener Experimente viel intelligenter war als ihre Zeitgenossen. Diese Instinkte hatten diesem Juan wohl, ohne dass er es wirklich gemerkt hatte, kurz das Gefühl gegeben, dass da was nicht stimmte. Auch wenn Jerome seinen niedlichsten, also doofsten Haustierblick aufgesetzt hatte. In diesem Moment hatte Juan es zum Glück nicht durchschaut, sondern sogar noch gesagt: »Schade, dass ich mit dem kleinen Kerl nicht reden kann. Aber Kommunikation unter Tieren läuft über Telepathie, das klappt nicht mit Skype.« Doch beim nächsten oder übernächsten Mal würde Juan sein Gefühl vielleicht bewusst werden. Er würde sich fragen, woher es kam. Und schließlich die richtige Antwort finden. Darauf legte Jerome wirklich keinen Wert.

Ein Schlüssel drehte sich hörbar in der Wohnungstür. Onkel Wichmann war zur Arbeit gegangen. Jerome war alleine. Er schob den Riegel seines Käfigs hoch, stieß die Tür auf und machte sich auf den Weg zum Laptop auf Shakiras Schreibtisch. Er presste dort Kopf und Schulter gegen das Gerät und klappte es auf. Mit seiner Schnauze schaltete er es ein. Er krabbelte zur Mitte der Tastatur und stellte sich aufrecht hin.

»§KL5U*mnkT%frR«.

Das hieß einiges an Gymnastik auf der Tastatur, die nicht auf Hamster ausgerichtet war. Aber das hatte er im Gefängnis ja schon jede Nacht an Antoines Rechner durchgestanden, um sein Selbststudium voranzutreiben.

Wenn er hier fertig war, würde Johann Klein seltsamerweise nicht mehr erreichbar sein für Shakira. Und sie auch nicht mehr erreichen. Was tat ein Hamster nicht alles für die nötige Ruhe und ein paar lustige Katzenvideos?

Jerome lockerte seine Schultern und legte los mit seinem kleinen Tänzchen auf der Tastatur.

»Willst du noch mit rein?«, fragte Max, als er mit Pascal vor seinem Haus angekommen war.

»Nein danke. Ich muss packen.« Sein Freund seufzte schwer. Max legte ihm die Hand auf die Schulter.

»Oh Mann, Pascal. Das tut mir echt leid. Aber wenigstens bist du danach erst mal bei uns.«

»Ja. Eine ganze Woche echte Sommerferien. Wahnsinn.«

»Wir rufen dich jeden Tag im Camp an. Versprochen«, sagte Max.

»Die Smartphones werden einkassiert. Gehört zum pädagogischen Konzept«, seufzte Pascal.

Max hätte gerne noch etwas Trost gespendet, aber jetzt fiel ihm leider wirklich nichts mehr in der Richtung ein.

»Habt Spaß«, sagte Pascal. »Aber bitte erzählt mir nichts davon.« Er drehte sich um und machte sich auf den Heimweg.

Max ging ins Haus.

»Was ist denn nun das Problem? Dass ich ein schlechter Chef bin oder ein schlechter Ehemann oder beides?«, hörte er die Stimme seines Vaters.

Nicht schon wieder diese Diskussion, dachte Max.

»Nicht schon wieder diese Diskussion«, sagte Mama. »Ich schaue mir das einfach mal an. Wenn es was wird, ist gut. Und wenn nicht …«

»Hallo«, begrüßte Max seine Eltern.

»Sohnemann«, sagte Papa und strahlte Max an, als wäre hier nicht gerade eine höchst unentspannte Diskussion im Gange. »Na, was sagen die Noten?«

»Nichts Neues«, antwortete Max, zog sein Zeugnis aus dem Rucksack und reichte es seinem Vater. Er betrachtete es stirnrunzelnd, während sich Max den Orangensaft aus dem Kühlschrank holte.

Papa gab das Zeugnis an Max' Mutter weiter. Auch ihre Stirn bekam eine tiefe Falte, während sie den höchst mittelmäßigen Notenstand ihres Sohnes musterte.

»Dann war das wirklich die richtige Entscheidung«, sagte sie.

»Da kann ich dir ausnahmsweise mal recht geben«, pflichtete Papa ihr bei. »Und ich denke, es wird ihm Spaß machen. Er ist ja nicht alleine.«

Max stellte sein Glas ab.

»Ähm … sprecht ihr gerade über mich? Falls das so ist, glaube ich, es ist nichts, worüber ich mich freue.«

Seine Mutter nickte verschämt.

»Ja, im ersten Moment nicht. Aber angesichts dieses Zeugnisses …« – sie winkte damit – »… muss es wohl sein. Da hatte Pascals Mutter recht.«

»Von was redet ihr?«, fragte Max, obwohl er eine Ahnung hatte, von was sie redeten. Aber er hoffte, dass er sich irrte.

Er irrte sich nicht.

ZUM ANFANG EIN ABSCHIED

SHAKIRA

Seitdem ihr Wichmann zu Weihnachten ein eigenes Smartphone geschenkt hatte, war es noch nie passiert, dass Shakira nicht spätestens alle zwei Stunden einen Blick darauf warf. Zwar gab es in ihrem sehr überschaubaren Freundeskreis nur selten Neuigkeiten, aber manchmal meldete Johann Klein Telefonierbedarf an, oder ihr Nachrichtenticker versorgte sie mit neuen Informationen zu den Themen, die sie interessierten, also Computerviren, Naturkatastrophen oder Antoine Blanche.

Doch jetzt hatte sie tatsächlich seit gestern Nachmittag vergessen, auf das Display zu schauen. Zur Feier ihres Zeugnisses hatte Wichmann sie nach der Schule abgeholt und war mit ihr auf den Jahrmarkt in Kreutlingen gefahren. Und auch wenn sie tapfer mit möglichst missgünstiger Miene in Achterbahn, Autoscooter und Grusel-Rikscha gesessen war, hatte es ihr so viel Spaß gemacht, dass sich ihr Handy währenddessen still und leise entlud. Sie hatte es nach dem Abendessen beim Italiener einfach nur an das Ladegerät angeschlossen, ohne es anzuschalten und noch einmal einen Blick darauf zu werfen. Sie war nicht mal mehr an ihren Rechner gegangen, der seltsamerweise noch an war, sondern hatte ihn einfach nur nach einem kurzen Blick auf ihr Postfach heruntergefahren. Der Tag gestern hatte sie echt geschafft.

Aber jetzt war wieder Zeit für etwas moderne Kommunikationstechnologie. Schließlich musste sie sich mal mit Max kurzschließen, wie man den ersten Ferientag gebührend feiern wollte. Sie guckte auf die Uhr. Es war 9:45 Uhr. In einer Viertelstunde fuhr Pascals Bus am Rathausplatz ab. Vielleicht sollten sie dort noch mal vorbeischauen. Obwohl, wahrscheinlich würde es den Armen nur noch mehr deprimieren, wenn sie ihm zuwinkten.

Sie schaltete das Handy an.

»5 neue Nachrichten«

Die letzten Cornflakes zerkauend stellte Shakira die Schüssel in ihr Bücherregal.

Fünf neue Nachrichten? Das hatte es ja noch nie gegeben. Sie entsperrte das Telefon mit ihrem Fingerabdruck und ging in das Nachrichtenmenü.

Alle waren von Max. Die jüngste Nachricht war gerade mal zwanzig Minuten her:

»Warum gehst du nicht ans Telefon?«

Ein ungutes Gefühl machte sich in ihrem Bauch breit. Ein ganz ungutes Gefühl, während sie las, was Max davor geschickt hatte.

»Ich hab dir eine Mail geschrieben.«

Moment, sie hatte gestern, bevor sie den Rechner runterfuhr, keine Mail gesehen. War ihr Spamfilter wieder zu scharf eingestellt?

»Welche Mail denn?«, murmelte sie und fuhr zur nächsten Nachricht. Abgeschickt gestern Abend.

»Vielleicht kannst aber auch du mit meinen Eltern reden. Und sie bedrohen. Ich glaube, du machst ihnen immer noch Angst!«

Was hatte er jetzt mit seinen Eltern? Shakira fand sie zwar ganz schön überbesorgt und spießig, aber Max liebte sie eigentlich.

»Frag bitte deinen Onkel, ob er mit meinen Eltern redet. Ich will da nicht hin!«

Wovon redete er nur? Langsam scrollte Shakira mit ihrer Fingerspitze nach oben.

»Verdammt, Shakira, sie schicken mich auch in dieses Camp!«

Shakira erstarrte. Ihr Smartphone glitt ihr aus der Hand.

Das konnte nicht sein. Das durfte nicht sein. Langsam wanderte ihr Blick zu ihrem Wecker. Zehn vor zehn. In zehn Minuten fuhr der Bus.

Sie rannte auf den Flur, riss die Wohnungstür auf und stürmte hinaus. Das »Wo willst du denn hin?« von Onkel Wichmann hörte sie im Treppenhaus kaum noch.

Oha, das Mädchen stand ja plötzlich ganz schön unter Strom! Da musste sich Jerome mal dringend auf den neuesten Stand bringen. Er schob den Riegel seines Türchens hoch, lief zu dem am Boden liegenden Gerät und berührte mit seiner Pfote das Display. Sehr gut, die Tastensperre hatte sich noch nicht aktiviert. Den Fingerabdrucksensor hätte er nicht umgehen können. Rasch wischte er sich ins Postfach und überflog den Inhalt. Gerade in diesem Moment ging zusätzlich eine neue Nachricht von Johann Klein ein.

»Shakira, melde dich! Hier ist irgendwas ganz Schräges im Gange!«

Jerome grunzte unwillig. Der Kerl war echt lästig. Das Mädchen war schon aufgeregt genug, da brauchte sie nicht noch eine hysterische Maus mit Weltverbesserungskomplex. Er löschte die Nachricht und fügte mit seiner Nase in die IP-Adresse der Maus ein paar Zahlen ein, die dafür sorgten, dass diese Verbindung von nun an gekappt war.

So, jetzt durfte die Tastensperre kommen. Jerome drehte sich und machte sich auf den Weg zum Schreibtisch. Für Katzenvideos und andere wichtige Dinge war ein normaler Laptop einfach praktischer.

Er saß im Bus.

Kein Onkel Wichmann hatte angerufen und mit Max' Eltern diskutiert. Keine Shakira hatte sie erpresst. Sie hatten ihn einfach zum Rathausplatz gefahren, seinen Koffer in den bereits geöffneten Frachtraum geladen und ihn, als er noch einmal anfangen wollte zu diskutieren, sanft zum Eingang geschoben.

»Ich fass es nicht, dass ich hier sitze«, sagte er.

»Ich weiß. Aber ich bin, ehrlich gesagt, auch ein bisschen froh«, erklärte Pascal und hielt ihm eine Tüte Gummibärchen zum Trost hin.

»Hast du vielleicht deiner Mutter diesen Floh ins Ohr gesetzt?«, fragte Max misstrauisch. Pascal riss empört die Augen auf.

»Hallo? Ich bin dein Freund.«

»Schon gut«, murmelte Max. »Aber damals hast du uns auch an Antoine verraten …«

»Ja, weil ich seine Pillen gefressen hab, die mich hochbegabt und asozial gemacht haben.« Er seufzte. »Aber immerhin hätten sie mir das hier erspart.«

Ein Van mit der Aufschrift »Abenteuer Lernen« – so nannte sich der Anbieter dieser Reisen – kam auf den Parkplatz gefahren.

»Das sind bestimmt die Betreuer«, vermutete Pascal.

»Die seh ich jetzt ja noch oft genug«, sagte Max und zog sein Smartphone aus der Tasche. Shakira hatte sich immer noch nicht gemeldet. Draußen winkten seine Eltern zum Abschied, aber Max ignorierte sie. Die hatten sich ihr schlechtes Gewissen redlich verdient.

Der Motor startete und die Bustüren schlossen sich.

Das Handy vibrierte. Johann Klein rief an.

Sonderbar, das machte Juan eigentlich nie. Er verschickte vor Telefonaten immer erst verschlüsselte Nachrichten, um Max' Eltern bloß keinen Anlass zum Misstrauen zu geben.

»Hallo?«, fragte Max ins Telefon.

»Max?« Juans Stimme klang besorgt. »Wo bist du?«

»Im Bus.«

»Ich dachte, du verreist erst in der zweiten Ferienhälfte?«

»Ja, dachte ich auch. Du wirst es nicht glauben, aber meine Eltern haben –«

»Max, ich hoffe sehr, dass du nicht etwa … dass du etwa …«

Max runzelte die Stirn. Dass Juan um die richtigen Worte rang, war wirklich selten. Wenn diese Maus eins konnte – und sie konnte deutlich mehr –, dann einen kühlen Kopf bewahren.

»Ah, sehr gut«, ertönte plötzlich eine kräftige und übernatürlich gut gelaunte Stimme vor ihm. Eine Stimme, die ihm sehr bekannt vorkam. Während der Bus losfuhr, hob Max langsam den Blick.

Muskeln. Muskeln. Noch mehr Muskeln unter einem straff gespannten T-Shirt mit der Aufschrift »Dein neues Leben!«.

Sein Telefon verschwand aus Max' Hand. Es lag nun in der gewaltigen Pranke eines Muskelbergs.

»Die Handys gibt es nach eurem Trip wieder!«, verkündete er. Dann schlug er Max so fest auf die Schulter, dass er leise aufstöhnte.

»Mensch, freu ich mich, meinen Buddy dabeizuhaben.«

Es gab eigentlich nicht so wahnsinnig viele Menschen, von denen Max hoffte, sie nie wiederzusehen. Dieser hier gehörte dazu.

Doch sein einstiger Personal Trainer Derek war offensichtlich für die nächsten drei Wochen sein Betreuer.

SHAKIRA

Sie war zu spät. Gerade als sie um die Ecke zum Rathausplatz bog, setzte sich der Bus in Bewegung. Shakira erkannte Serafine und Bruno Kühl, die leicht verzweifelt wirkten, wie sie ihrem Sohn hinterherwinkten. Sie versuchte, ihre Freunde hinter den Fenstern des gerade neben ihr an der roten Ampel haltenden Gefährts auszumachen, aber die Gesichter waren ihr unbekannt. Wahrscheinlich saßen die beiden auf der anderen Seite.

Ihr Blick senkte sich. Der Name des Reiseanbieters war groß in lilanen Buchstaben an der Seite angebracht: »Abenteuer Ler-

nen«. Oh Mann, warum nicht gleich »Abenteuer Blinddarmentzündung«?

Sie würde mal recherchieren, was das für ein Laden war, wenn sie heimkam. Jetzt hatte sie ja in ihren Ferien plötzlich wieder viel mehr Zeit als vorgesehen. Der Gedanke versetzte ihr einen schmerzhaften Stich.

Sie ging los und wollte mit ihrem Handy schon einmal anfangen. Verdammt. Sie hatte es bei ihrem überstürzten Aufbruch vergessen. Aber immerhin: Dadurch dass sie jetzt nicht auf einen Touchscreen starrte, sah sie etwas anderes sehr Interessantes.

Frau Breitenbanner kam gerade aus der Boutique Cadence in der Fußgängerzone. Der edelste Klamottenladen der Stadt, dessen Preise selbst Pascals Mutter abschreckten. Die gönnte sich als gut gebuchte Psychologin sonst eigentlich alles, wonach ihr der Sinn stand. Doch selbst Frau Schön war noch nie mit zwei vollgepackten Tüten aus diesem Laden geschritten. Ihre Biolehrerin tat es, obwohl sie – nach allem, was Shakira auf ihrem Rechner erschnüffelt hatte – ein sehr normales Gehalt bezog und einen gebrauchten Corsa fuhr, für den ein Großteil ihrer Schüler sie auslachte.

Die Dame war offensichtlich zu Geld gekommen. Shakira folgte ihr in gebührendem Abstand, bis Frau Breitenbanner im städtischen Parkhaus verschwand. Zwei Minuten später fuhr sie mit einem Wagen heraus, der weder ein Corsa noch gebraucht war.

Frau Breitenbanner war zu ziemlich viel Geld gekommen.

EIN BEUNRUHIGENDER ABEND

MAX

Neun Stunden waren sie unterwegs gewesen. Auf den verstopften Autobahnen fuhren Zehntausende zu Ferienbeginn in den wohlverdienten Sommerurlaub, was einen Stau nach dem anderen zur Folge hatte. Doch für diese Reisenden lag am Ende ihrer Fahrt Paris, der Gardasee oder ein Center Park. Das Ziel ihres Busses war ein anderes.

»Silberwald – Heimat des Camp Education« hatte es im zu jeder vollen Stunde auf dem Busfernseher wiederholten Werbefilmchen geheißen. Max hatte Silberwald für einen Ortsnamen gehalten. Aber als der Bus sich die letzten dreißig Minuten zwischen dicht stehenden Tannen auf einem sehr schmalen Pfad entlangschlängelte, wurde Max klar, dass sie tatsächlich in einen Wald gekarrt wurden. Einen sehr großen Wald, offensichtlich ziemlich weit entfernt von der nächsten Ortschaft.

Max schaute durch die Frontscheibe. Hell erstrahlend verrieten die über einem sich gerade aufschiebenden Tor prangenden Leuchtbuchstaben, dass man im »CAMP EDUCATION« angekommen war. »Wo Lernen Spaß macht«, versprach die in Schreibschrift darunterliegende, ebenfalls leuchtende Zeile. Der Bus kam auf einem großen Platz, der von Blockhütten umgeben war, zum Stehen.

»Willkommen im Abenteuer«, rief Derek gut gelaunt und ging, gefolgt von skeptisch dreinschauenden Kindern, voran. Max betrachtete immer noch den Zaun. Er war mindestens fünf Meter hoch, zwischen den Betonpfeilern verliefen Stahlschnüre im Abstand von vielleicht zwanzig bis dreißig Zentimetern.

»Meinst du, da ist Strom drauf?«, flüsterte Max.

Pascal schlug ihm beruhigend auf die Schulter.

»Hey, Alter, das ist ein Lerncamp! Kein Gefängnis! Ich bin mir zwar nicht sicher, ob meine Eltern mich mögen, aber das wäre sogar für ihre Verhältnisse echt ein bisschen zu viel des Guten.«

»Wir sind übrigens da.« Der Busfahrer schaute die beiden genervt an. »Wenn auch ihr zwei langsam mal den Hintern hochkriegt, kann ich endlich zurück in die Zivilisation.«

»Verdammt«, fluchte Shakira.

Auch der achte Versuch, sich in Frau Breitenbanners Onlinebanking einzuhacken, war fehlgeschlagen. Mein Gott, die Frau war Biolehrerin! So schwierig konnte ihr Passwort doch wirklich nicht sein. Und jeder, wirklich jeder in der Schule wusste, dass sie in Marcel Weidner verknallt war. Überall hatte sie »Marcel1987« als Passwort – bei Facebook, ihrer völlig überteuerten Online-Partnerbörse, selbst auf dieser dämlichen Kochseite, wo sie Rezepte hochlud, gegen die sogar Onkel Wichmanns bescheidene Kochkünste wirkten wie Drei-Sterne-Küche.

»Shakira! Kommst du essen?«

Sie grunzte frustriert. Konnte der Kerl ihre Gedanken lesen?

Na ja, eher unwahrscheinlich. Wenn Wichmann ihre zumeist sehr düsteren Gedanken kennen würde, hätte er sie längst zur Adoption freigegeben, statt weiterhin den Mamaersatz für seine auf dem Selbstfindungstrip verschollene Schwester zu spielen.

Okay, es war eh Zeit für eine Pause. Wenn auch der nächste Versuch scheiterte, musste die Inhaberin des Kontos persönlich in einer Filiale antanzen, um es zu entsperren. So gut konnte Shakira nun nicht schauspielern, dass man sie für eine achtunddreißigjährige Biolehrerin hielt.

Ihr Blick fiel auf den Hamster. Er stand auf seinen Hinterläufen in seinem Käfig und schaute sie mit großen Augen an.

»Na gut«, seufzte sie. Sie öffnete sein Türchen und setzte ihn sich auf die Schulter. Er blieb da immer fast reglos liegen, und sie spürte nur das sanfte Heben und Senken seines Bauches, wenn er atmete. Onkel Wichmann mochte es zwar nicht, wenn sie ihn mit zum Abendbrot nahm, aber im Endeffekt ließ er ihr dann eh ihren Willen. Durchsetzungsfähigkeit war noch nie seine Stärke gewesen. In letzter Zeit behandelte er sie sowieso noch vorsichtiger, als wäre sie eine besondere Kostbarkeit, die er hüten musste wie seinen Augapfel.

JEROME

Das Mädchen war wirklich faszinierend, stellte Jerome fest. Eigentlich waren Menschen einfach zu durchschauen. Jede Handlung war letzten Endes auf Gier zurückzuführen. Gier nach Anerkennung, Gier nach Liebe, aber meistens schlicht Gier nach Geld. Das war bei allen Menschen so

gewesen, die er bislang kennengelernt hatte. Beim mysteriösen Herr Niemand ebenso wie bei Antoine wie auch beim Vater der Kleinen.

Shakira war anders. Zwar wollte sie sich unbedingt in das Bankkonto ihrer Lehrerin einloggen, aber gewiss nicht, um an Geld zu kommen. Also, mit Sicherheit brauchte sie Geld – wenn Kinder eins in der Regel nicht hatten, dann finanzielle Unabhängigkeit –, aber ein Mädchen wie Shakira war sich garantiert im Klaren darüber, dass sie kaum eben mal eine Überweisung auf das Konto einer Elfjährigen durchführen konnte. Sich irgendwie eine TAN zu beschaffen, würde sie mit ihren beeindruckenden Fähigkeiten wahrscheinlich sogar hinkriegen. Aber spätestens, wenn die Biolehrerin sich ihren Kontoauszug ansah, würde es Fragen geben. Fragen, die Shakira wohl kaum beantworten wollte. Nein, dieses Mädchen suchte kein Geld. Dieses Mädchen suchte Antworten und Jerome konnte das Gefühl wachsenden Respektes für Shakira nicht leugnen.

»Ich find's wirklich nicht so appetitlich«, sagte der Onkel und schaute den friedlich daliegenden Jerome an, der ihn unschuldig anblinzelte.

»Ich finde Senfeier auch nicht appetitlich«, raunzte das Mädchen und schwenkte eine Kartoffelspalte in der pampigen Soße. »Und sie sind trotzdem hier.«

»Du magst Senfeier nicht?«, fragte der Onkel überrascht. »Aber ich dachte, sie wären dein Lieblingsessen!«

»Wie kommst du denn darauf?«

»Nun ja …« – Wichmann wurde ein bisschen rot – »… sie waren mein Lieblingsessen als Kind.«

»Soso«, sagte Shakira.

»Ich hätte dir gerne auch mal was anderes gekocht! Aber wenn ich dich frage, ob du spezielle Wünsche hast, sagst du, Essen ist überbewertet.«

Das Mädchen zuckte mit den Schultern. Das war der perfekte Moment. Jerome ließ sich auf den Boden fallen. Shakira schaute ihm erschrocken hinterher. Er fiepste einmal kurz und kläglich, bemerkte das gewünschte Schuldgefühl in ihrem Blick und flitzte dann unter den Schrank im Flur.

»Hamster!«, rief sie.

»Hat er keinen Namen?«, hörte Jerome die verblüffte Stimme des Onkels.

»Dafür hatte ich noch keine Zeit«, erklärte Shakira, während sie in den Flur lief. »Ein Name muss gut überlegt sein. Sonst heißt man zum Beispiel sein Leben lang Shakira.«

»Ich mag deinen Namen.« Die Stimme des Onkels kam näher.

»Na, wenigstens einer«, murmelte Shakira, deren Gesicht nun im Spalt unter dem Schrank erschien. Jerome drängte sich in die hinterste Ecke und sah verängstigt drein. »Hallo«, flüsterte sie und streckte ihren Arm aus. Jerome atmete besonders hektisch.

»Soll ich den Schrank vorschieben?«, fragte ihr Onkel.

»Nein, sonst zerquetschst du ihn noch. Iss deine Senfeier. Ich mach das schon«, raunzte sie ihn an. »Hab keine Angst«, sagte sie dann mit beruhigender Stimme.

Jerome wippte etwas hoch und runter, damit ihr Blick ihm folgte. Endlich bemerkte sie die Ecke Papier, die hinter der Rückwand des Schranks hervorlugte. Gut, dachte Jerome und lief bereitwillig auf ihre Hand. Shakira umschloss ihn sanft, zog ihn heraus und griff dann mit dem anderen Arm nach dem Papier.

Sie betrachtete den Umschlag, während sie wieder aufstand und Jerome an ihre Brust drückte.

»Er ist doch noch da«, murmelte sie.

Jerome hörte, dass ihr Herz einen Moment mit dem Schlagen aussetzte. Offensichtlich hinterließ das Lesen des Absenders eine emotionale Reaktion.

»Hast du ihn gefunden? Dein Essen wird kalt«, rief Wichmann aus der Küche.

»Jaja«, antwortete Shakira mit lauter Stimme. »Ich bringe ihn nur schnell wieder in seinen Käfig.«

Das tat sie auch. Und sie versteckte den Brief unter ihrer Bettdecke, wie Jerome bemerkte.

MAX

Bis zum Abendessen hatten sie einen Rundgang gemacht. An jedem der drei Wege im Camp standen kleine Blockhütten, in denen die Kinder untergebracht waren. Um den Platz in der Mitte befanden sich größere Hütten – die Unterrichtsräume – sowie das größte Gebäude. Es diente als Speisesaal und »Ort für besondere Aktivitäten«, wie Derek stolz berichtete, was Pascal mit »zum Beispiel kollektives Kotzen« kommentierte. »Damit können wir gleich anfangen, scheint mir«, ergänzte er, als sie zur Essensausgabe gingen. Als Derek die Gruppe nach der Mahlzeit wieder auf den Zentralplatz führte, wurde es bereits dunkel. Aus dem Boden fuhren drei doppelseitige Fernseher hoch, die von kreisförmigen Sitzreihen aus Stein umgeben waren.

»Fröhliches Miteinander«, rief Derek und forderte die verblüfft guckenden Kinder auf, Platz zu nehmen. Die Fernseher gingen an und zeigten ein flackerndes Lagerfeuer.

»Ähm … ein echtes Lagerfeuer wäre jetzt irgendwie stimmungsvoller«, bemerkte Pascal.

Derek hatte ihn gehört und lachte. »Das wäre doch viel zu gefährlich! Wir sind schließlich mitten im dichtesten Wald. Ihr sollt hier was lernen und nicht gegrillt werden.« Er ließ sich auf den Platz neben Max fallen.

»Na, Buddy!«, sagte er. »Freust du dich schon auf die nächsten Wochen?«

Um nicht lügen zu müssen, entschied sich Max für eine Gegenfrage.

»Wo kommt eigentlich der Strom dafür her?« Er zeigte auf die Fernseher, die nun auch Gitarrenmusik von sich gaben. Dazu wurden Texte zum Mitsingen eingeblendet, was aber keiner tat.

»Da drüben ist der Generatorraum. Neben dem Geräteschuppen.« Derek zeigte auf einen Betonkasten hinter einer der Unterrichtshütten, der unweit eines kleinen Holzhäuschens daneben lag.

»Da kriegen wir den Strom her für das Lagerfeuer, unsere Leuchtfluter …« Er zeigte auf die überall im Lager stehenden hohen Betonsäulen, an denen derzeit ausgeschaltete, riesige Lampen hingen. Solche Dinger hatte Max bislang nur in Fußballstadien gesehen. »… und alles, was wir sonst noch an Strom brauchen«, vollendete Derek den Satz.

»Wie den Elektrozaun«, ergänzte Pascal listig. Derek schlug ihm mit schallendem Gelächter so fest auf den Rücken, dass Pascal erschrocken hustete.

»Lernen! Nicht grillen!«

Nach einer halben Stunde, in der weiterhin keiner sang, stand Derek auf und klatschte in die Hände.

»So, Bettzeit! Ihr habt einen aufregenden Tag vor euch.«

Die Fernseher gingen aus und fuhren, wie die Steinbänke, wieder ein. Die Leuchtfluter gingen an, sodass alles hell erleuchtet war.

»Tag eins von einundzwanzig überstanden«, sagte Pascal, während sie zu ihrer Unterkunft trotteten.

»Hörst du auch dieses Summen?«, fragte Max, als er die Tür öffnete.

»Na super, Stechmücken!«, grummelte Pascal und schlüpfte in die Hütte. Max lauschte weiter.

»Jetzt mach die Tür zu«, rief sein Freund. »Dieses Camp ist so schon schlimm genug, da muss ich mich nicht auch noch blutig kratzen!«

GEHT DOCH

MAX

Max fand, dass Pascal übertrieb. Ja, es wäre schöner, jetzt mit Shakira im Freibad rumzuhängen, danach drei Stunden an einer von Pascals Spielkonsolen, bevor man sich noch einen Abstecher zum Kiosk gönnte, um sich vor dem Abendessen mit Fruchtgummi und Schokoriegeln vollzustopfen. Aber wenigstens hatten sie ihre aus einem Zimmer und Toilette bestehende Blockhütte für sich alleine, bis auf den Zaun war die Umgebung wirklich sehr idyllisch, und auch das Frühstück schmeckte nicht so schlimm, wie Pascal tat. Der hatte gestern schon das Abendessen verschmäht – Frikadellen mit Kartoffelbrei und erfreulich viel brauner Soße – und sich stattdessen im Bett eines der von ihm als Notvorrat mitgenommenen abgepackten Sandwiches reingestopft. Eigentlich fand Max das Frühstück sogar richtig gut. Schokopops oder Schokoflocken oder Rice Chocos – alle prallvoll mit Kakao und Zucker. Das war der Himmel auf Erden, wenn man – wie Max – seit drei Monaten morgens einen Frischkornbrei mit einem Tropfen Honig vorgesetzt bekam. Laut der pädagogischen Fachzeitschriften seiner Eltern für Kinder der perfekte Start in den Schultag, was das Kind selbst nicht fand und durch dessen schulische Erfolge ja nun auch nicht gerade bestätigt wurde.

»Du isst wirklich noch mehr von diesem Müll?«, fragte der demonstrativ vor einem leeren Stück Tisch sitzende Pascal, als Max mit seiner dritten Schüssel zurückkehrte.

»Ja«, sagte Max. »Ich bin halt auch nicht so verwöhnt wie du.«

»Ich habe einfach noch intakte Geschmacksnerven«, bemerkte Pascal und schaute skeptisch auf den Inhalt von Max' Schüssel. »Ich fass es nicht, dass die bei so einem Fertigfraß als Verpflegung tausend Ocken die Woche verlangen.«

Max hustete überrascht ein Bröckchen Schokoflocken über den Tisch. Das heimwehkranke Mädchen, das vornübergebeugt auf die Tischplatte heulte, bemerkte zum Glück gar nicht, was da gerade in ihr Haar flog.

»Dieser Trip kostet dreitausend Euro insgesamt? Das können sich meine Eltern doch gar nicht leisten!«

»Müssen sie ja auch nicht«, sagte Pascal. »Du bist kostenlos dabei. War so ein Super-last-minute-Angebot, das der Veranstalter meiner Mutter unterbreitet hat. Wahrscheinlich weil leere Plätze bei so was echt peinlich sind.«

Ein lautes Räuspern unterbrach sie. Am vorderen Ende des Frühstücksraums, an dem eine kleine Bühne aufgebaut war, trat der mit einem tragbaren Mikrofon versehene Derek vor eine Leinwand. »Hallo, Schwachleister«, rief er mit seinem Fitnesstrainergrinsen den träge zu ihm aufblickenden Kindern zu.

»Ja, noch seid ihr das!« Er lachte. »Aber ich verspreche euch, nach diesen drei Wochen kann das kein Mensch mehr von euch behaupten. Denn danach seid ihr dank Derek …« – er klopfte sich auf die Brust – »… fit wie ein Turnschuh. Silvana Schroffenstein …« – er zeigte auf eine nun zu ihm tretende Frau mit großer Brille und einer Frisur, die auch das Nest eines wahnsinnigen

Adlers hätte sein können – »… wird Mozart und Beethoven gegen euch wirken lassen wie musikalische Anfänger. Für deutlich bessere Noten in Mathe, Physik und allem anderen, was euch Kopfzerbrechen bereitet, sorgen unsere speziell an der Abenteuer-Lernen-Akademie ausgebildeten Fachpädagogen Michael Öding, Carsten Gerolsteiner und Stefanie Mücke.« Drei schlecht angezogene Menschen mit Hängeschultern, die also aussahen wie ganz normale Lehrer, kamen nun ebenfalls auf die Bühne.

Derek wartete ein paar Sekunden, bis er feststellte, dass der zaghafte Applaus nicht tosender wurde, und schaltete dann mit einer Fernbedienung den Videobeamer an.

EUER FAHRPLAN ZUM ERFOLG stand auf der Leinwand.

»Und jetzt zeige ich, wie wir euch die nächsten Tage und Wochen beweisen werden, dass Lernen, Sport und Spaß keine Widersprüche sind!«

»Ich kotz gleich«, flüsterte Pascal. »Aber wenn du schon das Frühstück lecker findest, gefällt dir das bestimmt auch.«

Max schwieg und schob sich noch einen Löffel Schokoflocken in den Mund. Man musste allem eine Chance geben, fand er. Was anderes blieb ihnen ja auch nicht übrig.

SHAKIRA

Shakira fühlte sich wie an der Klippe zu einem Abgrund.

Sie hatte es nicht gesagt, natürlich. Aber sie hatte sich wirklich gefreut auf diese Ferien. Auf die Zeit mit Pascal und Max. Die Vorstellung, dass die beiden jetzt irgendwo weit weg waren, tat weh. Richtig weh.

»Blöde Kuh«, murmelte Shakira und dachte voller Hass an Frau Breitenbanner. An ihr genervtes »Na gut«, wenn Shakira mal wieder die Einzige war, die sich meldete. An das übertriebene Klatschen, wenn einer ihrer Lieblingsschüler ausnahmsweise eine Antwort hatte, die nicht völlig an der richtigen Lösung vorbeischoss. An dieses peinliche Gekicher, wenn Herr Weidner mal mit ihr sprach. Den sie seit neuestem »Honeybunny« nennen sollte.

Moment, dachte Shakira. In ihrem Gehirn griff sie nach einer Erinnerung an den gestrigen Abend. Sie zog die in ihr Gedächtnis fotografierte Seite des Onlinebankings hervor, an der sie gestern gescheitert war. Wie hatte die Fehlermeldung gelautet?

Nicht »Falsches Passwort«. Nicht »Wir konnten Ihre Anmeldedaten nicht verifizieren«. Nein, es war präziser gewesen.

Sie hatte die Fehlermeldung in immer bedrohlicher wirkendem Rot achtmal gelesen, aber nicht wirklich verstanden.

»Sie haben ein veraltetes Passwort eingegeben.«

Endlich schwang sie ihre Beine aus dem Bett und ging mit entschiedenen Schritten zum Schreibtisch.

Sie klappte den Laptop auf, klickte ihren Browser an und rief die Website der Bank auf. Nun tippte sie Frau Breitenbanners Kontonummer ein und klickte in die Zeile für das Passwort.

Hinter ihr klapperte es. Der Hamster stand an seine Gitterstäbe gelehnt und schaute sie fragend an.

»Die Frau ist sich echt für nichts zu peinlich«, erklärte sie ihm.

Sie war drin. Ein Kontostand, der einige Zehntausend über dem lag, was man einer normalen Biolehrerin zutraute, begrüßte sie.

Sie klickte auf »Kontobewegungen« und sah, dass sich Frau

Breitenbanner einiges gegönnt hatte in den letzten Tagen. Dann stieß sie auf die Überweisung, die ihren plötzlichen Reichtum erklärte. Der Name des edlen Gönners:

Weidner, Marcel.

Der Überweisungszweck:

»Wie besprochen fifty-fifty! DANKE für die flexible Notengebung. Dein Honeybunny«.

Shakira lehnte sich zurück und starrte auf die mysteriöse Zeile.

»Das ist gar nicht gut«, murmelte sie.

Dann stand sie auf. Sie brauchte ein bisschen Bewegung.

EIN BISSCHEN BEWEGUNG

MAX

Max war ja nie eine Sportskanone gewesen und die damaligen Stunden Personal Training mit Derek gehörten zu seinen unangenehmsten Erinnerungen. Aber diese Waldolympiade hier machte eigentlich Spaß. Max fühlte sich richtig energiegeladen, auch wenn er bislang in drei von fünf Disziplinen – Stammweitwurf, Eichelschießen und Baumumarmen – komplett versagt hatte. Beim Ausdauerparcours, den sie gerade mit einer Mischung aus Dauerlauf, Kniebeugen und Liegestützen auf den Wanderwegen dieses riesigen Waldgebietes absolvierten, war er hingegen ziemlich gut. Er hatte gar kein Seitenstechen und immer noch genug Luft, um über Dereks Sprüche wie »Leute, eure Batterien sind noch lange nicht leer!« lauthals zu lachen, während Pascal einige Schritte hinter ihm nur »Kann er nicht wenigstens still sein?« röchelte.

»Und stopp!«, rief der voranlaufende Derek. »Letzte Station!«

»Gott sei Dank«, keuchte Pascal, während Max insgeheim Schade! dachte.

»Lianenschwingen!« Derek zeigte auf ein Seil, das von einem hohen Baum herunterhing, und erklärte das Spiel.

Obwohl Pascal deutlich besser abschnitt als Max, schaute er weiterhin finster drein.

»Das war cool«, erklärte Max und hielt sich den frisch entstandenen blauen Fleck an der Hüfte, der zum Glück nicht sonderlich wehtat.

»Hä?«, fragte Pascal. »Du bist gerade dreimal voll Karacho gegen die Baumstämme geknallt, bist Letzter von all den Vollpfosten hier und es war cool? Hast du dir was in deine Schokopops gerührt?«

»Gewinnen ist viel, aber Dabeisein ist alles!«, erklärte Derek, der ihn gehört hatte. »Und jetzt ist Zeit fürs Mittagessen!«

SHAKIRA

Angeblich kam man beim Sport auf andere Gedanken, aber Shakira fragte sich, wie das funktionieren sollte. Schließlich tat man dabei nur Dinge, die zwar anstrengend, aber nicht gerade intelligent waren. In ihrem Falle laufen, schwitzen, Seitenstechen ignorieren und Leuten, die über ihr Stirnband lachten, böse Blicke zuwerfen.

Als ihr auch eine Dreiviertelstunde Joggen lediglich eklig durchgeschwitzte Klamotten, aber keine anderen Gedanken gebracht hatte, blieb sie stehen und sackte leicht in die Knie. Mit ein paar kontrollierten Atemzügen bekam sie das Seitenstechen in den Griff und richtete sich wieder auf.

Erst jetzt fiel ihr auf, wo sie war.

Im Neubaugebiet, das schon seit über dreißig Jahren so hieß. Und dort vor dem protzigsten Haus, was ihr wieder einen schmerzhaften Stich versetzte. Nicht weil sie sich so anstrengte. Nicht weil sie falsch atmete. Sondern weil sie Sehnsucht hatte.

Hier wohnte nämlich Pascal, der wie Max nun irgendwo im Nirgendwo ein Camp absolvierte.

»Shakira! Wie schön, dich mal wiederzusehen!«

Shakira zuckte zusammen. Im Gartenpool, auf einem Monsterflamingo aus aufgepumptem Plastik, lag Pascals Mutter. Frau Dr. Schön, ausgebildete Kinderpsychologin, sah im rot glitzernden Bikini mit einem großen Sonnenhut und noch größerer Sonnenbrille sogar alberner aus als in ihrer Praxis. Wie schön, dass ich da nicht mehr hinmuss, fiel Shakira in einem Anfall von Dankbarkeit ein.

Sie überlegte kurz, einfach wegzurennen, aber dann ging sie doch langsam durch das offene Hoftor zum Rand des Pools.

Frau Schön strahlte sie an und prostete ihr mit einem Glas voller grüner Flüssigkeit zu, an dem eine viel zu große Ananasscheibe hing.

»Herrliches Wetter, oder?«, fragte sie. »Möchtest du auch einen Cocktail?«

Shakira runzelte die Stirn.

»Ich bin elf. Da trinkt man keine Cocktails.«

»Ach stimmt, du bist ja noch ein Kind.« Frau Schön lachte. »Du wirkst einfach viel reifer.«

Für so eine Mutter wirkte Pascal phänomenal normal, dachte Shakira.

»Die meisten Erwachsenen trinken so früh am Morgen übrigens auch keine Cocktails«, bemerkte sie, weil Frau Schöns anhaltendes Gekicher doch ganz schön nervte. Die ließ sich davon aber nicht beirren.

»Die Praxis ist heute zu. Und jetzt, wo ich mich nicht die ganze Zeit um Pierrot kümmern muss, kann ich mir das gönnen.«

Hatten die Schöns einen Hund gehabt? Shakira konnte sich nicht erinnern, hier jemals einen gesehen zu haben.

»Pierrot?«

Frau Schön zog empört die Sonnenbrille von ihrem Gesicht. »Na, hör mal!«, rief sie. »Ich dachte, ihr wärt befreundet!«

»Meinen Sie Ihren Sohn? Pascal?«

Frau Schön lachte entschuldigend. »Siehst du, ich brauche wirklich eine kleine Auszeit. Ich bin ja schon ganz durch den Wind. Pascal, natürlich. Ich hoffe, er hat nicht zu viel Heimweh.« Nun schaute sie kurz ein bisschen betrübt drein. Aber schon zuckte sie wieder lachend mit den Schultern.

»Wenigstens ist er nicht ganz allein. Toll, dass die mir dieses Angebot gemacht haben.«

Eigentlich hatte Shakira endlich gehen wollen, aber jetzt hielt sie inne.

»Welches Angebot?«

»Na ja, diese Firma hat extra noch mal angerufen. Und gesagt, dass Pascal eine Begleitperson mitnehmen kann. Kostenlos! Daran erkennt man seriöse Anbieter, sag ich dir.« Sie nickte fachmännisch und nippte an ihrem Glas, das allerdings schon leer war. Shakira streckte ihren Arm aus. Frau Schön reichte ihr mit einem »Danke, das ist nett, Schatz« das leere Glas, das Shakira mit dem Inhalt eines auf einem Beistelltisch stehenden Krugs erneut befüllte.

»Als ich Pascal das erzählt habe, war er wirklich erleichtert. Am liebsten hätte er dich übrigens auch mitgenommen. Aber es ging leider nur eine Begleitperson, die auch gewisse Voraussetzungen erfüllen musste, die du nicht mitbringst.«

»Welche Voraussetzungen denn?« Shakira hielt ihr das Glas

hin. Während Frau Schön sich danach streckte, fiel sie fast von ihrem Flamingo. Zitternd fand sie wieder sicheren Halt auf dem albernen Tier.

»Dein Notendurchschnitt ist einfach zu gut«, flötete Frau Schön. »Also musste ich Frau Kühn anrufen, bei ihrem Sohn stimmt der nämlich.«

»Frau Kühl«, korrigierte Shakira nachdenklich.

FINSTERE GEDANKEN

»Können die mir nicht eine Spielkonsole einpacken? Nein, es ist natürlich so ein beknackter E-Reader.«

Pascals Stimmung schien auf dem Tiefpunkt zu sein. Auf dem sie aber eigentlich bereits den ganzen Tag verharrt hatte. Max putzte weiter seine Zähne am Waschbecken neben dem Kleiderschrank und betrachtete seinen Kumpel im Spiegel, wie er aufrecht im unteren Teil des Hochbettes saß. Im Schein des Bildschirms wischte Pascal mit genervtem Blick über all das, was er hätte lesen können. Offensichtlich traf nichts davon seinen Geschmack, so wie auch das gesamte Tagesprogramm nicht seinen Geschmack getroffen hatte.

Eigentlich müsste ich viel wütender sein, dachte Max, während er die Bürste zu den rechten Backenzähnen leitete. Pascal hatte sich wenigstens auf das hier geistig vorbereiten können. Max hatte es eiskalt erwischt. Er war trotzdem nicht so negativ drauf.

Auch wenn es nach der Waldolympiade mit dem Mittagessen dann auch für Max erst mal bergab gegangen war. Es gab nämlich Fischstäbchen mit Kartoffeln und Spinat. Da Max nichts so sehr hasste wie Fisch, war er froh, dass sein Freund ihm eines seiner

Sandwiches in der Mittagspause überließ, da er nicht mal die Beilagen anrühren konnte. Max nannte das für sich den Fluch des Fisches. Sobald ein Stück Fisch auf dem Teller landete, schmeckte auch automatisch alles, was danebenlag, nach Fisch.

Der Nachmittagsunterricht war dann eigentlich wie Schule gewesen, nur in kleineren Gruppen. Mehr kapiert hatte Max deshalb nicht, und am leichten Kopfschütteln von Pascal, der in einer anderen Gruppe saß, war zu erkennen, dass es ihm auch nicht anders ging. Das Schlimmste war dann aber das »Musikalische Miteinander« mit Silvana Schroffenstein gewesen. Alle Kinder wurden mit Triangeln, Blockflöten, Rasseln und Congas versorgt und sollten sich »ganz spielerisch« zu dem entfalten, was Frau Schroffenstein auf dem Klavier so fabrizierte. Obwohl offensichtlich keines der Kinder mit besonders musikalischem Talent gesegnet war, freute man sich irgendwann, wenn man das schräge Geklimpere der Frau übertönte. Auch wenn sie Max an irgendjemanden erinnerte, den er mochte – er kam einfach nicht drauf, wer es war –, an einem Instrument hatte sie eigentlich nichts verloren. Aber die Karottensuppe am Abend hatte Max wieder versöhnt mit der nicht so gelungenen zweiten Tageshälfte. Sie war angenehm süß gewesen, man konnte sich so viel Sahne reinrühren, wie man wollte, und wenn Pascal nicht so ein verwöhnter Hund wäre, hätte er dafür eines seiner Sandwiches sparen können.

Er gurgelte und spuckte das Wasser ins Waschbecken. Dann streckte er sich und gähnte.

Pascal schaltete frustriert seinen E-Reader aus und schaute Max fassungslos an.

»Bist du ernsthaft müde? Wir haben noch nicht mal zehn.«

Max zuckte mit den Schultern.

»Doch, irgendwie schon. Vermutlich von den vielen neuen Eindrücken heute.«

»Ja, die vielen schrecklichen Eindrücke, die mich die gesamte schlaflose Nacht verfolgen werden«, maulte Pascal.

Ein zischendes Geräusch und ein kurzes Leuchten wie bei einem Feuerwerk lenkte sie ab. Sie gingen zum Fenster. Die Wege des Camps lagen still im kalten Licht der Leuchtfluter. »Nach Gewitter sieht's eigentlich nicht aus«, sagte Pascal. Max schaute zum Himmel. Er war sternenklar. Einer der bulligen Wachleute vom Kabuff am Haupteingang kam herangehastet, sammelte etwas am Rande des Zauns ein und steckte es in eine große Plastiktüte.

»Dass die Leute überall ihren Müll rumliegen lassen müssen«, murmelte Max und drehte sich um. Er stieg über die kleine Leiter in den oberen Teil des Hochbettes und kuschelte sich in die Decke.

»Das war kein Müll«, erklärte Pascal, während er seine Matratze unten bezog. »Das war ein totes Eichhörnchen.«

Er schaltete das Licht aus. Die Müdigkeit senkte sich schnell und mühelos auf Max, doch Pascal durchbrach sie.

»Ich glaub, auf dem Zaun ist doch Strom.«

Na klar, dachte Max ungehalten. Nur weil es Pascal hier gar nicht gefiel, war es nun plötzlich doch ein Gefängnis.

Ja, es war nicht alles toll hier. Aber insgesamt betrachtet war es auch nicht so schlecht.

SHAKIRA

Wichmanns Schnarchen drang bis in Shakiras Zimmer. Seltsam, dachte sie. Sonst hatte er eher einen unruhigen Schlaf, was mit Sicherheit am Kaffee lag, den er unsinnigerweise immer noch nach dem Abendessen trinken musste. Doch nun schlief er tief und fest und Shakira war hellwach. Den ganzen Tag schon zuckten unruhige Gedanken durch ihren Kopf, die sich irgendwie miteinander verknäulten, bis ein völlig unentwirrbarer Knoten in ihrem Gehirn zurückblieb. Die merkwürdige Überweisung von Marcel Weidner. Wichmanns sonderbares Verhalten und seine vielen Termine in der letzten Zeit. Ihre Freunde in diesem Lerncamp, in das Max nur durch einen sehr ungewöhnlichen Fall von Großzügigkeit gelangt war. Die Entlassung ihres Vaters aus dem Gefängnis.

Ach ja, ihr Vater. Da war ja noch der Brief. Gut, wenn sie eh keinen vernünftigen Gedanken fassen konnte, konnte sie den auch lesen. Sie schaltete ihre Nachttischlampe an und wühlte den Umschlag unter der Matratze hervor. Ihr Blick fiel auf den Käfig im Bücherregal. Der Hamster schaute sie aufmerksam an.

»Jaja, ich weiß«, sagte sie. »Ich sollte das nicht tun.«

Sie riss das Kuvert auf und zog den Brief hervor. Sofort erkannte sie die Handschrift. Sie war immer noch die eines Grundschülers, der sich schwer damit tat.

»Liebe Shakira,

ich weiß, ich habe viel falsch gemacht, aber Menschen ändern sich.«

Immerhin: Offensichtlich hatte er im Gefängnis einen Rechtschreibkurs besucht. Die paar Worte auf seiner Weihnachtskarte hatten vor Fehlern nur so gewimmelt.

»Auch wenn du nie auf meine Briefe antwortest, freue ich mich, wenn du mich noch einmal besuchen kommst, bevor ich hier rauskomme.«

Also der hatte echt Nerven. Wir sprachen hier von *einer* Postkarte. Vor fünf Jahren. Da hatte noch nicht mal Shakira schreiben gekonnt.

»Ich muss ein neues Leben anfangen, aber ich muss auch wissen, dass es dir gut geht. Dass du in guter Gesellschaft bist, bei deinem Onkel bin ich mir da nicht so sicher. Deshalb habe ich etwas für dich. Einen Gefährten. Bitte komm vorbei, damit ich ihn dir geben kann.«

In Sekundenschnelle wuchs ihr ein Kloß im Hals. Die Bitte ihres Vaters um ein letztes Wiedersehen. Shakira hatte sie nicht erfüllt. Und nun saß sie hier, einen friedlich schlafenden Onkel nebenan, der nichts davon merkte, wie schlecht es ihr ging. Die zwei einzigen Freunde in einem Camp, in das sie anscheinend nicht zufällig geraten waren, ihre einzige Gesellschaft ein harmloser Hamster als letztes Andenken an ihren Vater, der sie genauso verlassen hatte wie ihre Mutter. Bevor sie es verhindern konnte, strömten Tränen über ihre Wangen und quollen Worte aus ihrem Mund, die all ihren Schmerz zusammenfassten.

»Ich bin so allein«, schluchzte sie. Dann senkte sich wieder Stille über die vier engen Wände ihres Zimmers.

Eine Stille, die mit nur drei Worten beendet wurde.

»Bist du nicht.«

VOM ENDE DER EINSAMKEIT

JEROME

Er hatte nicht vorgehabt, sich zu offenbaren. Ja, er mochte das Mädchen, aber eigentlich wollte er hier nur schweigend seine Zeit absitzen, bis das Leben irgendwann in die Richtung weiterging, in die es gehen sollte. Wenn er eines gelernt hatte in seiner Zeit mit Antoine, dann Geduld. Aber hier hatte sein Instinkt ihm gesagt, dass es richtig und wichtig war, sich zu offenbaren. Und wenn ein Hamster sich auf irgendwas verlassen konnte, dann auf seine jahrtausendalten Instinkte. Die waren ja überhaupt der Grund dafür, dass dies alles stattfand. Wenn Jerome ein Gefühl kannte und die Schwärze, die es einem ins Herz träufelte, dann war das Einsamkeit. Die damit verbundene trostlose Machtlosigkeit, der man sich wehrlos ausgeliefert fühlte. Er konnte dieses Mädchen vielleicht nicht so schützen, wie es das verdient hatte. Aber wenigstens konnte er ihm diese grausame Einsamkeit nehmen.

»Ich bin übrigens Jerome«, sagte er.

Shakira schaute ihn eine Zeit lang an. Dann stand sie auf, öffnete seine Käfigtür und hielt ihm die ausgestreckte Hand hin. Er krabbelte brav darauf, sie ging zum Bett und er sprang auf die Decke.

»Ich hol uns mal was zu essen«, sagte sie.

Kurz darauf erschien sie mit einer Schüssel Studentenfutter, setzte sich aufs Bett und stellte die Mischung aus Nüssen und Rosinen zwischen sich und ihn.

»Jerome also?«, fragte sie. Er nickte und entschied sich für eine Erdnuss, an der er nun herumknabberte.

»Hat Antoine dich so genannt?«

Er lächelte. Natürlich hatte sie gleich erkannt, wie alles zusammenhing. Dass Antoine sich aus Langeweile damals eines der Versuchstiere aus seinem Labor mitgenommen hatte. Und dass Jerome dieses Versuchstier war. Er schüttelte den Kopf.

»Den Namen habe ich mir selbst ausgesucht. Antoine hat mich nicht mal Hamster genannt. Er hat manchmal mit mir gesprochen, aber eigentlich waren es nur Selbstgespräche. Ich hätte also auch ein Spiegel sein können. Eines Abends – kurz bevor ihr ihm im Wasserwerk sein Projekt Weltherrschaft sabotiert habt – hat er ganz aufgekratzt von dieser Maus erzählt. Was er mit ihr anstellen würde, wenn er sie in die Finger bekäme. Das hat mein Konversationsbedürfnis nicht gerade beflügelt. Also fand Antoine mich langweilig und hat mich direkt zu seiner Entlassung an deinen Papa verschenkt.«

Shakira nickte und klaubte sich gezielt die Rosinen aus der Schüssel. Sehr gut. Die konnte Jerome nämlich nicht leiden.

»Mit meinem Vater hast du gesprochen?«

Jerome schüttelte den Kopf und entschied sich als Nächstes für eine Cashewnuss.

»Dein Vater ist ein netter Kerl, aber nicht gerade der Hellste. Ich lege Wert auf intelligente Gesprächspartner. Man muss ja nicht mit jedem reden.«

»Geht mir genauso«, sagte Shakira. Jerome lächelte sie an.

»Das habe ich gemerkt. Wir haben, glaube ich, einige Gemeinsamkeiten. Deshalb scheint es mir ganz richtig, mit dir dann doch zu reden.«

»Welche Ehre«, sagte sie. »Und jetzt?«

»Suchen wir ein paar Antworten«, erklärte Jerome. »Ich glaube, die brauchst du gerade.«

Sie nickte. Dann öffnete sie widerwillig den Mund zu einem Gähnen.

»Aber erst mal brauchst du eine Mütze Schlaf.« Auch hierzu nickte sie.

»Du willst immer noch nichts frühstücken?«, fragte Max, der sich mal wieder Nachschlag geholt hatte, den frostig dahinschweigenden Pascal.

Der schüttelte nur unwillig den Kopf.

»Dabei ist das Frühstück hier doch das Beste!«, rief das Mädchen, das gestern noch so unglücklich ausgesehen hatte. Max lächelte ihm zu.

»Ich glaube nicht, dass wir dich um deine Meinung gebeten haben«, fuhr Pascal es stattdessen an.

Max schaute ihn entrüstet an. »Pascal!«

»Ist doch wahr«, sagte sein Freund. »Gestern heult sie noch ins Müsli, und heute hat sie alles vergessen, was sie so vermisst.«

Der Blick des Mädchens wurde schwermütig.

»Ich habe immer noch Heimweh«, sagte es. »Aber irgendwie wird es gerade besser. Meine Mama hat das kommen sehen. Sie hat gesagt, wenn ich erst mal merke, dass alle hier ganz nett sind, werde ich das schon schaffen.«

»Wer ist nett?«, zischte Pascal. »Der Muskelmann mit Hirnschaden? Die Musiklehrerin, die kein Klavier spielen kann? Die Wachmänner, die aussehen, als hätte man sie sich bei einer Motorradgang ausgeliehen?« Max bemerkte beschämt, dass Frau Schroffenstein sie vom Tisch, an dem die Betreuer saßen, fragend anguckte.

»Na, alle halt«, sagte das Mädchen bedröppelt. Es tat Max leid, dass es jetzt auch noch unter Pascals Laune leiden musste. Das war ja schon für ihn schwer genug.

»Das finde ich auch«, sagte er und warf Pascal einen erzieherisch wertvollen Blick zu. »Ich bin übrigens Max.«

»Veronika«, sagte sie mit einem Lächeln.

»Und das hier ist übrigens –«

»… Pascal«, fiel ihm Veronika ins Wort. »Den finsteren Jungen kennen alle.«

»Ach toll, ich wollte schon immer berühmt sein«, grunzte Pascal.

»So, Freunde, genug gemampft«, erscholl Dereks Stimme. Der Trainer hatte sich mit dem Mikro auf die Bühne gestellt. »Sucht euch bitte jeder einen Partner. Denn heute brauchen wir Power-Paare!«

Das klang doch ganz lustig, fand Max. »Na denn, auf geht's«, sagte er aufmunternd zu Pascal.

Der schaute ihn ein paar Sekunden lang an. Dann gab es einen lauten Rums von ihrer Tischplatte. Pascal schob seinen Stuhl zurück und hielt sich mit wehleidigem Blick sein Knie, das er gerade mit voller Absicht an den Tisch geknallt hatte.

»Ach verdammt«, flötete er. »Ich hab mir was verstaucht. Ich glaube, ich kann leider nicht mitmachen.«

Max schüttelte genervt den Kopf. Dann drehte er sich zu Veronika.

»Wollen wir beide?«

Sie nickte begeistert.

VERBINDUNGEN

SHAKIRA

»Ach ja, Shakira«, sagte Wichmann, nachdem er das Frühstücksgeschirr in die Spülmaschine geräumt hatte. »Ich habe nach der Arbeit noch einen Termin. Kommst du alleine klar?«

»Du hast viele Termine in letzter Zeit«, bemerkte Shakira.

Ihr Onkel guckte ertappt drein.

»Natürlich komme ich klar. Abgang.« Sie machte eine wegwischende Handbewegung und ihr Onkel ging.

»Da scheint jemand ein Geheimnis zu haben«, bemerkte Jerome, der auf dem Küchentisch saß und an einem Kürbiskern knabberte, der von einem Brötchen abgefallen war.

»Wichmann? Der hat keine Geheimnisse.«

Sie setzte sich Jerome auf die Schulter und ging in ihr Zimmer.

»Ach ja?« Der Hamster wirkte überrascht.

»Na ja, Wichmann ist einfach harmlos wie … wie … was weiß ich. Was richtig Harmloses halt. Ein Schluck Kamillentee. Toastbrot.«

Sie klappte ihren Laptop auf und tippte, ohne hinzusehen, ihr Passwort ein.

»Komisch, so wirkte er gar nicht, als er deinen Vater besucht hat. Da hatte er eher was … Kaltschnäuziges.«

»Pff«, sagte Shakira, verschränkte ihre Hände und ließ ihre Fingerknochen knacken.

»So, was wollten wir?«, fragte sie Jerome.

»Herausfinden, warum eine Biolehrerin von einem Sportlehrer verdächtig viel Geld für eine unfaire Note bekommt.«

Ausgepowert, aber gut gelaunt kehrte Max vom Sport zurück. Das heute zum Mittagessen servierte Jägerschnitzel brachte schnell seine Kräfte zurück. Er verspeiste es in Veronikas Gesellschaft, da Pascal sich nicht blicken ließ.

Max war fast ein bisschen froh darüber. Mit Veronika konnte man wenigstens mal über was anderes reden als darüber, wie doof hier alles war.

Auf dem Weg zur Musikhütte war Pascal aber wieder da.

»Wo hast du gesteckt?«, wollte Max wissen.

»Verena, gehst du schon mal rein?«, fragte Pascal ihre Begleitung.

»Ich heiße Veronika«, sagte sie.

»Das ist egal«, bemerkte Pascal. »Da ich nicht vorhabe, mit dir Freundschaft zu schließen, reicht es völlig, wenn du einfach kapierst, dass ich dich meine.«

Sie trottete erschrocken voran.

»War das nötig?«, fragte Max.

»Ja. Ich weiß nämlich nicht, ob wir ihr trauen können.«

Max seufzte genervt. Er wollte jetzt eigentlich nur ein Instrument, um ordentlich loszulegen.

»Ich hab mich in der Mittagspause ein bisschen umgesehen«, raunte Pascal. »Während eures Rumgehampels mit Muskelmännchen ging es nämlich nicht, weil die Schroffenstein mich nicht aus den Augen gelassen hat.«

Tatsächlich stand sie am Eingang der Unterrichtshütte und schaute in ihre Richtung.

»Aber beim Essen war ich ungestört«, fuhr Pascal fort. »Wusstest du, dass das Eingangstor immer geschlossen ist, wenn man vom Sport zurück ist?«

»Warum sollen sie es auflassen, wenn keiner rein- oder rausmuss?«, fragte Max. Pascal war noch nicht fertig.

»Ist dir schon mal aufgefallen, dass an diesen Leuchtflutern Kameras sind, die sich ständig hin- und herbewegen?«

Max schaute hoch.

Tatsächlich, da waren kleine graue Kästen, die langsam nach rechts und links schwenkten.

»Na ja, das ist ein Camp mitten im Wald voller Kinder. Natürlich wollen die uns im Blick behalten.«

»Und im Biomüll liegen nicht nur Gemüseschalen. Da liegen massig Eichhörnchen und anderes Kleingetier. Auf diesem gottverdammten Zaun ist Strom!«

»Pascal! Max! Kommt ihr bitte?«, rief Frau Schroffenstein.

Max nickte ihr zu.

In diesem Moment lief ihnen Derek pfeifend entgegen. Max überlegte nicht lange. Es gab wohl nur eine Möglichkeit, Pascals Verschwörungstheorien zu entkräften.

»Derek!«

»Ja, Buddy?« Der Fitnesstrainer lächelte ihn an. Pascal warf Max einen entgeisterten Blick zu, den er aber ignorierte.

»Pascal sagt, auf dem Zaun ist doch Strom.«

»Warum soll da jetzt Strom drauf sein?«, fragte Derek lachend.

»Nicht jetzt. Nachts.« Pascal schaute ihn finster an.

»Na ja, nachts ist da natürlich Strom drauf.« Derek lachte ungerührt weiter. Max war erschrocken.

»Aber … aber warum?«, fragte er.

»Nun, zum einen ist das hier zufälligerweise auch Wolfsgebiet. Beeindruckende Tiere. Aber wir wollen sie nicht unbedingt um Mitternacht im Camp haben, oder, Buddy?«

»Oh. Das wusste ich nicht«, sagte Max.

»Und wenn da zufälligerweise mal ein Kind reinläuft? Zum Beispiel, weil es abhauen will?« Pascal ließ Derek nicht aus den Augen.

»Dann kriegt das Kind einen Schlag, der sich gewaschen hat, einen Schreck fürs Leben und eine schöne Tasse Kakao, bei der wir dann über dieses doofe Heimweh reden können. Aber genug geplaudert, meine Musikkollegin guckt schon ganz streng.«

Derek boxte Pascal noch mal aufmunternd auf die Schulter. Die beiden setzten sich in Bewegung zum Unterricht.

»Siehst du? Doch Strom«, flüsterte Pascal.

Max nickte. »Ja. Doch Strom. Aber auch kein Geheimnis. Sondern einfach eine Vorsichtsmaßnahme.«

Max ging lächelnd an Frau Schroffenstein vorbei, während Pascal kopfschüttelnd stehen blieb.

JEROME

Ab und zu hielt ihm das Mädchen eine Erdnuss hoch, aber die meiste Zeit starrte es auf den Bildschirm.

Das Mittagessen hatte Shakira ausfallen lassen. Sie hatte knapp neun Stunden ununterbrochen am Rechner verbracht. Und dabei zielsicher eine Fährte verfolgt, die mit so vielen Haken und Wendungen versehen war.

Fünfzigtausend Euro hatte Stefanie Breitenbanner von Marcel Weidner bekommen. »Sportlehrer«, murmelte Shakira, nachdem sich sein Bankaccount nach der Eingabe des Passwortes »12345« sofort öffnete. Die Überweisung von einhundertfünfzigtausend Euro, die Weidner von der Firma Outer Limits erhalten hatte, kommentierte sie mit: »Ist ja klar, sie macht die Drecksarbeit, aber er hat die doppelte Kohle. Von wegen fifty-fifty.«

Dann begann der Teil, in dem jede normale Elfjährige eingeschlafen wäre und von einem Urlaub auf dem Pferdehof geträumt hätte. Was war Outer Limits? Wo saß die Firma? Wer investierte dort sein Geld? Aber diese Elfjährige schlief nicht ein. Sie träumte nicht von Pferden. Selbst dem sprechenden Hamster auf ihrer Schulter zollte sie kaum Beachtung. Sie recherchierte. In Firmenverzeichnissen, Börsendaten, legalen und illegalen Wirtschaftsforen. Blieb sie an einer der siebenundzwanzig dazwischengeschalteten Briefkastenfirmen, die auf der ganzen Welt verteilt waren, mal länger als drei Minuten hängen, ließ sie ihren Nacken ein paar Sekunden knackend kreisen. Jerome zuckte bei jedem »Knack« zusammen. Dann machte sie kehrt und fing noch einmal woanders an.

Sie schaffte auch die letzte Etappe. Der Ursprung des rätselhaf-

ten Geldstromes hin zu Stefanie Breitenbanner war eine Überweisung von Abenteuer Lernen.

»Das ist nicht gut«, murmelte sie. Jerome spürte, wie sich ihr Nacken noch mehr verspannte, während sie hektisch nach Wirtschaftsnachrichten zu dieser Firma forschte.

»Tatsächlich. Das ist die Firma, die dieses Camp veranstaltet. Wo meine Freunde sind«, erklärte sie. »Hier steht, dass sie seit sechs Monaten einen neuen Hauptanteilseigner hat, aber der will anscheinend geheim bleiben.«

Jerome streckte seine Vorderläufe aus und begann, ihre Schultern zu massieren.

»Du musst jetzt sehr stark sein, Shakira.«

Sie drehte ihren Kopf zu ihm.

»Warum?«

»Ich weiß zufälligerweise, wer diese Firma gekauft hat.« Sie schaute ihn aufmerksam an.

»Es war das Letzte, was Antoine gemacht hat, bevor er aus dem Gefängnis entlassen wurde.«

GUTEN ABEND GUTE NACHT

MAX

»Du gehst noch nicht ins Bett?«, fragte Max den am Schreibtisch vor dem Fenster sitzenden Pascal.

»Nein, in den Ferien gehe ich nicht um diese Uhrzeit ins Bett«, sagte Pascal frostig. Er zeichnete irgendwas auf seinen Collegeblock.

»Wenn du hier mehr mitmachen würdest, könntest du auch besser schlafen«, sagte Max und stieg über die Leiter in die obere Etage des Hochbettes.

»Ich könnte besser schlafen, wenn ich nicht den Eindruck hätte, dass hier was gewaltig stinkt«, murmelte Pascal und zog einen weiteren Strich auf dem Papier.

»Was tust du da eigentlich?«, gähnte Max.

»Ich protokolliere die Bewegungen der Kameras. Für den Fall, dass man ihnen mal ausweichen muss.« Er drehte sich zu Max und schaute ihn lange an. »Für den Fall, dass man hier *rausmuss.*«

»Und dann?«, fragte Max. »Heim zu Mami und Papi? Die freuen sich bestimmt irrsinnig, wenn du nach einer Woche aus einem Camp ausbüxt, für das sie ein Heidengeld ausgegeben haben.«

Pascal senkte resigniert den Kopf. »Deine Eltern würden dir bestimmt keine Vorwürfe machen«, sagte er.

»Die müssen mir auch keine Vorwürfe machen. Weil ich hier gar nicht rauswill. Ich habe mir das hier nicht gewünscht, aber ganz ehrlich: Ich mag es hier und ich habe einfach keinen Bock mehr auf deine miese Laune.«

Er schaltete das Licht aus, sein kurz aufgeflammter Ärger verschwand in einer Woge wohliger Müdigkeit und schon war er eingeschlafen.

Na gut, das »Ich erkenn dich echt nicht wieder« von Pascal hörte er noch. Aber es war ihm egal.

SHAKIRA

Nachdem Shakira den ersten Schock überwunden hatte, meldete sich ihr Magen mit einem Grummeln zu Wort. Kein Wunder, sie hatte ja den ganzen Tag nichts gegessen. Sie schaute auf ihr Smartphone. Keine Nachricht von ihren Freunden. Keine Nachricht von Juan. Nur eine Nachricht von Wichmann.

»Wird später bei mir. Ich hab das ein bisschen befürchtet, deswegen habe ich dir was vorbereitet. Steht im Kühlschrank.«

»Wo der nur immer steckt«, murmelte Shakira, ließ Jerome über den Arm auf ihre Schulter klettern und ging in die Küche.

»Na ja, so ein Hausbau ist immer mit Stress verbunden«, sagte der Hamster.

»Welcher Hausbau?«, fragte Shakira.

»Weißt du gar nichts davon?« Jerome wirkte überrascht. »Ich habe mich in den Tagen, bevor wir uns besser kannten, ein bisschen umgesehen. Dein Onkel baut ein Haus.«

Shakira ging in Wichmanns Schlafzimmer zu seiner Büroecke. Sein altmodischer Terminkalender lag dort. Jeder normale Mensch speicherte sich so was in sein Handy, aber Wichmann war halt echt von gestern.

Sie blätterte zum heutigen Datum.

»Abendessen mit Architektin«.

Sie öffnete die oberste Schublade seines Schreibtischs. Ein Vertrag über eine Hausbauversicherung. Ein Grundstücksvertrag. Wichmann hatte in den letzten Monaten sehr viel Geld ausgegeben.

Kopfschüttelnd ging sie in die Küche.

»Solange ich denken kann, wohnen wir in dieser beschissenen Dreizimmerwohnung. Woher hat der plötzlich die Kohle für ein Haus?«, murmelte sie. Sie öffnete den Kühlschrank und stellte den mit einem Keramikdeckel abgedeckten Teller auf den Küchentisch.

Fast entfuhr ihr ein anerkennender Pfiff, als sie den Deckel abnahm. Auf einem appetitlichen Bett aus Rucola und Radieschenscheiben lagen zwei weiße Taler aus Ziegenkäse mit einer feinen braunen Kruste. Und jemand, der so was draufhatte, servierte jahrelang Senfeier, weil er glaubte, dass sie das mochte. Was für eine Verschwendung.

»Wichmann steckt wirklich voller Überraschungen«, stellte sie fest.

JERÔME

»Das war wirklich lecker«, sagte Jerome und vergrub seinen Kopf in der Serviette, um sich die Lippen abzutupfen. Eigentlich hatte er nicht sonderlich viel übrig für Salat, aber so raffiniert zubereitet, war das schon was anderes. Schade, dass das Mädchen so wenig gegessen hatte. Die vielen verwirrenden Informationen des heutigen Tages hatten Shakira wohl auf den Appetit geschlagen. Tja, so war das im Leben, dachte er bedauernd. Wenn es wirklich was werden sollte, musste man raffiniert sein. Er legte den Kopf schief.

»Hinter der Platte da steckt was«, sagte er.

»Welche Platte?«, fragte Shakira und folgte seinem Blick zu dem verdeckten Teil des Küchenschranks. Nun sah auch sie die herausragende Ecke Papier.

Sie stand auf und zog daran. Es war ein Umschlag, den sie sekundenlang anstarrte. Dann schaute sie zu Jerome.

»Das … das ist ein Brief von meinem Vater.« Der Schmerz in ihrem Blick tat Jerome fast körperlich weh.

Das Mädchen drehte sich entschlossen um und vergrub ihre Finger in dem kleinen Spalt, aus dem der Umschlag geragt hatte.

»Ähm … Shakira … ich denke, das hält das Brett nicht lange aus«, sagte Jerome, wohl wissend, dass ihr das herzlich egal war.

Nach wenigen Sekunden flog das Brett zur Seite. Auf den Boden ergoss sich eine Hundertschaft von Briefen.

Shakira stürzte auf die Knie und durchwühlte die Papiere.

»Es sind so viele«, murmelte sie und sah fassungslos zu Jerome.

»Ich denke, die solltest du ganz schnell in dein Zimmer schaffen«, empfahl Jerome. »Und dafür sorgen, dass dieses Brett wieder an seinem Platz ist, wenn dein Onkel heimkommt.«

ENDLICH ANGEKOMMEN

»Wer möchte heute an die Triangel?«, fragte Frau Schroffenstein am Dienstagnachmittag.

»Ich! Ich!«, rief Max.

Es war ihm egal, dass Pascal ihn anguckte, als hätte die Frage gelautet: »Wer möchte sich in diesen tausend Meter tiefen Abgrund stürzen?« Er mochte die Triangel. Er mochte mittlerweile auch die Musikstunde bei Frau Schroffenstein. Irgendwie konnte er gar nicht mehr richtig verstehen, dass er die mal unmelodisch gefunden hatte. Jedes Mal, wenn es nach ein paar kurzen Anweisungen von Frau Schroffenstein losging, fabrizierten die anwesenden Kinder echt schöne Musik auf ihren einfachen Instrumenten.

Pascal behauptete zwar weiterhin, es klänge wie eine Schredderorgie auf dem Schrottplatz, aber das konnte er gar nicht wissen. Er steckte sich schließlich immer heimlich Stöpsel in seine Ohren, bevor es richtig losging.

Das waren eigentlich die schönsten Ferien seines Lebens, musste sich Max eingestehen, während er schwungvoll begann, auf seine Triangel einzuhämmern. Gott, war er sauer gewesen, dass er hierher musste. Aber tatsächlich hatte er noch nie einen besseren Urlaub erlebt. Er liebte das Essen, das Pascal weiterhin

verschmähte. Die Schokopops schmeckten jeden Tag süßer. Mittags gab es wunderbare Klassiker wie Nudeln mit Tomatensoße und Milchreis mit eingelegten Kirschen. Abends schickten einen herrliche Suppen und Eintöpfe in einen erholsamen Schlaf voller wunderbarer Träume.

Er liebte Dereks Sportprogramm am Morgen, bei dem er sich glücklich auspowerte. Es war ihm ein Rätsel, wie er Derek jemals hatte doof finden können, der war nämlich superlustig und sehr motivierend, selbst wenn man im Schlamm ausrutschte und in einer Dreckpfütze landete. Ja, er mochte sogar die klassischen Unterrichtseinheiten, auch wenn er zugeben musste, dass er da nicht wirklich Fortschritte machte. Aber waren nicht auch seine Fehler irgendwie wunderbar, zeigten sie ihm doch, dass es noch so unendlich viel zu lernen und damit zu entdecken gab? Es machte ihn fast traurig, dass er schon in rund zwei Wochen wieder nach Hause musste. Aber er würde darum bitten, nächstes Jahr wieder hierher zu dürfen. Blöd war eigentlich nur, dass Shakira fehlte. Die war leider nicht doof genug. Aber wenn er ihr hiervon erzählte, konnte er sie vielleicht davon überzeugen, sich zukünftig nicht mehr als Erste im Unterricht zu melden und ständig Einsen zu schreiben. Dann konnte sie vielleicht nächstes Jahr mit.

Ein unsanfter Schlag auf seine Schultern riss ihn aus seinen Gedanken. Er schaute Pascal überrascht an, der sich mit genervtem Blick die Ohrstöpsel herausnahm.

»Du kannst aufhören!«, knurrte er dabei. Tatsächlich, die anderen Kinder brachten gerade mit strahlenden Augen ihre Instrumente zurück zu Frau Schroffenstein. Max und Pascal folgten ihnen.

»Danke! Das war wieder super!«, sagte Max, während er Frau Schroffenstein die Triangel und den Stahlstab überreichte.

»Das freut mich«, sagte sie und sah ihn ein bisschen länger mit nachdenklichem Blick an.

Wieder einmal fragte er sich, warum sie ihm so wahnsinnig bekannt vorkam.

Ihr Blick wanderte zu Pascal, der ihr ungeduldig seine Kastagnetten entgegenstreckte.

»Hat es dir auch gefallen?«, fragte sie, während sie ihm die Schlagwerke abnahm und in die Instrumentenkiste auf dem Boden legte.

»Ein Genuss für die Sinne«, behauptete Pascal und schob Max in Richtung Ausgang. »Schöner ist nur, dass wir jetzt auch noch Mathe haben!«

Sie gingen über den Hof in die Unterrichtshütte und setzten sich dort auf ihre Plätze an den Pulten.

»Hoffentlich wieder Prozentrechnen«, seufzte Max. »Da kann ich noch so viel lernen.«

Pascal sah ihn kopfschüttelnd an. Dann beugte er sich zu ihm und zog Max' Ohr ein Stück nach hinten.

»Max, wenn du irgendwo dadrin bist, komm raus«, flüsterte er ihm ins Ohr.

Kurz ärgerte sich Max. Dann überkam ihn aber Mitgefühl. Bestimmt würde Pascal auch irgendwann erkennen, dass es hier echt ziemlich gut war. Und bis dahin hatte er ja immer noch Veronika.

JERÔME

Das Mädchen war ja in vielen Dingen außergewöhnlich talentiert, aber eine gute Schauspielerin war sie nicht. Ihrem Onkel war sofort aufgefallen, dass etwas nicht stimmte. Kein Wunder, Shakira hatte den gesamten gestrigen Dienstag mit Botschaften aus der Vergangenheit verbracht.

»Geht es dir gut? Soll ich heute zu Hause bleiben?«, hatte Wichmann am Frühstückstisch gefragt, an dem sie ihn nur frostig angestarrt hatte. Aber ihr »Dann geht's mir bestimmt nicht besser« hatte ihn dann doch vertrieben.

Jetzt saß sie schon seit über einer Stunde mit übereinandergeschlagenen Beinen auf ihrer Matratze und brütete wieder über den Briefen, die sie doch schon so oft gelesen hatte. Man erkannte deutlich, welches Chaos sie immer noch im Herzen und Hirn dieses eigentlich so strukturierten Mädchens verursachten. Shakira verfolgte kein Prinzip bei ihrer Lektüre, ordnete die Schreiben nicht nach Datum oder Länge, sondern griff mal hierhin, mal dorthin. Jerome blickte ihr über die Schulter.

»Liebe Shakira, ein weiteres Jahr ist vergangen, in dem du geschwiegen hast. Ich habe vorher nicht gewusst, wie weh die Stille tun kann. Jetzt weiß ich es.«

Es gab viele solcher Sätze, Sätze, die von einer Empfindsamkeit des Verfassers zeugten, die ihm keiner zutrauen würde.

»Mit jedem Tag ohne äußere Freiheit schwindet ein Stückchen innere Freiheit.«

Das Mädchen legte den Brief zur Seite, nahm den nächsten.

»Wenn man die Welt immer nur durch Gitterstäbe geteilt sieht, weiß man nicht, ob man sie jemals wieder zu einem Ganzen zusammensetzen kann.«

Das war vielleicht der beste Satz in den Briefen. Der wahrste. Und doch Bestandteil einer einzigen, riesigen Lüge. Denn hier war kein treu sorgender Vater, der im Gefängnis erkannt hatte, was wirklich zählt. Hier war nur ein einsames Mädchen, das an jeder Ecke Verrat und finstere Intrigen befürchten musste. Bevor Jerome sie abwischen konnte, war seine Träne schon auf Shakiras Knie gefallen. Sie fuhr mit ihrem Zeigefinger darüber und betrachtete den winzigen feuchten Fleck auf ihrer Fingerkuppe.

»Ich wusste gar nicht, dass Hamster weinen können«, sagte sie.

»Können sie auch nicht«, schniefte Jerome. »Normale Hamster zumindest. Die können nur jeden Satz dreimal wiederholen, weil sie sonst immer vergessen, was sie gerade gesagt haben.«

»Ich bin froh, dass du kein normaler Hamster bist.« Das Mädchen lächelte ihn traurig an.

Er zuckte mit den Schultern. »Davon hast du, ehrlich gesagt, nicht viel«, gab er zu. Shakira legte die Briefe wieder zusammen und schichtete sie zu einem Haufen.

»Okay, und jetzt?«, fragte sie. »Was soll das alles? Mein Onkel baut Häuser und bunkert jahrelang Briefe von meinem Vater. Antoine besticht über zehntausend Umwege meine Biolehrerin, um Max und Pascal in ein Lerncamp zu schicken. Wozu das alles?«

Ein brummendes Geräusch ließ sie zur Seite schauen. Der ausgeschaltete Laptop fuhr von alleine hoch. Jeromes Fellhaare sträubten sich vor aufgeregter Erwartung.

Eine monotone Melodie von drei aufeinanderfolgenden Tönen erklang. Dazu erschien auf dem Bildschirm ein Button mit der Aufschrift »Anruf annehmen«. Einen Button zum Ablehnen gab es nicht.

»Ich denke, hier kommt die Antwort«, sagte er.

ÜBERRASCHUNGEN

Wie immer nach dem Frühstück war Max voller guter Laune und freute sich mit, wenn es auch anderen gut ging. Da Pascal für diese Form der Freude ausfiel – seine schlechte Laune war noch weiter gesunken, seit er gestern Abend das letzte Sandwich aus seinem Vorrat verspeist hatte –, freute er sich halt für andere. Zum Beispiel Veronika, die am ersten Tag noch wie ein Häufchen Elend vor ihnen am Tisch gesessen hatte. Sie strahlte mittlerweile von früh bis spät und schien fast vergessen zu haben, wie sehr sie doch Anfang der Woche noch Mama, Papa und ihre drei Brüder vermisst hatte. Fröhlich schaufelte sie ihre letzten Schokoflocken in den Mund und goss sich danach übermütig die zu Kakao gewordene Milch aus der Schüssel in den Mund. Max zwinkerte ihr verständnisvoll zu.

»Freunde!«, erklang Dereks markige Stimme, die Max erfreut aufhorchen und Pascal zusammenzucken ließ. Der Trainer stand wieder am Rednerpult im Frühstücksraum.

»Na, habt ihr Lust auf einen weiteren Tag voller Sport, Musik und Wissen?«

Applaus brandete auf, bei dem man kaum merkte, dass Pascals Händeklatschen fehlte.

»Das dachte ich mir!« Derek nickte und grinste. »Und das wird auch ein super Tag. Heute kann ich euch aber noch etwas mehr Freude schenken …«

Die Köpfe aller Kinder schoben sich ein Stück weiter in Richtung Derek, als würde er flüstern. Nur Pascal blieb gerade und rollte mit den Augen.

»Nämlich Vorfreude!«

Die Kinder klatschten weiter, aber zugegebenermaßen hätte Max auch weitergeklatscht, wenn Derek gesagt hätte: »… indem ich euch alle kopfüber ins Klo stecke.« Der Mann war einfach mitreißend, wenn er so gut gelaunt ins Mikro tönte.

»Wie ihr wisst, sind Handys und Co. hier streng verboten …« – auch hier hörte der Beifall nicht auf, weil das mittlerweile auch alle klasse fanden –, »… aber natürlich seid ihr nicht aus der Welt …«

»Auch wenn es sich verdächtig so anfühlt«, murmelte Pascal von der Seite.

»… und eure Eltern natürlich auch nicht. Deshalb ist heute – wie übrigens jeden Mittwoch – Posttag!«

Der Jubel war unbeschreiblich. Max schossen Freudentränen in die Augen.

»Post!«, rief Max. »Mann! Das ist echt groß!«

»Jetzt hör aber mal auf«, blaffte Pascal ihn an. »Das ist nicht groß! Groß ist etwas … etwas … na ja, was Großes eben. Größer als das Leben. Außergewöhnlich. Post ist nicht größer als das Leben! Post ist WhatsApp für Senioren!«

Max sprang zu Veronika und umarmte sie. Pascal konnte man es ja gerade gar nicht rechtmachen.

SHAKIRA

Die Melodie dudelte unbarmherzig weiter. Shakira ging zu ihrem Schreibtisch und stellte Jerome neben dem Rechner ab.

Welches Programm war das überhaupt? Es war nicht das, mit dem sie normalerweise mit Juan telefonierte. Ein anderes hatte sie nicht installiert. Wenn es eine Elfjährige gab, die wusste, was auf ihrer Festplatte steckte, war das ja wohl sie. Und ihre Firewall war auch erstklassig. Wenn an der jemand vorbeikam, hatte er echt Ahnung. Oder genug Geld, um sich diese Ahnung zu kaufen. Sie legte ihren Zeigefinger auf das Touchpad des Rechners und fuhr mit dem Mauszeiger auf den grünen Knopf.

»Dann telefonieren wir wohl mal mit einem geisteskranken Kosmetikhersteller, oder?« Sie schaute Jerome an, der mit den Schultern zuckte.

Sie setzte sich und klickte.

Auf dem Bildschirm erschien das Gesicht eines Mannes, den sie noch nie gesehen hatte, vor einem komplett weißen Hintergrund. Er sagte nichts und schaute sie nur an. Sie schwieg ebenfalls und schaute zurück.

Ein merkwürdiges Gesicht, dachte Shakira. Gut, sie telefonierte nicht oft mit dem Rechner, aber eigentlich gab es nur zwei Reaktionen, die Gesprächspartner bei ihr auslösten: Freude (die sie natürlich nicht offen zeigte), wenn es Juan war oder Max, wenn er sie zum Eisessen oder Fußballspielen einladen wollte. Oder Genervtheit, wofür dann auch Max oder eben Pascal verantwortlich waren, wenn sie mal wieder mit ihren Hausaufgaben nicht so richtig vorankamen.

Dieser Fremde löste etwas ganz anderes in ihr aus. Ein Gefühl in der Magengrube, als würde man ein kommendes Unglück ahnen, und gleichzeitig eine Langeweile, die einen nur mühsam ein Gähnen unterdrücken ließ.

»Sie sind nicht Antoine«, stellte sie fest.

»Aber ich bin da!«, rief es von der Seite, und das Gesicht von Antoine Blanche schob sich im hinteren Bereich des weißen Raumes ins Bild. »Als Ehrenmann stehe ich natürlich auch zu meinen moralisch fragwürdigen Entwicklungen.« Er zog sich zurück.

Shakira schaute zu Jerome, der augenrollend den Kopf schüttelte.

Merkwürdig, dachte Shakira. Irgendwie habe ich das Gesicht von dem Mann auf dem Rechner schon wieder vergessen. Das passierte einem Mädchen mit fotografischem Gedächtnis eigentlich nicht.

Sie blickte zurück auf den Bildschirm. Der Mann war noch da, das Gefühl, das er auslöste, auch, und er schwieg immer noch. Dann war wohl sie am Zug.

»Wollen Sie auch was sagen oder sind Sie nur ein Irrer, der gerne Elfjährige anstarrt und hofft, dass sie schreien?«, fragte sie.

»Ich wollte dir nur den Vortritt lassen«, antwortete der Mann mit einer tonlosen Stimme, deren Klang man auch sofort vergaß, sobald sie schwieg. »Ladies first. In meiner Branche sind gepflegte Umgangsformen das A und O.«

»Aha«, bemerkte Shakira. »Was hätten Sie jetzt so als gepflegte Umgangsform von mir erwartet?«

»Eine Begrüßung«, sagte der Mann. »Aber mir ist klar, dass gepflegte Umgangsformen wohl kein besonders wichtiger Teil deiner Erziehung waren, soweit ich deine Familie kenne.«

Shakira kniff die Augen zusammen.

»Was meinen Sie mit meiner Familie? Hat mein Onkel mit Ihnen zusammengearbeitet?«

»Zu den Spielregeln in meiner Branche gehört übrigens auch Diskretion.«

»Das ist wahrscheinlich das E und Y«, zischte Shakira. Haben Sie eigentlich auch einen Namen? Gehört doch auch irgendwie zu gepflegten Umgangsformen.«

»Ich bin Herr Niemand. Ich habe deine Freunde. Es geht ihnen übrigens sehr gut. Wenn das so bleiben soll, brauche ich natürlich etwas von dir.«

Shakira merkte, wie sich eine leichte Übelkeit in ihr ausbreitete. Sie spürte, wie Jerome auf ihr Knie sprang und beruhigend mit seinen Pfötchen darüberstrich.

»Ich befürchte, Sie überschätzen die Höhe meines Taschengelds«, sagte sie mit fester Stimme.

Jetzt war tatsächlich der Anflug eines Lächelns auf seinen Lippen zu erkennen. Okay, ohne Lächeln war es irgendwie doch besser gewesen, dachte Shakira.

Er schnipste mit den Fingern. Der Drucker unter dem Schreibtisch erwachte rumpelnd zum Leben. Shakira beugte sich unter die Tischplatte und zog ein mit nur wenigen Zeilen bedrucktes Blatt hervor. Sie las es, überlegte kurz und schüttelte den Kopf.

»Das kann ich nicht. Wie kommen Sie auf die Idee, dass ich das kann? Ich bin, wie ja schon erwähnt, ein elfjähriges Mädchen.«

»Ganz genau. Ein elfjähriges, hochbegabtes, asoziales Mädchen, das vor etwas über einem Jahr Antoine Blanches Weltherrschaftspläne vereitelt hat. Und dazu ganz nebenbei mit ihren Freunden die Zusammensetzung seines Wundermittels entschlüsselt hat.«

»Die Unterlagen sind weg«, rief Shakira. »Es gibt keine Kopien.«

»Keine auf Papier. Keine auf einer Festplatte. Aber …« – Herr Niemand beugte sich etwas vor – »… aus zuverlässiger Quelle weiß ich, dass du ein fotografisches Gedächtnis hast. Und wenn du deine Freunde jemals wiedersehen willst, wirst du jetzt damit anfangen, das abzumalen, was da in deinem Kopf schlummert. Morgen um halb sechs bist du mit den Resultaten an deinem Lieblingsplatz am Baggersee.«

»Woher kennen Sie den?«, fragte Shakira.

»Wie gesagt, Diskretion ist ein hohes Gut«, antwortete Herr Niemand.

Der Bildschirm wurde schwarz.

KENNE DEINE FEINDE (UND FREUNDE AUCH!)

JEROME

Das Mädchen war einfach bewundernswert. Jedes normale Kind würde sich nach so einem Gespräch im Bett zu einem heulenden Knäuel zusammenrollen, bis irgendjemand es aus diesem Albtraum erlöste.

Shakira saß einfach da und stellte nach ein paar Sekunden fest: »Ich brauch jetzt erst mal was zu essen.« Sie ging in die Küche und kehrte mit zwei gefüllten Schüsseln zurück.

»Ich danke«, sagte Jerome und nahm sich etwas von den Cornflakes, die er mit einem gemurmelten »Herrlich« aufknusperte.

»Für dich war die andere Schüssel«, bemerkte Shakira.

»Boah, nee«, sagte Jerome. »Quinoa. Die einen nennen es Powerfood, ich nenne es getreidegewordenen Staub. Und Karotten kann ich eh nicht leiden.«

»Zuckerhaltige Lebensmittel sind aber für Hamster nicht geeignet«, erklärte Shakira und nahm sich selbst eine Handvoll Cornflakes und warf sie sich in den Mund.

»Gerade von einem Kind erwartet man eigentlich keinen Vortrag über gesunde Ernährung«, sagte Jerome und nahm sich noch mehr Flakes.

»Hast recht«, seufzte Shakira. »Genauso wenig ein funktionierendes Gehirn und eine eigene Meinung. Kinder sollen eigentlich nur niedlich sein und still.«

»Tja, was soll ich sagen?« Jerome zuckte mit den Schultern und lächelte sie verschwörerisch an. »Hamster und Kinder haben wohl mehr Gemeinsamkeiten, als man im ersten Moment denkt.«

Shakira musste kurz kichern, wurde dann aber wieder ernst.

»Wer ist dieser Kerl?«, murmelte sie.

»Ich habe da so meine Vermutungen«, erklärte Jerome. »Und ich weiß, dass er das von langer Hand geplant hat. Er hat schon mit Antoine Kontakt aufgenommen, als ich noch bei ihm war.«

»Was vermutest du?«

Statt zu antworten, wischte Jerome über das Touchpad des Rechners und öffnete mit einem Pfotenschlag Google. Dann hüpfte er geschickt über die Buchstaben »NIEMAND« und startete mit einem weiteren Hüpfer aufs Touchpad die Suche.

»Woher kannst du das eigentlich?«, fragte sie.

»Hallo? Ich war monatelang mit Antoine eingesperrt. Da musst du ins Internet, um nicht völlig zu verblöden. Also war ich da auch immer, wenn er geschlafen hat oder Freigang hatte. Hab mich fortgebildet. Da lernt man so einiges. Ich kann zum Beispiel Altgriechisch, auch wenn die Chance, auf antike Griechen zu treffen, heutzutage doch eher gering ist.«

Shakira schmunzelte und betrachtete die Suchergebnisse in den Nachrichten, die Jerome mit einem weiteren Wisch und Sprung öffnete.

NIEMAND KENNT DIE HINTERGRÜNDE DES ANSCHLAGS lautete die erste Schlagzeile.

Niemand möchte einen bewaffneten Konflikt eine weitere.

»Das ist jetzt natürlich eher symbolisch zu verstehen, aber ich glaube, es gibt einen Hinweis, mit was für einem Gegner wir es hier zu tun haben. Denn bei meinen Recherchen habe ich festgestellt: Zu Herr Niemand gibt es nichts. Was mich nicht weiter verwundert, wenn er tatsächlich der Beste seiner Branche ist.«

»Du kennst seine Branche?«

»Ich ziehe nur Rückschlüsse«, sagte Jerome.

»Und die führen zu welchem Ergebnis?«

»Nun ja, ein Mann, der Niemand heißt und den niemand kennt. Der über keinerlei Gewissen verfügt, aber Wert auf beste Umgangsformen legt. Der offensichtlich über jahrelange Übung im Intrigieren verfügt, um an eine Substanz zu gelangen, die ebenso hochintelligent wie willenlos macht. So jemand verdient höchstwahrscheinlich mit etwas sein Geld, in dem hohe Intelligenz gepaart mit völligem Gehorsam ein unschlagbarer Vorteil ist.«

Shakira sah ihn ein paar Sekunden lang an. Dann nickte sie.

»Das würde zwar auch Klassenlehrer und Firmenchefs freuen, aber richtig nützlich sind superintelligente Befehlsempfänger natürlich als …« – es fiel ihr offensichtlich schwer, den Satz zu vollenden – »… Soldaten.«

»Niemand macht Krieg«, sagte sie nach einer weiteren Pause, und Jerome nickte.

»Das zumindest sind meine und deine Rückschlüsse. Ich erlaube mir die eitle Feststellung, dass mein und dein Kopf wohl kaum beide zu einer falschen Annahme kommen.«

Shakira schluckte.

»Dann ist er mit Sicherheit kein Mann leerer Drohungen.«

Jerome nickte.

Shakira stützte sich vor und vergrub ihr Gesicht in den Händen.

»Ich kann doch so jemanden nicht die Formel liefern. Ich muss die Polizei informieren. Der Kerl gehört eingesperrt.«

Jerome stellte sich auf die Tastatur.

»Shakira«, sagte er mit fester Stimme. Sie sah auf.

»Ich war mit Antoine im Knast. Er bekam täglich dreimal seinen Soja Latte und konnte nebenbei diesen Deal einfädeln. Im Gefängnis sind nur Kriminelle wie dein Vater weggesperrt. Kriminelle wie Antoine und Niemand kann man so nicht einsperren. Die müsste man einmauern, damit sie keine Gefahr mehr für dich und deine Freunde und den Rest der Welt darstellen.«

»Und das ist heutzutage nicht mehr üblich«, seufzte sie. Sie nahm einen stumpfen Bleistift aus dem Stiftehalter auf ihrem Schreibtisch.

»Dann tu ich wohl besser, was er sagt.«

Jerome wuselte zu ihrer Hand und tätschelte sie einfühlsam.

»Du hast keine andere Wahl«, erklärte er. »Jemandem wie ihm das Handwerk zu legen – das muss schon wer anders machen.«

Doch Shakira begann nicht zu schreiben. Sie schwieg ein paar Sekunden.

»Man hat immer eine Wahl.« Shakira steckte den Stift zurück an seinen Platz. »Bei Erpressungen sieht die so aus: Entweder man erfüllt die Bedingungen der Erpresser.«

»Oder?« Jerome legte den Kopf schief.

»Oder man sorgt dafür, dass die Erpresser nichts mehr zu erpressen haben.«

GROẞE ENTTÄUSCHUNGEN

SHAKIRA

Jerome war dagegen, fand es zu gefährlich, aber sie musste es einfach versuchen. Ja, Max' Eltern waren ein bisschen stressig, aber vor allem waren sie überbesorgt. Wenn sie ihnen einreden konnte, dass irgendwas nicht stimmte mit diesem Camp, wenn sie ihren Sohn und Pascal einfach abholten, dann war das Spiel wieder komplett offen.

Hoffentlich waren sie schon zu Hause, dachte sie, als sie in die Straße der Kühls einbog. Sie hatte Glück. Beide Autos standen vor der Garage. Bevor sie in ihre Einfahrt lief, fiel ihr auf dem Bürgersteig an der Baustelle etwas auf.

Sie kannte eines der dort geparkten Autos.

Shakira ging am Grundstück der Kühls vorbei und lugte vorsichtig um die Ecke ihrer Zypressen. Auf der Baustelle hatte man mittlerweile einen gemauerten Umriss der Grundfläche errichtet, die ersten Ansätze von Wänden darin wuchsen schon kniehoch hervor.

Dazwischen stand Wichmann und lauschte den Ausführungen einer elegant gekleideten Frau.

Er baute tatsächlich. Ausgerechnet hier.

Machte sie zu Max' Nachbarn. Wollte er damit sein schlechtes

Gewissen beruhigen, dass er sie und ihr Wissen an Niemand verkauft hatte?

Die beiden schritten zu den hinteren Wandfragmenten.

Eins nach dem anderen, dachte sie und drehte sich um. Die Haustür der Kühls stand offen, der Kofferraum des größeren Autos auch.

Max' Eltern wollten offensichtlich verreisen.

Sie ging schneller. Ein Vibrieren in ihrer Tasche ließ sie innehalten.

Sie zog ihr Smartphone heraus und starrte auf die Nachricht, die scheinbar aus dem digitalen Nichts kam. Weder eine Nummer noch ein Absender waren zu erkennen, nur die Nachricht selbst.

»MACH KEINE DUMMHEITEN!«

Sie spürte förmlich, wie sich die Hoffnungslosigkeit schwarz und dunkel in ihrem Körper ausbreitete.

»Hallo, Shakira.«

Max' Mutter hatte sie entdeckt und winkte ihr mit der linken Hand zu, während sie mit rechts den Kofferraum schloss.

»Du wolltest aber nicht zu Max, oder? Der ist nicht da.«

»Das weiß ich doch«, zischte sie und marschierte los, die Straße entlang.

»Wolltest du was von uns?«, rief ihr Frau Kühl hinterher. Shakira ging einfach weiter.

»Bloß dass Sie Max' Leben retten«, murmelte sie dabei. »Aber das kann leider nur ich tun.«

MAX

Der Musikunterricht war wieder mal ein Genuss für die Ohren gewesen, den Pascal verpasst hatte, weil seine Zeigefinger darin steckten. Das war ganz schön unhöflich und ziemlich auffällig und vermutlich der Grund, weshalb Frau Schroffenstein ihn nach der Stunde bat, noch einen Moment zu bleiben. Max wartete solange auf dem Hof vor der Unterrichtshütte und freute sich auf die Post.

Eigentlich rechnete er damit, dass Pascal mit einem noch schlecht gelaunteren Flunsch als sowieso schon herauskam. Aber dem war nicht so. Es kam Max fast so vor, als würde er ein Lächeln unterdrücken.

»Was wollte sie?«, fragte Max, während sie zum Speisesaal trotteten.

»Och, nur dass ich mich doch etwas mehr beteiligen soll. Und ein paar Ideen, wie das aussehen könnte.«

Max nickte. »Da hat sie recht. Schließlich sind wir hier unter Freunden.«

»Irgendwie schon«, sagte Pascal, und Max freute sich über das erste Mal Einigkeit zwischen ihnen beiden seit Tagen.

Der Speisesaal war zur Postausgabestelle umfunktioniert worden. Er sah jetzt ein bisschen aus wie ein Western-Saloon, was Max super fand, auch wenn er keine Ahnung hatte, warum das so war. Aber es gab eine köstliche Cowboy-Limonade, um die Wartezeit zu verkürzen. Jedes Kind wurde einzeln aufgerufen, um seine Sendungen aus der Heimat abzuholen. Es waren nämlich nicht nur Briefe.

»Siehst du«, sagte Max, als die strahlende Veronika mit einem Riesenkarton, den sie kaum tragen konnte, an ihnen vorbeimarschierte. »Verschick das mal per WhatsApp.«

»Hoffentlich haben sie mir was zu essen geschickt«, murmelte Pascal. »Ich kann echt nicht mehr. Wie lang dauert das denn hier? Das ist ja schlimmer als auf der echten Post!« Er stampfte wütend mit dem Fuß auf.

»Trink einfach solange deine Cowboy-Limonade.« Max zeigte auf das unberührte Glas in Pascals Hand, der es ungeduldig wegstellte.

»Das ist keine Cowboy-Limonade, Maxi. Das ist die Billigfassung einer stinknormalen Sprite«, erklärte er. »Zucker, Geschmacksverstärker, Zitronensaftimitat.«

»Ich find sie lecker«, sagte Max, hatte aber kurz das Gefühl, eine bittere Note aus der herrlichen Süße herauszuschmecken. Doch schon wurde sein Name aufgerufen und er lief fröhlich zur Ausgabe. Da Pascals Name kurz darauf erklang, trottete der gleich mit.

Max hatte zwei kleine Päckchen bekommen und freute sich darüber wie ein Schneekönig. Dafür schaute Pascal mit seinem riesigen Umzugskarton, den er gerade zu ihrer Blockhütte schleppte, drein, als hätte er nur einen toten Fisch als Gruß aus der Heimat bekommen.

Kaum hatten sie die Tür ihres Zimmers hinter sich geschlossen, ließ Pascal seinen Karton auf den Boden fallen, riss das Klebeband ab und klappte den Deckel auf.

»Füllmaterial«, fluchte er, während er einige aufgeblasene Folienkissen zur Seite warf. »Das nimmt doch nur Platz weg!«

Max ließ sich aufs Bett fallen und betrachtete weiterhin das Schauspiel eines unzufriedenen Pascals beim Auspacken.

»Gott sei Dank, Essen!«, murmelte der, als er ein erstes abge-

packtes Sandwich fand. Konzentriert zog er ein plastikummanteltes Brot nach dem anderen aus der Kiste, bis sich neben ihm ein kleiner Haufen davon türmte. Ein Brief oder auch nur eine Karte hatten seine Eltern anscheinend nicht mitgeschickt.

»Zehn Sandwiches.« Pascal zählte seine Lieferung ab. »Wenn sie mir nächsten Mittwoch das Gleiche schicken, habe ich also … eins Komma … verdammt, der Matheunterricht hier ist echt für den Arsch!«

Er guckte hoch zu Max. »Jetzt mach mal deinen Kram auf, vielleicht hast du auch was zu essen!«

Max nahm das erste Päckchen und öffnete es sorgfältig. Obenauf lag ein Brief, in dem Mama erzählte, dass es Papa und ihr gut ging, sie ihn vermissten, aber die nächste Zeit auch unterwegs waren.

»Ein mehrtägiges Bewerbungscenter – die lassen echt nicht jeden zum Marketingleiter Tourismus für die Ahlsfelder Ebene werden!«, schrieb sie. »Und stell dir vor: Dein Vater, der doch immer sooooo viel zu tun hat, muss unbedingt mit. Um mich zu unterstützen, wie er sagt.« Daneben stand in der Handschrift seines Vaters »Andere Ehefrauen fänden das romantisch!«.

»Nicht lesen. Essen suchen«, unterbrach Pascal seine Lektüre. Max legte den Brief zur Seite und zog eine durchsichtige Tüte mit sehr trocken aussehendem Gebäck heraus.

»Dinkelkekse«, erklärte er und warf sie Pascal zu. »Ich schenk sie dir.« Pascal vergrub sein Gesicht in den Händen. »Sonst noch was?«, grummelte er dahinter.

»Ein Buch«, rief Max und nahm es heraus. Pascal zog die Fingerspitzen kurz unter seine offenen Augen.

»›Pinguin Pepp und seine Freunde – Volle Scholle voraus‹?«,

las er den Titel des sehr bunten Covers. »Die wissen schon, dass du nächstes Jahr dreizehn wirst?«

»Ich mag die Geschichten«, murmelte Max und musterte den letzten Inhalt dieser Lieferung. Eine Rolle Vitamintabletten.

Pascal schüttelte den Kopf. »Okay. Ich verhungere, aber wenigstens mit starken Abwehrkräften.«

Max wandte sich dem zweiten Päckchen zu. Es war recht flach und sah eigentlich auch nach einer Buchlieferung aus.

Als Absender stand nur »Überraschung!« drauf. Max runzelte die Stirn. Dann riss er die Augen auf, als er erkannte, welches Land auf die Briefmarke gestempelt war.

»Guatemala!«, rief er. »Das ist von meinem Opa!«

»Vielleicht schickt uns dein Spion-Opa eine Pistole! Dann können wir die Betreuer erschießen. Oder wenigstens uns.«

Max riss die Vorderseite auf. Kein Buch. Nur eine schon geöffnete Tüte mit ein paar Mandeln und getrockneten Früchten. Er legte sie auf die Bettdecke und schüttelte den Karton. Mehr war da nicht.

»Komisch«, sagte er. »Deshalb muss man doch kein Päckchen schicken.«

»Da war, glaub ich, noch mehr drin«, bemerkte Pascal und zeigte auf die Verpackung. Max betrachtete sie. Tatsächlich, auf der Unterseite war ein Loch. Kein großes Loch – etwas größer als ein Zweieurostück vielleicht –, aber groß genug, damit etwas herausfallen konnte.

»Ach schade«, seufzte Max. »Da war bestimmt was richtig Cooles drin.«

»Kann ich die Mandeln haben?«, fragte Pascal und schielte gierig auf das Tütchen auf Max' Bett.

SHAKIRA

»Irgendwie funktioniert das mit dem Kaffee nicht mehr«, murmelte Wichmann. »Ich geh schlafen. Du kannst noch ein bisschen fernsehgucken, wenn du magst.«

»Ist gut«, sagte Shakira, die beim Fernsehgucken noch nie Wert auf Wichmanns Erlaubnis gelegt und gerade wirklich was anderes zu tun hatte. Sie nahm sich und Jerome noch eine Schüssel Cornflakes mit. Es würde eine lange Nacht werden. Auf dem Flur hörte sie Wichmann leise schnarchen. Sie hatte mal gelesen, dass Koffein bei Senioren keine aufputschende, sondern im Gegenteil eine beruhigende Wirkung hatte. Zwar war Onkel Wichmann kein junger Hüpfer mehr, aber so alt eigentlich auch nicht. Doch vermutlich schlief er gar nicht, sondern schnarchte nur so übertrieben, damit Shakira sich ganz ungestört fühlte.

Jerome saß bereits auf dem Schreibtisch und drehte gerade mit seinen Vorderläufen einen Bleistift durch den Spitzer. Die benötigten Buntstifte hatte er bereits angespitzt.

»Danke«, sagte Shakira, stellte die Schüssel auf den Tisch und holte den nächsten Stapel Druckerpapier aus der Schublade. Über die Hälfte hatte sie seit der Rückkehr von den Kühls schon geschafft.

»Noch achtundachtzig Seiten«, stöhnte sie, als sie die Stelle wiedergefunden hatte, an der sie am Abend hatte aufhören müssen, weil Wichmann von der Arbeit gekommen war. Die in den Kopf fotografierte Seite wurde immer schärfer. »Und jetzt sind diese komplizierten Strukturformeln dran.«

Sie griff sich einen schwarzen und einen roten Stift.

»Willst du das nicht doch lieber am Computer machen?«, fragte Jerome.

»An dem Computer mach ich gar nichts mehr. Wenn ein Herr Niemand dort ein geheimes Programm installieren kann, kann er sich auch garantiert jede Datei holen, die er will. Nichts da. Echte Originale sind halt immer noch Handarbeit.«

Sie begann zu zeichnen und bog den Kopf nach rechts und links. »Auch wenn das einen ganz schön verspannt werden lässt.«

Jerome wuselte über ihren Arm hinauf auf ihre Schulter. Dort stellte er sich aufrecht hin und ging dann mit festen, stoßenden Schritten über die verhärteten Muskeln um den Nacken herum auf die rechte Seite und marschierte weiter.

»Besser?«, fragte er dabei.

Shakira bemerkte, dass sie ihren Kopf schon wieder leichter bewegen konnte. Sie nickte.

EIN UNSANFTES ERWACHEN

Shakira hasste das Geräusch schon, bevor es sie endgültig zurück aus dem Schlaf riss.

Verdammt, sie war eingedöst. Die ersten paar Male hatte Jerome sie noch mit einem leichten Tätscheln auf den Arm davon abgehalten. Doch dann hatte ihn anscheinend selbst der Schlaf übermannt. Er lag ausgestreckt mit dem Rücken auf dem Stapel handbeschriebenen und -bemalten Papiers, den sie bislang geschafft hatte.

Das Geräusch hielt an. Die Melodie, genauso langweilig, eintönig und grausam wie der, dessen Signal sie war. Shakira beendete sie mit einem Klick auf »Anruf annehmen«.

»Hallo, junge Frau«, sagte Herr Niemand. Ach, so sah der aus, dachte Shakira, die sein Gesicht schon wieder vergessen hatte. Hinter ihm schob sich ein Gesicht ins Bild, das Shakira gar nicht vergessen konnte, weil es ihr jetzt schon bekannt vorkam. Wahrscheinlich weil Volltrottel in jedem zweiten schlechten Film immer so aussahen. Struppiger Oberlippenbart und hässliche Brille. Fehlte eigentlich nur noch ein lustiger Sprachfehler.

»Ift fie daf?«, fragte der Hinzugekommene. Da fehlte ja wirklich gar nichts, dachte Shakira.

»Wolfgang, das geht dich nichts an. Geh forschen. Oder fegen. Irgendwas, wofür ich dich sehr gut bezahle.«

Doch dieser Wolfgang verschwand nicht, sondern kam neugierig noch ein bisschen näher, bis er fast genauso dicht war wie Herr Niemand selbst.

»Fieht gar nicht fo intelligent auf«, sagte er.

»Danke, gleichfalls«, sagte Shakira. Sie richtete ihren Blick auf Herrn Niemand.

»Was ist?«

»Ich wollte sichergehen, dass du unsere Verabredung nicht vergessen hast. Auf deinem Rechner bemerke ich bislang keinerlei Aktivitäten.«

»Ich bin halt doch intelligenter, als ich aussehe«, sagte Shakira.

Herr Niemand nickte leicht. »Gut, heute um halb sechs. Am Baggersee.«

»Wie romantisch. Sonst noch was?«

»Da liegt ein toter Hamfter«, klinkte sich Wolfgang wieder ein, der den schlafenden Jerome neben Shakira entdeckt hatte.

Herr Niemand warf Wolfgang einen kühlen Blick zu. Dann verabschiedete er sich mit den Worten: »Nein. Alles Wichtige ist gesagt.«

Der Bildschirm wurde wieder schwarz und Shakira kramte ihre Erinnerungen hervor.

Noch vierzig Seiten hatte sie abzupausen.

MAX

Menno, dachte Max.

Seitdem er hier angekommen war, hatte er immer so gut geschlafen wie noch nie zuvor in seinem Leben. Tief und fest und ohne seltsame Träume, die er sonst recht häufig hatte und die er nie jemandem erzählen konnte. Seinen Eltern nicht, weil die sich deshalb sofort Sorgen machen würden. Pascal nicht, weil der ihm wahrscheinlich erklärt hätte, dass selbst seine Albträume langweiliger waren als zwei Stunden Kinderkanal am Stück. Und Shakira wäre bestimmt auch nichts Nettes dazu eingefallen, dass Max in diesen Gruselträumen seit Jahren von zwei Monstern namens Gluten und Laktose verfolgt wurde. Aber seit sie im Camp angekommen waren, gab es die Träume nicht mehr. Nur festen, tiefen Schlaf. Bis jetzt diese seltsamen Schmerzen gekommen waren. Diese merkwürdig rhythmischen Schmerzen, als würde jemand mit sehr kleinen, aber extrem festen Händen ihm abwechselnd rechts und links winzige, doch trotzdem schmerzhafte Ohrfeigen verpassen. Max glaubte, sogar ein dazu passendes, leises Klatschen zu hören.

Er schlug verärgert die Augen auf.

Auf seinem Kinn saß eine Maus, die ihm mit ihren kleinen Pfötchen abwechselnd links und rechts schmerzhafte Ohrfeigen verpasste.

Auch wenn das wehtat, strahlte Max.

»Juan!«, rief er.

Die Maus schaute auf.

»Endlich. Ich dachte schon, ich brech mir die Vorderläufe, bis du mal wach bist«, sagte Juan.

»Oh Mann, Max«, knurrte es unter ihnen. »Ich habe gerade von Essen und Freiheit geträumt und da musst du unbedingt aktiv werden.« Mit einem klackenden Geräusch wurde die kleine Lampe, die an jeder Bettseite angebracht war, angeschaltet. Pascals verstrubbelter Kopf schob sich hoch zu Max' Matratze. Juan sah sich im nun beleuchteten Zimmer um.

»Hm, im Internet stand, diese Veranstaltung kostet dreitausend pro Teilnehmer. An der Einrichtung kann das nicht gelegen haben.«

»Am Essen auch nicht«, ergänzte Pascal. Dann verengten sich die Augen. Er schaute erst Juan an, dann Max, dann wieder Juan.

»Die Maus ist da«, erklärte er, als er wieder zu Max blickte.

»Der Verräter ist da«, sagte Juan.

»Oh Mann«, schnaubte Pascal, während er sich auf Max' Etage hochzog und sich auf seine Matratze setzte. »Ich stand damals unter den Psychodrogen eines größenwahnsinnigen Kosmetikherstellers!«

Juan wuselte über Max' Bauch zu Pascal und tätschelte ihm mit seiner Pfote das Knie.

»Ich weiß doch«, beruhigte die Maus ihn. »Ich wollte nur durch eine bissige Bemerkung für lockere Atmosphäre sorgen, bevor ich mit den schlechten Nachrichten anfange.«

»Jeder Morgen, an dem ich hier aufwache, ist die schlechte Nachricht, dass ich nicht nur blöd geträumt habe«, erklärte Pascal. »Also raus damit.«

Juan stellte sich zwischen die beiden und räusperte sich.

»Okay, die Kurzfassung: Antoine Blanche gehört die Firma, die dieses Camp veranstaltet, und unsere Agentenfreundinnen, die Geschwister Schröcklich, sind spurlos verschwunden.«

Max dachte nach und nickte dann mit einem zweifelnd zugekniffenen Auge. »Okay, der erste Punkt ist wirklich beunruhi-

gend. Aber die Geschwister Schröcklich sind Geheimagentinnen. Da ist es doch normal, dass sie spurlos verschwunden sind.«

Juan schüttelte den Kopf. »Für *uns* sind sie Geheimagentinnen. Aber für alle anderen sind sie geniale Wissenschaftlerinnen, die scheinbar bei entsprechender Bezahlung bei jeder Schweinerei mitmischen. Bei denen wusste man bisher immer, für wen sie gerade offiziell arbeiten – auch wenn derjenige keine Ahnung hat, was sie da wirklich tun. Ihr Name ist eine Marke in der Welt der Wahnsinnigen mit zu viel Geld.«

»Ach Mist, sie sind also tot«, sagte Pascal. Max guckte entsetzt. Zum einen, weil ihn die Vorstellung schockierte, dass ihre einstigen mutigen Helferinnen in irgendeinem unbekannten Grab lagen. Zum anderen, weil er den Eindruck hatte, dass Pascal bei seinem Satz gerade eben fast gelächelt hatte. Juan schaute ihn streng an.

»Nein, ich glaube nicht, dass sie tot sind. Aber ich glaube, sie mussten auf ihren Markennamen verzichten. Weil sie wieder in der Nähe des Mannes spionieren, der als Einziger aus der unendlich großen Schurkenriege weiß, wer sie wirklich sind.«

Max fuhr sich mit den Händen über das Gesicht. Das war echt eine ganze Menge Input dafür, dass man gerade mal vor zehn Minuten aufgewacht war.

»Okay, das klingt alles nicht gut«, gab er zu. »Aber ich kapier's trotzdem nicht. Was hat dieses Camp damit zu tun? Ich mein, klar, Pascal und ich sind hier, aber es macht eine Menge Spaß …« – er ignorierte Pascals Würgegeräusch neben sich, »… und ich hatte bis jetzt auch nicht den Eindruck, dass uns hier jemand umbringen will.«

»Ich schon. Tod durch Langeweile«, warf Pascal ein, aber Max führte seine Gedanken trotzdem weiter.

»Zumal ich auch gar nicht wüsste, warum. Also, was für einen Zweck soll das Ganze hier haben?«

»Rache«, sagte Pascal. »Rache ist immer ein Motiv.«

Max schüttelte den Kopf.

»Rache an zwei Zwölfjährigen? Das wäre einem Antoine Blanche viel zu schäbig.«

»Er wollte dich erschießen, das war ihm komischerweise nicht zu schäbig.«

Juan ging mit fuchtelnden Pfötchen dazwischen.

»Lasst mal, das bringt uns nicht weiter. Pascal hat recht, Antoine ist schäbig, und Max, du hast auch recht, wir haben keine Ahnung, warum er das macht. Aber Motive sind zweitrangig. Erst mal müssen wir uns um die Konsequenz daraus kümmern.«

»Welche Konsequenz?«, fragte Max.

»Ihr müsst hier weg. Sofort.«

Max fühlte einen tiefen Riss durch sein Herz gehen.

»Aber ich will hier nicht weg«, protestierte er. Juan schaute ihn stirnrunzelnd an.

»Wenn die Maus sagt, wir müssen hier weg, müssen wir hier weg«, stellte Pascal fest.

Es geht voran

MAX

Missmutig hatte Max seinen kleinen Wanderrucksack gepackt. Pascal hatte beim Zusammensuchen der wichtigsten Sachen hingegen gepfiffen und ab und zu »Und tschüs, Schwachsinnshausen« gesungen. Danach hatten sie das Licht ausgemacht und beobachteten seit einigen Minuten den Hof, den drei Scheinwerfer beleuchteten. Alles war ruhig.

»Und was jetzt?«, sagte Max. »Marschieren wir einfach raus?«

Juan schüttelte den Kopf. »Ich habe mich gestern umgesehen. Das Eingangstor ist zu und in den Häuschen daneben sitzen immer zwei Posten. Ihr müsst durch den Zaun.«

»Ähm … soll das heute ein Grillabend werden, oder was?«, fragte Pascal. »Der Zaun steht unter Strom!«

Jetzt, wo Max sich darauf konzentrierte, hörte er wieder das leise Sirren, das er sonst mittlerweile ausgeblendet hatte.

»Dann kommen wir hier wohl nicht raus.« Max versuchte, traurig zu klingen. Juan sah ihn trotzdem kritisch von der Fensterbank aus an.

»Irgendwie vermisse ich etwas Enthusiasmus bei dir«, merkte er an.

»Ich find's halt schön hier«, murmelte Max ganz leise. Kopfschüttelnd wandte sich Juan wieder zum Fenster.

»Seht ihr den Betonklotz da?«

Max nickte. »Der Generatorraum.«

»Da ist die Schwachstelle, die ich ausnutzen werde.«

»Wie das denn?«, fragte Pascal.

»Strom fließt durch Kabel. Nagetiere haben traditionell ein sehr liebevolles Verhältnis zu Kabeln. Und passen auch gut durch dieses Fensterchen, unter der Stahltür komme ich nämlich nicht durch, das habe ich schon getestet.«

»Aber das merken die Wärter doch?«, wand Max ein.

»Natürlich merken sie das. Und werden sich sehr schnell darum kümmern. Ich denke, wir werden nicht mehr als zwei, drei Minuten haben. Deshalb wartet ihr in der Hütte neben dem Generatorraum. Aber da sind ja leider noch die Videokameras.« Juan ließ seinen Unterkiefer nachdenklich knacken.

»Kein Problem«, erklärte Pascal und knallte seinen Collegeblock auf den Tisch. Es war eine Ansicht des Camps aus der Vogelperspektive. Gezeichnet mit einer Detailgenauigkeit, die Pascal noch nie in seinem Leben im Kunstunterricht gezeigt hatte. Er hasste das hier anscheinend wirklich aus ganzem Herzen.

»Wenn die Videokamera am Strahler hier rechts neben unserer Hütte ganz nach links gefahren ist …« – Pascal zeigte auf die Darstellung des Strahlers auf seiner Zeichnung –, »… ergibt sich für uns etwa fünfzehn Sekunden Unsichtbarkeit, weil die anderen Kameras dann zumindest diesen Weg hier auch nicht im Blick haben.« Er malte mit seinem Bleistift einen Strich von ihrer Hütte zu einem kleineren Gebäude gegenüber.

»Die Vorratskammer«, erklärte Pascal weiter und kniff die Augen zusammen, während er sie durch das Fenster fixierte. »Die hat blöderweise ein Vorhängeschloss, wenn ich das richtig sehe.«

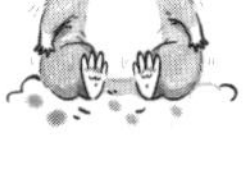

Juan grinste im Halbdunkel. »Ein offenes Vorhängeschloss. Netterweise so eins mit Zahlen, die einfallsreiche Kombination ›0000‹ war übrigens gleich mein erster Versuch.«

»Okay«, sagte Pascal und hängte sich seinen Rucksack über die linke Schulter. »Wollen wir?«

Von Wollen kann keine Rede sein, dachte Max missmutig, sprach es aber nicht aus.

»Moment«, sagte Juan. »Wie viel Uhr haben wir?«

»Ein Uhr achtundfünfzig.«

»Dann warten wir noch kurz.« Sie schwiegen zwei Minuten. Dann kündigte ein leises Pfeifen den Mann an, der mit lässigen Blicken nach rechts und links über den Hof spazierte.

»Derek«, erkannte Pascal mit angewidertem Gesichtsausdruck.

»Macht jede volle Stunde einen Kontrollgang«, erklärte Juan. »Scheint kein ausgeprägtes Schlafbedürfnis zu haben.«

»Er ist so cool«, seufzte Max.

»Wir müssen hier echt raus, bevor Max endgültig den Verstand verliert«, kommentierte Pascal. Derek kam wieder auf den Hof und ging langsam zur Unterkunft der Lehrkräfte, die am Ende des Camps lag.

»Jetzt sind wir so weit«, sagte Juan.

JEROME

Sie war wieder eingeschlafen.

Kaum hatte sie den letzten Strich auf dem Papier gemacht, war ihr Kopf vornübergesunken. Jerome lief leise an ihr vorbei und zählte den neben ihr stehenden Blätterstapel. Einhundertneunundachtzig Seiten. Plus die, welche nun unter ihrem Gesicht war.

Einhundertneunzig Seiten, die einem verrieten, wie man aus Kindern extrem schlaue und willenlose Befehlsempfänger machte.

Sanft strich Jerome über eine abstehende Haarsträhne der schlafenden Shakira.

»Gut gemacht«, flüsterte er. »Ich weiß, das war viel Arbeit. Und ich weiß, du hast ein schlechtes Gewissen.«

Er wünschte sich, dass seine unhörbaren Worte in ihr schlafendes Bewusstsein drangen. Vielleicht würden sie später, wenn ihr Teil erledigt war, bei der Verarbeitung helfen. Irgendwie zu spüren, dass ihr aus Erpressung begangenes Verbrechen letztlich kein Verbrechen war.

»Ich weiß, du denkst, du lieferst einem skrupellosen Kriegstreiber seine schlimmste Waffe«, wisperte Jerome weiter. »Aber für die richtig dicken Fische braucht man einfach einen sehr, sehr großen Köder.«

BEKANNTE GESICHTER

MAX

Da standen sie nun. Im Geräteschuppen. Es war stockfinster, ein bisschen kalt und Max fühlte sich unendlich verlassen und traurig.

»Können wir kein Licht machen?«, fragte er.

»Oh ja, super Idee. Vielleicht noch ein Feuerwerk, damit auch garantiert jeder mitbekommt, dass wir die Biege machen wollen?«, antwortete Pascal.

»Er hat recht, Max«, sagte Juan. »Kein Licht. Und möglichst kein Geräusch.«

»Es gibt hier doch nicht mal Fenster«, nörgelte Max.

»Egal. Da reicht ein Spalt in der Tür. Vielleicht messen die Wärter auch den Stromverbrauch in den einzelnen Einheiten. Ab jetzt kein Risiko mehr. Hört ihr den Zaun?«

Max konzentrierte sich. Ja, da war es, dieses leise Sirren. Keine Mücken. Strom.

Ihm war ja klar, dass das eigentlich nicht richtig war. Trotzdem hatte er einen dicken Kloß im Hals bei der Vorstellung, es bald nicht mehr hören zu können.

Er nickte.

»Falls du gerade genickt hast: Das kann er nicht sehen«, merkte Pascal an. »Ich sage mal Ja. Wir hören es.«

»Gut«, sagte Juan. »Sobald ihr den Zaun nicht mehr hört, müsst ihr raus. Einmal um die Ecke von dem Schuppen und dann durch die Drähte. Lauft geradeaus und zählt bis tausend. Dann versteckt ihr euch, so gut es geht. Wartet nicht auf mich. Ich komme schnellstmöglich nach.«

Max nickte wieder. Als er es bemerkte, fügte er ein kraftloses »Okay« hinzu.

»Gebt mir ein bisschen Zeit. Ich muss das richtige Kabel finden und ein wenig Vorsicht muss ich auch walten lassen. Geröstete Maus ist nicht gerade mein Leibgericht.« Juan lachte leise. »Aber ich denke, ich brauche nicht länger als eine Viertelstunde. Pascal, mach die Tür mal einen Spalt auf.«

Max hörte ein leises Quietschen, ein kurzes Scharren, dann quietschte die Tür wieder und es war still.

»Lass uns weiter nach hinten gehen«, sagte Pascal. »Da müssten die Trainingsmatten liegen.«

Sie tasteten sich nach vorne, fanden die aufgestapelten Matten und setzten sich drauf.

Die Dunkelheit war unerträglich. Die Stille war unerträglich.

»Ich will hier nicht weg«, sagte Max leise.

»Pst«, befahl Pascal, und Max verstummte. Nur das Sirren im Hintergrund war zu hören.

Und dann das Knirschen von Kies.

Max griff entsetzt nach Pascals Knie und krallte sich fest.

»Au«, sagte Pascal gedämpft. »Hast du sie noch alle?«

»Da sind Schritte!«, flüsterte Max panisch.

»Da sind keine Schritte!«, zischte Pascal zurück.

Es klapperte an der Tür. Plötzlich krallte sich auch Pascals Hand in Max' Bein fest.

»Ich wusste es doch, dass da was komisch war«, murmelte es draußen. Die Tür quietschte kräftig.

Mit einem Klack ging das Licht an. In der Tür stand eine monumentale Gestalt.

»Buddy«, sagte sie.

»Hallo, Derek«, antwortete Max nach ein paar Sekunden. Sein Lächeln wirkte vermutlich ziemlich unnatürlich.

SHAKIRA

Shakira träumte.

Sie war in einem mächtigen Gebirge. Überall um sie herum stießen majestätische Gipfel in die Höhe, die von blitzdurchzuckten Wolken umjagt wurden. Es war kalt, es war feucht und sie ging über eine Brücke über einen tiefen Abgrund. Wie tief er genau war, konnte sie nicht sagen. Etwa hundert – oder tausend? – Meter unter ihr war er nämlich mit schwarzem Nebel gefüllt, in dem auch immer wieder Blitze aufloderten.

Am Ende der Brücke wartete ihr Vater. Sie wusste das ganz genau, obwohl ihr eigentlich nur ein winziger Punkt dort hinten zuwinkte.

Ich muss da rüber, dachte sie und setzte vorsichtig einen Fuß vor den anderen. Denn eigentlich konnte man diesen schmalen, felsigen Streifen, auf dem sie ging, kaum eine Brücke nennen.

»Bleib doch«, rief es hinter ihr. Sie drehte sich um. Mit seinem einnehmenden Lächeln kam Antoine locker hinter ihr hergeschritten, als wäre er auf dem Laufsteg und nicht in tödlicher Gefahr. Noch war er weit weg, aber er näherte sich schnell.

»Nein danke«, murmelte Shakira und drehte sich wieder um.

Der Weg war versperrt. Pascal stand vor ihr. Sein Gesicht war vorwurfsvoll.

»Bist du bescheuert? Du kannst es ihnen nicht geben«, zischte er.

»Vertrau mir«, sagte Shakira und wischte ihn zur Seite. Sie hörte seinen leiser werdenden Schrei und ging mit aufeinandergepresstem Kiefer weiter.

»Bleib!«, rief es hinter ihr. Sie schaute sich um. Herr Niemand, natürlich. Selbst im Traum wunderte sie sich, dass sie sein Gesicht einfach nicht behalten konnte.

»Shakira, bitte!«

Sie drehte den Kopf wieder nach vorne. Diesmal stand ihr Max im Weg.

»Wir haben so dafür gekämpft, dass dieses Zeug niemals in Umlauf kommt!« Er schaute sie flehend an.

»Ihr versteht einfach gar nichts«, knurrte sie, wischte auch ihn zur Seite und fühlte einen neuen Riss im Herzen, während sein Schrei in der Tiefe verklang.

Der Weg war frei. Sie drehte sich noch einmal um. Hinter ihr fuhren nun Herr Niemand und Antoine auf kleinen Dreirädern hinter ihr her. Aber sie war schnell, sie setzte sicher einen Fuß vor den anderen, sie erkannte nun schon das Gesicht ihres Vaters.

Dann bemerkte sie die winzige Gestalt, die in etwa zehn Metern Entfernung vor ihr auf dem Felsstreifen stand.

Klein. Grau. Hochintelligent.

»Ich kann das nicht zulassen, Shakira«, sagte Juan.

Sie schüttelte energisch den Kopf.

»Ihr versteht das nicht«, protestierte sie. »Ich muss das tun!«

Auch wenn er dafür eigentlich zu weit weg war, sah sie seinen unendlich traurigen Blick.

»Dann muss ich das tun.« Juan ballte seine Vorderpfote zur Faust, hob sie nach oben und ließ sie auf den Felsstreifen krachen. Shakira hörte ein bröckelndes Geräusch. Von Juan aus zogen kleine Risse über die schmale Brücke.

Sie gab unter ihren Füßen nach. In der Ferne schüttelte ihr Vater traurig mit dem Kopf, bevor sie fiel.

MAX

»Was macht ihr denn hier?«, fragte Derek. »Es ist fast halb drei!«

»Wir … äh … wir wollten …«

Oh Mann, lügen war noch nie Max' größte Stärke gewesen. Aber bei einem Fluchtversuch einem muskelbepackten Fitnesstrainer zu erklären, was man im dunklen Geräteschuppen machte, war nun wirklich auch für Vollprofis eine harte Nuss.

»Er ist Schlafwandler«, sagte Pascal genervt. »Das müsste auch auf dem Anmeldebogen gestanden haben. Mit der Aufsichtspflicht ist es ja nicht weit her in diesem Luxuscamp.«

Max schaute verdutzt zu Pascal, der mit vorwurfsvollem Blick aufstand. Offensichtlich war hier ein Vollprofi im Lügen zugegen.

»Das kann ja wohl nicht sein, dass ich hier meinem Freund durch die Nacht hinterherjage, während das Personal schlummert!« Pascal ruderte aufgebracht mit den Armen. Auch Derek schaute verdutzt drein. Dann lachte er.

»Ach, so ist das! Ich dachte schon, ihr wolltet ausbüxen.«

Er kam mit geöffneten Armen auf die Jungs zu. Dann fror sein Lächeln ein.

»Und da ich tatsächlich meine Aufsichtspflicht sehr ernst nehme und über jede Laktoseintoleranz, Tierhaarallergie und Spinnenphobie hier informiert bin, weiß ich auch, dass mein Buddy nicht schlafwandelt. Also: Ihr *wollt* ausbüxen.«

Pascal ließ seine Arme fallen. Sein Meckergesicht wich einem Ausdruck echter Angst.

»Klong«, hörte Max und dann ein Geräusch, wie wenn eine Saite riss. Er schaute zu Derek, der vor ihnen in die Knie sackte.

Hinter ihm stand Silvana Schroffenstein und schaute auf die Geige, die sie wie einen Baseballschläger hielt. Sie nickte zufrieden.

»Ich wusste, dass ich mit dem Ding noch mal was Vernünftiges anfangen kann«, sagte sie.

Max blickte zum am Boden liegenden Derek, zu einem lächelnden Pascal und dann wieder zu Frau Schroffenstein.

»Warum haben Sie das gemacht?«, fragte er.

Sie schaute ihn an und legte den Kopf schief.

»Och komm, Max, meinst du das ernst?«

Er zuckte ratlos mit den Schultern.

»Was so eine billige Perücke aus dem Internet und eine viel zu große Brille alles ausrichten können«, sagte sie. Dann strich sie sich die Haare vom Kopf und nahm die Brille ab.

»Sie sind … Sibylle Schröcklich!«, hauchte Max, als er sich klar wurde, wen er da sah.

»Eine Musiklehrerin bin ich jedenfalls nicht«, erklärte sie.

»Hat auch jeder gemerkt, der Ohren am Kopf hat«, bemerkte Pascal, der sich mal wieder deutlich schneller fing als Max.

»Na ja, aber wer ich bin, hast du auch erst gecheckt, als ich es dir heute Nachmittag offenbart habe.« Sie sah sich stirnrunzelnd um. »Und eigentlich habe ich dich gebeten, gut auf Max aufzupassen und mir zu verraten, wenn dir etwas Ungewöhnliches auffällt. Das hier sieht aber tatsächlich sehr nach einem Fluchtversuch aus. Das hat Kollege Muskelmann ganz richtig erkannt.«

»Wir wollen auch fliehen«, erklärte Pascal zerknirscht. »Die Maus sagt, dass es wichtig ist.«

»Oh, Juan ist auch hier?«, fragte Sibylle und sah sich um.

»Im Generatorraum. Er legt hier gleich den Strom lahm.«

Sibylle nickte.

»Mir kommt das zwar etwas übertrieben vor, und ich habe auch keine Ahnung, wie ich hierzu …« – sie wies auf den ohnmächtigen Derek – »… eine halbwegs vernünftige Erklärung zimmern soll, aber eins ist klar: Eigentlich hat die Maus immer recht.«

NICHTS WIE RAUS

MAX

»Können Sie uns vielleicht noch unsere Handys verschaffen, bevor Juan fertig ist?« Pascal wurde wie immer auch in sehr seltsamen Situationen schnell wieder praktisch.

»Tut mir leid.« Sibylle Schröcklich schüttelte den Kopf. »Die sind in einem Safe und die Kombination kennt nur der da.«

Wie zur Bestätigung stöhnte Derek. Blitzschnell donnerte ihm Sibylle wieder die Geige auf den Kopf, was Max erschrocken zusammenfahren ließ.

»Können Sie das lassen?«, fauchte er sie an.

»Entschuldigung«, murmelte sie. »Ist so ein Reflex bei Bösewichtern.«

»Er ist kein Bösewicht. Er hat nichts Kriminelles getan«, verteidigte Max ihn.

»Ich fand den Frühsport schon kriminell«, widersprach Pascal.

»Der Frühsport war super!« Max wurde noch eine Spur lauter. »Das ganze Camp ist super! Wahrscheinlich ist das reiner Zufall, dass Antoine halt hier sein Geld reinpackt, wo seine eigene Firma weg ist.«

»Max gefällt der ganze Schwachsinn hier«, erklärte Pascal entschuldigend. »Der Sport, die Musik, der Unterricht …«

»Ach, das liegt an den Drogen«, sagte Sibylle. Pascal runzelte die Stirn.

»Na ja, morgens und mittags gibt's eine ganze Masse Endorphine und Aufputschmittel in der Milch und den Schokopops und der Tomatensoße. Damit fände man sogar eine chinesische Wasserfolter lustig. Abends gibt's dann noch paar Beruhigungsmittel im Tee, damit man gut schläft.«

»Ich wurde … *vergiftet*?«, keuchte Max.

»Keine Sorge«, sagte Sibylle. »Da man diesen Mix ja nur drei Wochen lang nimmt, sind tödliche Nebenwirkungen wirklich selten. Macht halt nur sehr süchtig. Und weil die Kinder deshalb nach dem Camp ganz traurig sind und sich schlecht fühlen, buchen die Eltern dann sofort das nächste Camp.«

Max hatte plötzlich einen ganz eigenartigen Geschmack auf der Zunge.

»Ähm … wonach suchen Sie dann eigentlich noch?«, fragte er. »Das ist doch die neue Sauerei, die Antoine ausheckt.«

»Ja, schön ist das nicht«, sagte Sibylle. »Aber eigentlich doch nur unlauterer Wettbewerb.«

»Ich wurde mit Drogen vollgepumpt!«, protestierte Max.

»Gut, gut«, lenkte Sibylle beschwichtigend ein. »Wenn man ständig nur mit den schlimmsten Verbrechern der Welt zu tun hat, verliert man irgendwann das richtige Verhältnis zu Schweinereien. Das mit den Drogen ist natürlich eine, aber wir glauben trotzdem, dass da was Größeres dranhängt. Doch hier finde ich nicht mehr als das.«

Derek stöhnte erneut.

»Wehe!«, sagte Max, als Sibylle schon wieder den Hals der Geige umgriff. Sie hob entschuldigend die Hand und sprach weiter.

»Wir dachten, es hätte was mit euch zu tun, aber irgendwie passiert da nichts. Ihr werdet wie alle anderen Kinder behandelt. Aber mal schauen, was geschieht, wenn ihr weg seid.«

Plötzlich war es stockfinster. Das Licht war verloschen. Und das leise Sirren des Elektrozauns war nicht mehr da.

»Und genau jetzt seid ihr weg«, erklärte Sibylles Stimme in der Dunkelheit.

Shakira fiel.

Erst fürchtete sie sich vor dem Aufschlag, der irgendwann kommen musste, doch er kam nicht. Der Abgrund war noch tiefer, als sie gedacht hatte.

Obwohl: Eigentlich wusste sie, dass Abgründe immer tiefer waren als gedacht. Das galt natürlich nicht nur für Menschen, sondern auch für Gebirge.

Plötzlich lichteten sich die Wolken. Oh doch, dieser Sturz würde enden. Es war zwar noch ein ganz schönes Stück, aber sie flog darauf zu, und nichts und niemand konnte sie retten.

Oder vielleicht doch? Überall ragten einzelne, vergleichsweise schmale Bergspitzen in die Höhe. Und dort unten, auf einer davon, stand Max. Gleich würde sie an ihm vorbeirauschen.

Sie streckte ihren Arm aus. Wenn er das Gleiche tat, hätte er sie.

Stattdessen verschränkte er die Arme.

»Das glaubst du wohl selbst nicht«, hörte sie, als sie an ihm vorbeizog.

Nun war rechts unter ihr die nächste Bergspitze, wieder nur zwei Armlängen entfernt, diesmal stand Pascal darauf. Er stützte die Hände kopfschüttelnd in die Hüfte.

»Sorry«, sagte er. »Einmal allein, immer allein.«

Ein Heißluftballon kam ihr entgegen. Im Korb darunter standen Antoine und Herr Niemand.

»Nicht dein Tag«, sagte Herr Niemand.

»Aber niemals den Kopf hängen lassen«, rief Antoine ihr aufmunternd nach, als sie an beiden schon vorbei war.

Der Boden war näher gekommen. Viel näher.

Sie tat etwas, was sie seit Jahren nicht mehr getan hatte.

Sie schrie.

Eine Hand griff sie an der Schulter und riss sie zurück. Onkel Wichmann sah sie mit großen Augen an.

»Alles in Ordnung, Shakira?«, fragte er.

Sie sah sich um. Keine Bergspitzen. Kein Abgrund. Kein Heißluftballon. Nur ihr Schreibtisch. Der Laptop. Der Stapel vollgeschriebener Blätter. Einfach ihr Zimmer.

»Blöd geträumt«, murmelte sie und merkte, dass sie bei dieser Untertreibung des Jahrhunderts fröstelte.

»Willst du darüber reden?«, fragte Wichmann besorgt. »Du hast mich regelrecht aus dem Bett geschrien und in letzter Zeit schlafe ich wie ein Toter.«

Ihr Blick fiel auf den Hamsterkäfig, in dem Jerome kaum merklich den Kopf schüttelte.

»Schon okay«, sagte Shakira. »Träume sind eh nur Quatsch.«

ZEITEN DES AUFBRUCHS

MAX

Einen Moment lang hoffte Max, es wäre doch noch oder schon wieder Strom auf dem Zaun. Auch wenn es nur an den Drogen lag, er wollte hier nicht weg. Dafür würde er auch einen fetten Stromschlag mit anschließender Bewusstlosigkeit in Kauf nehmen. Doch die Drähte lagen kühl in der Hand, als er sie anhob.

»Mach hinne, Alter!« Pascal hinter ihm hatte keineswegs vor, dem Strom noch eine Chance zu geben.

Max schob sich seufzend auf die andere Seite – alleine der Gedanke »Du bist draußen« machte ihn traurig – und ließ sich vom ungeduldigen Pascal voranschubsen. Sie waren erst ein paar Dutzend Schritte ins Unterholz gestolpert, als hinter ihnen das Sirren wieder losging.

Max und Pascal drehten sich um. Da war das Camp, nun so hell erleuchtet, wie sie es noch nie zuvor gesehen hatten. Klar, sie hatten die Betonpfeiler mit den darauf angebrachten Leuchtflutern gesehen, doch noch nie im Einsatz. Man hatte abends sonst nur eine behaglich beruhigende Beleuchtung durch die an jeder Hütte hängenden Lampen gekannt. Das Licht der Fluter war hingegen weiß, kalt und klar und passte zu den nun erklingenden Lautsprecheransagen.

»Wir haben einen Code E«, erklärte eine gefasste, aber sehr entschiedene Männerstimme. »Einen zweifachen Code E!«

Code E bedeutete wohl Flucht. E wie *Escape*, fiel Max ein, und er war ein bisschen stolz darauf, dass zumindest die spannenderen Englischvokabeln hängen blieben.

»Ähm, Jungs«, flüsterte es von unten, was beide zusammenzucken ließ. »Das ist jetzt wirklich nicht das Tempo, das man üblicherweise bei Gefängnisausbrüchen an den Tag legt.« Juan, natürlich. Statt nach tausend Schritten holte er sie schon nach zwanzig oder dreißig ein.

»Max trödelt«, verteidigte sich Pascal und setzte ein »Los jetzt!« hinterher.

»Aber wohin denn?«, fragte Max, während er sich hinkniete und der Maus seine Handfläche anbot. Juan krabbelte darauf und ließ sich in Max' Jackentasche stecken, aus der er nun seinen Kopf reckte.

»Gerade gibt's nur eine Richtung«, sagte er. »Und die heißt W.«

Max schluckte, als er bemerkte, dass die Leuchtfluter sich langsam zu drehen begannen. Sie konnten nicht nur das gesamte Camp erleuchten, sondern auch ein ganzes Stück des umgebenden Waldes.

»Ich wiederhole: Zweifacher Code E«, drang wieder laut hörbar aus dem Camp. Dazu war nun ein stetig anschwellendes Gemurmel getreten. Vermutlich war mittlerweile das gesamte Betreuungs- und Wachpersonal auf den Beinen.

»W wie Westen?«, fragte Pascal, der das wie eine beunruhigende Flut auf sie zuschleichende Neonlicht beobachtete.

»Nein«, sagte Juan. »W wie weg. Und zwar mit V wie Vollgas.«

SHAKIRA

Seit Jahren schob sich Shakira morgens ihre Schale Cornflakes rein und noch nie hatte sie irgendetwas davon abhalten können. Doch diesmal blieben ihr die Flocken fast im Hals stecken, als wären sie trockener als Staub und nicht in fettarmer Milch ertränkt. Schon der erste Löffel war ihr eigentlich zu viel. Vor dem zweiten kapitulierte sie und schob die Schüssel von sich weg. Wichmann, der sich gerade ein paar Gewürzgürkchen für das nächste Leberwurstbrot halbierte, schaute die Schüssel lange an.

»Ich mach mir Sorgen«, sagte er schließlich.

Sie blickte auf.

»Ich hab halt keinen Hunger«, sagte sie.

»Du hast nie Hunger«, erklärte Wichmann. »Aber essen tust du trotzdem immer. Außerdem wirkst du in letzter Zeit angespannt.«

»Ach, woran das wohl liegen könnte«, grunzte Shakira mit einem halben Lachen heraus. Wichmann blieb trotz ihrer Abfälligkeit am Ball.

»Angespannter als sonst. Und heute Nacht dieser Albtraum. Ich glaube, irgendetwas belastet dich.«

Sie schaute ihn lange scharf an. Wie konnte er es wagen, dieses Schmierentheater mit ihr zu spielen? Hatte er wirklich gedacht, sie würde ihm ewig glauben, er wäre nur der liebe, harmlose Onkel?

Sie hatte nicht übel Lust, ihm alles ins Gesicht zu schreien. Dass sie wusste, dass er die Briefe versteckt hatte. Dass ihr klar war, dass sie sein persönlicher Lottogewinn war, der ihm die Kohle für einen streng geheimen Hausbau verschafft hatte. Nur

das Hämmern von Jeromes Pfoten in der Tasche ihres Kapuzenpullovers hielt sie davon ab, reinen Tisch zu machen. Natürlich hatte der Hamster recht. Sollte Wichmann ruhig denken, sein falsches Spiel wäre noch nicht aufgeflogen.

Also schluckte sie ihren Zorn runter und murmelte: »Ich vermisse meine Freunde.«

Als Wichmann seine Hand auf ihre legte, zog sie sie aber schnell weg. Irgendwo war auch Schluss mit Selbstüberwindung.

WEG UND HIN

MAX

Um zehn Uhr morgens erreichten sie einen kleinen Kiesweg, der einen Hügel hinunter verlief, wo Max ein paar erste Häuser sah.

»Gott sei Dank«, sagte Pascal, als auch er sie erblickte. »Ich dachte, dieser Wald hört nie auf.«

Sie waren die ganze Nacht gelaufen, erst in der Morgendämmerung, als sie schon lange keine Stimmen mehr gehört hatten, war eine Stunde Pause drin gewesen. Pascal war sofort eingeratzt und auch Juan hatte sich zu einem Nickerchen in Max' Jackentasche zusammengerollt. Max hatte nicht schlafen können. Auch ihn hatte die Jagd durch das dichte Holz und das ständige Stolpern über herausragende Wurzeln erschöpft, aber er war zu aufgekratzt und traurig gewesen. Dauernd dachte er sehnsuchtsvoll ans Camp. Während dort die anderen Kinder die leckeren Schokopops weggeputzt hatten, hatten sie sich hier zu dritt nur eins von Pascals doofen Sandwiches geteilt.

Sie gingen den Kiesweg entlang.

»Wenn mein natürlicher Orientierungssinn mich nicht täuscht, müsste das da unten Blessingen sein«, erklärte Juan, der seinen Kopf aus Max' Tasche streckte. »Kein großer Ort, aber hübsche Altstadt. Und vor allem ein Bahnhof.«

»Kann dein natürlicher Orientierungssinn dich denn überhaupt täuschen?«, fragte Pascal.

»Ich hoffe nicht«, antwortete Juan. »Aber bei Tieren ist das wie bei euch Menschen: Sobald man denken und sprechen kann, hört man seine Instinkte nicht mehr so richtig. Beziehungsweise, man hört sie zwar noch, aber es hapert dann häufig mit dem Verstehen.«

Das erste Haus tauchte an der nächsten Biegung auf. Einige Meter davor stand ein Ortsschild.

»Lenasdorf«, las Pascal vor.

»Nicht ganz, aber fast«, sagte Juan. »Wenn wir auf die Hauptstraße kommen, müssen wir nach rechts. Da geht's nach Blessingen.«

»Die Zivilisation hat uns wieder«, seufzte Pascal und schaute dann Max prüfend an.

»Warum sagst du denn nichts?«

Max blieb stehen.

»Weil ... weil ich das Camp vermisse. Ich will gar nicht zurück. Es war schön da.«

»Es war schön da, weil du mit Drogen vollgepumpt warst!«, widersprach Pascal.

»Na und?«, fauchte Max. »Schön ist schön!«

»Oh nein, mein Junge«, schaltete sich Juan beschwichtigend ein. »Es gibt einen großen Unterschied zwischen echt schön und falsch schön. Du wirst diesen Unterschied erkennen, wenn du das nächste Mal etwas echt Schönes erlebst.«

»Außerdem glaube ich nicht, dass Antoine uns irgendwas getan hätte!« Der ganze Frust kam nun aus Max raus. »Ich meine, wozu? Ja, wir haben ihm damals das Handwerk gelegt, aber er schmeißt doch sein Geld nicht zum Fenster raus, bloß um sich an zwei Sechstklässlern zu rächen! Eigentlich wissen wir gar nicht, was er damals gemacht hat. Vor allem wissen wir nicht, wie er das gemacht hat. Das wäre doch das Einzige, was an uns irgendwie interessant sein könnte: wenn er durch uns wieder an seine verlorene Formel käme.«

Er atmete heftig aus und bemerkte, dass seine Traurigkeit von einem anderen Gefühl verdrängt wurde. Was aber nicht viel besser war.

Das Gefühl war nämlich Angst.

»Irgendwie siehst du jetzt nicht mehr niedergeschlagen aus, sondern besorgt«, analysierte Juan ganz richtig, der ihn aus der Tasche beobachtete.

»Um uns ging es gar nicht«, keuchte Max. Pascal legte fragend den Kopf schief.

»*Wir* sind nicht nützlich, wenn es um Antoines Pläne und deren Ausführung damals ging, weil wir uns gar nicht richtig daran erinnern können.« Er machte eine Pause und starrte auf den Boden.

»Shakira schon«, murmelte er. Als er wieder aufblickte, sah Pascal ihn entsetzt an.

»Und wir sind die einzigen zwei Menschen, denen sie wirklich vertraut«, führte Pascal den Faden weiter. »Die einzigen, die sie um Hilfe bitten würde, wenn sie ein Problem hat.« Dann schüttelte er den Kopf. »Aber nein, dann hätte sie ja Kontakt mit dir aufgenommen.« Er schaute Juan an, der betroffen das Köpfchen senkte.

»Sie war in letzter Zeit nie online«, sagte die Maus dann. »Ich habe mich gefreut, weil ich dachte, sie ist einfach auf Tour, wie

ein normales Mädchen in den Sommerferien auf Tour sein sollte.«

Die drei Freunde schwiegen einen Moment. Dann marschierte Max mit entschiedenen Schritten los.

»Wir müssen jetzt dringend zu diesem verdammten Bahnhof«, erklärte er dabei, und Pascal und Juan bekräftigten wie aus einem Mund mit einem »Aber so was von«.

Shakira hatte ihrem Onkel schließlich nachgegeben, der immer wieder gesagt hatte, dass es ihr guttäte, etwas zu unternehmen. »Ich glaube, ich muss das jetzt machen, sonst rafft der noch, dass wir alles wissen«, hatte sie Jerome zugeraunt.

Nun war sie also mit Onkel Wichmann im Zoo. Jerome tat das leid. Er hätte gerne noch ein paar Stunden mit Shakira verbracht, jetzt, da ihnen nicht mehr viel gemeinsame Zeit blieb. Wenn die Übergabe so lief wie geplant, würde er verschwinden. Heimlich, in der Nacht, wie ein Verbrecher. Gegenüber dem Mädchen, gestand er sich ein, hatte er sich ja auch wie ein Verbrecher verhalten.

Aber gut, für diese freie Zeit jetzt hatte er natürlich auch Verwendung. Den Rechner brauchte er noch, aber seine anderen Spuren konnte er schon mal verwischen. Er wuselte in die Küche, krabbelte auf die Kaffeedose auf der Anrichte und löste mit seinen Vorderläufen die Verschlüsse am Deckel. Dann sprang er von der Dose, stützte sich nach vorne und versetzte ihr mit den

Hinterbeinen einen Tritt. Scheppernd landete sie auf dem Küchenboden. Zufrieden registrierte Jerome, dass das braune Pulver sich über das gesamte Laminat verteilt hatte. Wichmann würde wohl eine neue Packung Kaffee aufmachen müssen. Es gab keinen Grund mehr, ihn damit einzuschläfern.

Zurück in Shakiras Zimmer stieg er in seinen Käfig. Er öffnete die unter dem Streu verborgene Schiebeklappe und zog einen kleinen Rucksack hervor. In diesen packte er ein paar Gemüsedrops aus seinem Futterschälchen als Wegzehrung, seine Glücksnuss sowie die zwei übrig gebliebenen Kapseln mit Schlafmittel.

Dann ließ er seinen Blick schweifen. Hatte er noch etwas vergessen? Er blieb an einem Buch hängen, aus dem eine Ecke Papier herausragte, anscheinend als Lesezeichen. Jerome legte den Rucksack zur Seite und erklomm das Regal, in dem das Buch stand.

»Lexikon der Serienmörder«. Jerome grinste. Shakira hatte echt einen besonderen Literaturgeschmack für eine Elfjährige. Er rüttelte ein bisschen an dem Buch, bis die hervorblitzende Ecke näher kam und er sie herausziehen konnte. Es war ein Passbild, aufgenommen vor ein, vielleicht zwei Jahren. Jerome lächelte es liebevoll an. Dabei sah Shakira darauf aus, als hätte sie dem Passbildautomaten geschworen, dass dies der letzte Schnappschuss wäre, den er jemals machen würde.

Ja, das war es, was ihm noch fehlte. Eine Erinnerung an dieses außergewöhnliche Mädchen, das er verraten hatte für sein großes Ziel.

REISENDE SOLL MAN NICHT AUFHALTEN

MAX

»Oh Mann, in diesem Kaff kommt gerade mal alle zwei Stunden ein Zug. Und dann müssen wir in Rellingen noch mal in die nächste Bummelbahn umsteigen«, nörgelte Pascal, der bereits in den Fahrplan am Bahnhof vertieft war. »Da sind wir frühestens heute Abend um acht daheim.«

Max zog Juan aus der Tasche und hob ihn hoch, damit er mitlesen konnte.

»Da, der ICE um zwölf Uhr dreißig. Der braucht nur fünf Stunden.« Die Maus deutete auf die Stelle im Plan, die diesen Zug anzeigte.

Max schaute auf die antiquarische Uhr an dem vereinsamten Gleis.

»Für den sind wir leider zehn Minuten zu spät«, sagte er.

»Leisten könnten wir uns den auch nicht«, ergänzte Pascal und hob einen Zwanzigeuroschein hoch. »Mehr habe ich nicht, und wie ich deine Eltern kenne, haben sie dir gar kein Geld mitgegeben.«

»Sie haben gesagt, wir brauchen da kein Geld«, murmelte Max ertappt.

Mit kratzigem Geräusch erwachte der Lautsprecher am Bahnhof zum Leben. »Es fährt ein der verspätete ICE Karl May von

Amsterdam nach Rotterswald über Brinkenstein – Schönhain – Bad Waidach.«

Tatsächlich hielt bereits ein majestätisch weiß strahlender Zug, der an diesem Provinzbahnhof so fehl am Platze wirkte wie ein Ufo. Die Türen öffneten sich fast lautlos und die Treppenstufen fuhren heraus.

»Ich tue es nur ungern, aber ich möchte euch jetzt zu einer kriminellen Handlung anstiften«, verkündete Juan.

»Gebongt«, sagte Pascal, und Max kam gar nicht mehr dazu, seine Meinung zum Thema Schwarzfahren einzubringen.

Pünktlich um drei hörte Jerome die Haustür. Er hatte sich ein bisschen gesorgt, der Onkel könnte seinen Tagesausflug weiter ausdehnen, aber natürlich hatte das Mädchen die Uhr im Auge behalten.

Shakira kam in ihr Zimmer, winkte Jerome zu und rief »Danke, Wichmann, war super« hinter sich. Kurz darauf schob sich der Kopf ihres Onkels durch den Türrahmen.

»Ist wirklich alles in Ordnung mit dir?«, fragte er.

Sie rollte mit den Augen. »Wichmann, ich war mit dir im Zoo. Was soll denn jetzt schon wieder nicht mit mir stimmen?«

»Du hast dich gerade bei mir bedankt. Das ist kein normales Verhalten«, antwortete er. »Sicher, dass ich noch ein paar Stunden ins Amt kann?«

»Oh, ich denke, du musst sogar noch ein paar Stunden ins Amt«, bemerkte Shakira spitz, gab aber mit einem leichten Ni-

cken zu verstehen, dass sie Jeromes mahnenden Blick wahrgenommen hatte.

»Mach ruhig«, winkte Shakira ab. »Ich geh noch in die Bibliothek. Zum Abendessen sind wir wieder glücklich vereint.«

Er schaute sie prüfend an und nickte ihr dann zu.

»Ach ja, ist dir die Kaffeedose runtergefallen?«, fragte er noch.

»Trinke ich Kaffee?«,

»Dann muss ich sie blöd hingestellt haben. Lass es ruhig liegen, ich mache es nachher weg«, sagte er und schloss die Tür. Kurz darauf war es still in der Wohnung.

»Ich frage mich wirklich, wie viel er weiß«, murmelte Shakira.

»Damit ein Plan funktioniert, darf jeder nur so viel wissen, wie er muss«, erklärte Jerome.

Sie nickte sichtlich widerwillig.

»Bist du bereit?«, fragte er.

»Darf ich dich mitnehmen?«, fragte sie ungewohnt schüchtern.

Jerome schüttelte den Kopf.

»Ich glaube, es ist besser, wenn wenigstens der Hamster weiß, worauf du dich hier eingelassen hast.«

»Hast recht«, seufzte sie. »Wir sollten bei Niemand und Co. nicht unbedingt auf Fair Play zählen.«

Diesmal nickte Jerome.

»Okay«, sagte sie dann. »Ich mach mich auf den Weg. Es gibt Verabredungen, zu denen komme ich lieber eine Stunde zu früh als auch nur eine Minute zu spät.«

Sie holte ihren Rucksack und packte den Stapel Unterlagen von ihrem Schreibtisch dort hinein. Dann steckte sie noch ein paar der Briefe ihres Vaters dazu. Jerome schaute sie fragend an.

»Ich brauch halt was zu lesen«, sagte sie achselzuckend.

UNHEIMLICHE MENSCHEN MIT FREUNDLICHEN GESICHTERN

Das ist jetzt echt albern, dachte Max. Du bist schon durch Lüftungsrohre in der Kanalisation gekrochen. Du hast schon die Villa eines verrückten Fabrikbesitzers ausspioniert. Der dich in seinem unterirdischen Labor unter dem Wasserwerk beinahe erschossen hat. Das hat alles keinen Spaß gemacht, das war alles ganz schön gruselig, aber du hast es durchgezogen. Und jetzt machst du dir fast in die Hose, weil du schwarzfährst?

Selbst dem in der Tasche seiner Jeans untergekommenen Juan fiel es auf.

»Max, über die Hälfte der Fahrzeit ist bereits vorbei. Ich denke, langsam könnte deine bis hierhin durchpuckernde Herzfrequenz sich langsam senken.«

»Eben nicht«, widersprach Max. »Je länger kein Schaffner da war, desto größer die Wahrscheinlichkeit, dass demnächst einer kommt.«

»Der wär schon längst da gewesen«, behauptete Pascal. »Bis auf die Abifahrt im letzten Abteil ist der Zug halb leer, da hat man sich bestimmt nur ein bisschen Personal gespart. Wir können uns jetzt wirklich mal hinsetzen und einfach eine Runde pennen.«

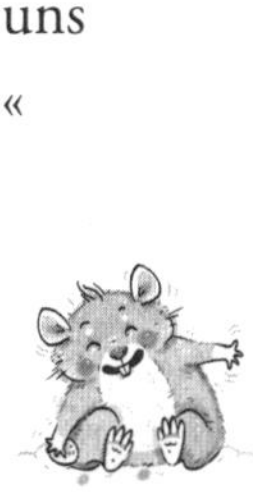

Max hatte darauf bestanden, im Gang zwischen zwei Abteilen stehen zu bleiben, damit im Falle eines Falles die Flucht in beide Richtungen möglich war.

»Mach ruhig. Reicht ja, wenn einer in Schönhain ankommt und Shakira rettet«, zischte Max.

»Max«, versuchte nun auch Juan sein Glück. »Der Kaffeewagen ist durchgekommen. Der mobile Brezelverkäufer auch. Die Wahrscheinlichkeit, dass der Schaffner jetzt noch auftaucht, ist wirklich gering. Eine Mütze Schlaf täte euch beiden gut.«

»Sagt dir das dein Instinkt?«, fragte Max.

»Die Fahrkarten bitte«, erscholl es aus dem Abteil rechts. Max blieb das Herz stehen und er schaute erst böse zu Pascal, dann zu Juan.

»Ich hoffe, das war nicht dein Instinkt«, zischte er ihm zu. »Sonst ist der echt nicht mehr viel wert.«

Unauffällig warf er einen Blick zu dem Schaffner, der bereits fast die Hälfte des Abteils geschafft hatte. Er beriet eine ältere Dame gerade bei Fragen zu ihren Anschlüssen.

»Wir gehen jetzt ein Abteil weiter und schließen uns da auf dem Klo ein«, raunte Pascal ihm zu. Max nickte unauffällig und folgte ihm dann.

»Junge Herren!«

Die Stimme ließ Max erstarren, der kaum ein paar Sitzreihen weitergekommen war. Er drehte sich langsam um. Der Schaffner hatte ein freundliches Gesicht. Aber nach Shakiras Erzählungen galt das auch für alle Hauptdarsteller aus ihrem Serienmörderlexikon.

»Sicher, dass ihr in diese Richtung müsst?« Der Schaffner lächelte immer noch. Aus den Augenwinkeln sah er Pascal überzeugend nicken. Sein Freund setzte sogar ein charmant ehrlich wirkendes »Unsere Eltern machen sich bestimmt schon Sorgen« hinterher.

Max hätte ihm geglaubt.

Der Schaffner tat es nicht.

»Dann begleite ich euch doch am besten«, schlug er freundlich lachend vor. Max wartete eigentlich nur darauf, dass er sich eine Gummimaske vom so harmlos wirkenden Gesicht riss, um eine Schlangenfratze zu offenbaren.

»Ihr versteckt euch, ich sorg für Ablenkung«, hörte Max noch, bevor er merkte, wie ihm Juan aus der Hosentasche schlüpfte.

SHAKIRA

Shakira war immer wachsam, wenn sie unterwegs war. Aber heute scannte sie bei ihrem Weg durch die Stadt die Umgebung so intensiv, dass sie fast Kopfschmerzen davon bekam. Als wäre jeder Busfahrer, der an einer Kreuzung hielt, jede Verkäuferin hinter einem der Ladentresen in der Innenstadt, die Rentnerin, die jeden Tag am Brunnen vor dem Rathaus die Spatzen fütterte, ein natürlicher Feind.

Und war das nicht eigentlich auch so? Standen da nicht, wie zwei moralisch missratene Turteltauben, Frau Breitenbanner und Herr Weidner vor dem Reisebüro, den Blick gerichtet auf das Plakat mit »Luxuskreuzfahrten für den besonderen Geschmack«? Sah sie da in der Sonne vor dem Weinladen nicht Pascals Mutter mit ihren Freundinnen bei einem Glas Prosecco scherzen? Und kam da in einem merkwürdig langsam fahrenden Sportwagen nicht dieser schreckliche ehemalige Personal Trainer von Max

vorbeigefahren? Neben dem auch noch eine mit schlechter Perücke und viel zu großer Brille verkleidete Sibylle Schröcklich saß?

Shakira presste die Augen zusammen, schüttelte den Kopf und drehte sich um. Der Sportwagen verschwand bereits hinter der nächsten Ecke. Sie musste sich echt zusammenreißen. Nicht dass sie, kurz bevor dieser Wahnsinn vorbei war, den Verstand verlor.

Die Kirchturmuhr schlug vier. In einer halben Stunde war sie am Baggersee und erst eine Stunde später war Übergabe. Sie war absolut bestens in der Zeit, da konnten auch keine Halluzinationen was dran ändern.

Pascal und Max waren zum Ende des Abteils gekommen, als ein jäher Schrei sie aufhielt.

»MAAAAAAAAUUUUUUS!«

Ein Mann um die vierzig war aufgesprungen und wies irgendwo in die Gänge. Seine etwas ältere Sitznachbarin fragte, ob man deshalb gleich hysterisch werden müsste, zumal es doch sehr unwahrscheinlich sei, dass er das tatsächlich richtig gesehen habe. Der Schaffner hatte kurz innegehalten, nun fiel sein Blick wieder auf die beiden Jungs und er erinnerte sich an seine ursprüngliche Mission. Zielstrebig setzte er sich in Bewegung, als knapp vor seinem Gesicht ein lilaner Koffer aus Hartplastik aus dem Gepäckfach vorbeischoss. Max sah dort kurz Juan, der seinen Mäusedaumen hochhielt und dann hinter dem nächsten Gepäckstück verschwand, das daraufhin ebenfalls auf den Gang flog.

»Nicht glotzen, rennen!« Pascal packte Max harsch am Arm und zog ihn vorwärts.

»Besetzt«, rief Max, als er merkte, dass Pascal die vor ihnen liegende WC-Tür aufreißen und ihn hineinstoßen wollte. Leider zu spät. Die Tür ging nicht auf, Pascal stieß trotzdem weiter, und aus der Kabine kam ein wütendes »Geht's noch?«, während vor Max angeschlagener Stirn Sterne tanzten.

»Finger weg«, zischte er und riss sich Pascals Hand vom Arm.

»Leider defekt«, verriet ein Schild an der nächsten Klotür, die dementsprechend verriegelt war.

Max sah nervös nach ihrem Verfolger. Gedämpfte überraschte Schreie und leichtes Scheppern verrieten, dass Juan weiterhin aktiv war.

Weiter, dachte Max und stieß fast gegen Pascal, der abrupt stehen geblieben war.

Max hörte laute Musik, dazu mehr oder weniger melodisches Mitgegröle, als die Schiebetür vor ihnen aufging.

»Die Abifahrt!«, flüsterte Pascal entsetzt. Die fröhlichen Abiturienten hatten das letzte Abteil reserviert.

In entgegengesetzter Richtung zu den anderen Sitzreihen saß ein Mädchen mit langen, ziemlich wirr wirkenden Haaren auf einem Einzelplatz und schaute die beiden fragend an.

»Seid ihr euch sicher, dass ihr hier reinwollt?«, fragte es. »Ich wollte auch nicht mit, aber sie meinten, als Schulsprecherin müsste ich.«

Max drehte sich panisch um. Dahinten flog wieder ein Koffer, ein »Was zur Hölle ist das?« verriet ihm, dass der Schaffner keine Ahnung hatte, was hier geschah.

»Okay, diese Blicke sagen alles.« Das Mädchen hatte Pascal und ihn nicht aus den Augen gelassen. »Ihr seid von zu Hause abgehauen, richtig?«

»Nein«, widersprach Max. »Wir sind auf dem Weg nach Hause! Nur halt ohne gültige Fahrkarte.«

»Aber abgehauen sind wir«, erklärte Pascal dem immer noch etwas skeptisch dreinschauenden Mädchen. »Aus einem Bildungscamp für Kinder, denen man weismachen will, dass Lernen Spaß macht, wenn die Eltern nur genug Geld dafür ausgeben!«

Die Fremde betrachtete die beiden noch ein paar Sekunden – in der Zwischenzeit streifte ein weiteres »Verdammt« aus der Kehle des Schaffners Max' Ohr –, dann nickte sie.

»Okay, klingt schrecklich.« Sie zerrte ihren langen Rucksack aus der Gepäckablage, nahm einen weiteren heraus und sprach den Jungen, der mit dem Rücken zu ihr saß, an.

»Carsten, kannst du mal kurz deinen Seesack da rausnehmen? Wir müssen zwei Flüchtlinge verstecken.«

Ein aschblonder Junge tat wie ihm geheißen, guckte dabei aber sehr skeptisch drein.

»Und warum tun wir das?«

Das Mädchen bildete mit seinen Händen eine Räuberleiter, auf die Pascal stieg und sich im Gepäckfach entlangschob.

»Weil wir cool sind und man uns für so was nicht mehr von der Schule schmeißen kann«, erklärte es. Der Junge zuckte mit den Schultern, als fände er das ein zumindest akzeptables Argument.

»Danke«, sagte Max.

»Gerne.« Die Fremde hielt ihm die Hände zum Aufstieg hin.

»Wie heißt du eigentlich?«, raunte Max ihr zu, während sie und Carsten die beiden Jungs mit Gepäck zustapelten.

»Freunde nennen mich Lizzy«, sagte sie. »Und wir müssen wohl Freunde sein, denn für Fremde würde ich so was ja wohl kaum machen.«

ZWEIFACHE ANKUNFT

SHAKIRA

Sie war pünktlich. Die Erpresser nicht. Sie waren schon seit fünf Minuten überfällig. Wahrscheinlich um zu zeigen, wer am längeren Hebel saß. Vielleicht beobachteten die sie auch erst einmal, um sicherzugehen, dass sie alleine war.

Shakira nahm den letzten der Briefe, die sie mitgenommen hatte. Sie erkannte ihn sofort. Es war das älteste der jahrelang verschollenen Schreiben.

»Ein weiteres enttäuschendes Jahr abgehakt. Und am ersten Januar das Gefühl, dass es dieses Jahr anders wird. Wobei ›es‹ einfach alles meint.«

Ihr Blick streifte das Datum. Der erste Januar des Jahres, nachdem er ins Gefängnis gekommen war.

Sie spürte ein merkwürdiges Grollen in ihrem Bauch. Und nein, es war nicht die Nervosität, dass sie gleich auf ihre Erpresser oder zumindest ihre Handlanger treffen würde. Es war nicht die Angst um ihre Freunde. Die kannte sie schon, seitdem ihr klar geworden war, dass Antoine hinter ihrem Lerncamp steckte. Es war dieses Gefühl, dass irgendwas ganz und gar nicht stimmte, obwohl man noch nicht wusste, was.

Ihr Blick hing auf dem Datum. Dann versank sie in ihrem fotografischen Gedächtnis. Sie landete in ihrem Zimmer, das sie in allen Einzelheiten vor sich sah. Sie ging zu ihrem Bett, nahm die Karte, die am Pfosten hinter der Matratze versteckt war. Zoomte sie heran.

»Fröliche Weinachten mein Schatz und ein gutes Neues Jar.«

Die Handschrift, die Rechtschreibung, die Formulierungskunst eines sehr frischen Grundschülers.

Nur eine Woche später dieser Brief. Die gleiche Handschrift. Aber kein einziger Punkt, kein einziges Komma falsch gesetzt. Nicht eines der Wörter falsch geschrieben. In einem Text, der komplizierte Gedanken in bemerkenswerter Klarheit aufs Papier brachte.

Eine erstaunliche Entwicklung für die eine Woche, die zwischen diesem Brief und der Postkarte lag.

Nein, dachte Shakira. Eine *unmögliche* Entwicklung in nur einer Woche.

Auch wenn dieser Brief aussah, als hätte ihr Vater ihn geschrieben – sich ausgedacht und formuliert hatte er ihn mit Sicherheit nicht.

Eine Fahrradklingel riss sie aus ihren Gedanken, aus ihrem Zimmer, fort von der Postkarte.

Sie blickte hoch.

Auf einem albernen Damenrad mit altmodischem Fahrradkorb fuhr Antoine Blanche auf sie zu und lächelte sie an.

MAX

»Nächster Halt: Schönhain«, kündigte die Lautsprecherdurchsage an.

Der Seesack neben Max wurde heruntergehoben. Das Mädchen sah ihn an.

»Tja, das hat dann wohl geklappt. Viel Spaß in der Freiheit.«

Max schwang sich die Gepäckablage herunter. Auch Pascal stieg neben ihm herab.

»Huch, da waren ja doch Kinder«, sagte einer der mitreisenden Abiturienten mit einem aufblasbaren Hirschgeweih auf dem Kopf. Er hatte – wie alle anderen auch – dem Schaffner im Brustton der Überzeugung erklärt, dass er keine Kinder gesehen habe. Bis auf diese Lizzy und Carsten hatte die Truppe bei all ihrer Feierei ja auch gar nichts von den blinden Passagieren gemerkt.

»Vielen Dank noch mal«, sagte Max, und Pascal schloss sich ihm an, bevor sie aus dem Zug huschten und schnell in die Bahnhofsvorhalle rannten, damit der Schaffner sie nicht doch noch zu sehen bekam.

Als der letzte Waggon aus ihrem Blickfeld verschwunden war, traten sie wieder hinaus und hielten Ausschau nach Juan. Der kam ihnen auch schon entgegengewuselt, kletterte Max' Beine hoch und hangelte sich auf seinen Arm.

»Hach, das war jetzt schon ein bisschen lustig«, sagte er. »Diese ganzen Koffer durchs Abteil katapultieren, Leute erschrecken – so was hatte ich einfach lange nicht mehr.«

»Ich bin fast gestorben vor Angst.« Max war nicht ganz so begeistert. »Und ich glaube, in diesem Seesack neben mir war nichts als schmutzige Unterwäsche.«

»Egal«, sagte Pascal. »Wir sind da. Was jetzt? Die haben bestimmt schon unsere Eltern alarmiert.«

Juan schüttelte den Kopf. »Die werden mit Sicherheit erst mal auf eigene Faust versuchen, euch wieder aufzutreiben. Ist für so eine Etepetete-Veranstaltung ganz schlecht fürs Image, wenn da Kinder abhandenkommen. Ich vermute, die machen das erst in ein bis zwei Tagen öffentlich.«

»Dann gehen wir am besten zu mir«, sagte Max. »Meine Eltern sind noch bei so einem Bewerbungsmarathon von meiner Mutter, also sollten wir da Ruhe haben.«

Juan nickte. »Gut. Macht euch frisch, verhaltet euch ruhig und ich hole Shakira.«

»Die können wir doch auch anrufen, wenn wir bei mir sind«, sagte Max.

»Ich möchte ungern noch mehr Zeit verlieren«, sagte Juan. »Ich habe da so ein ungutes Gefühl.«

»Ist das etwa dein Instinkt?«, fragte Max. »Der hat ja auch bei Schaffnern großartig funktioniert.

»Hey!« Juan boxte Max gegen den Oberarm, was er erstaunlich heftig spürte. Es beeindruckte ihn immer wieder, welche Kraft in Juans Mäusekörper steckte. »Nachtragend kannst du noch werden, wenn du vierzig bist. Das steht einem auch in dem Alter nicht besonders, bei Kindern ist es noch hässlicher.«

Juan sprang auf den Boden, hob kurz grüßend die Pfote an den Kopf und wetzte los.

»Ich hoffe, ihr habt was Vernünftiges zu essen im Haus«, sagte Pascal, als sich die beiden Jungs in Bewegung setzten.

»Da würde ich mir nicht allzu große Hoffnungen machen«, erklärte Max.

GESPRÄCHE MIT BÖSEWICHTERN

SHAKIRA »Was machen Sie hier? Warum überlassen Sie solche Jobs nicht namenlosen Helfershelfern?«, fragte Shakira, während Blanche den Stapel Dokumente in seinen Fahrradkorb legte.

»Ach, auch wenn ich mit Herrn Niemands Plänen rein menschlich gar nicht einverstanden bin«, erklärte Antoine, »muss man doch trotzdem ganz praktisch mit anpacken, wenn man sich auf so was einlässt. Nicht nur dieses feige Geldverschieben und Strippenziehen im Hintergrund. Eine Frage der Ehre, wenn du so willst. Außerdem ist heute einfach ein herrlicher Tag zum Radfahren.«

Er schaute lächelnd in die immer noch prächtig scheinende Sonne.

»Mit dem Radfahren haben Sie recht. Ob Sie wirklich verstanden haben, was Ehre bedeutet, weiß ich allerdings nicht«, sagte Shakira.

»Meine scharfzüngige junge Freundin«, lachte Antoine und kniff ihr in die Wange. Sie wischte seine Finger ungehalten weg. »Ich werde immer gerne an dich zurückdenken, wenn das alles hier vorbei ist.«

»Ich nicht an Sie. Es ist für uns hier auch vorbei. Ich hätte jetzt gerne meine Freunde wieder.«

»Och.« Blanche schaute betrübt drein. »Hast du wirklich gedacht, wir würden sie gleich mitbringen? Nein, nein, vorher müssen wir natürlich sichergehen, dass du uns damit ...« – er klopfte auf den Papierstapel in seinem Korb – »... nicht versuchst, einen Bären aufzubinden. Aber keine Sorge, deine Freunde merken gar nicht, in welcher Gefahr sie schweben. Denen geht's blendend, und wenn alles so läuft, wie es laufen soll, sind sie in zwei Wochen wieder da.«

»Das ist nicht fair«, zischte Shakira.

»So ist das leider bei Erpressungen«, erklärte Antoine. »Der Erpresser bestimmt. Und die Erpresste braucht einfach ein bisschen Vertrauen.«

»Vertrauen war noch nie meine Stärke«, grummelte Shakira.

»Wie auch immer«, sagte Antoine. »Ich muss dich jetzt leider alleine lassen.«

»Keine Sorge, ich bin nicht allein. Ich habe immer noch meinen Hamster.«

»Ach ja, der süße Jerome«, seufzte Antoine. »Das Leben ist voller unerwarteter Abschiede.«

Er trat in die Pedale und klingelte aufmunternd zu seinem Aufbruch.

Shakira sah ihm hinterher, während ihr klar wurde, dass sie ein Hühnchen zu rupfen hatte. Besser gesagt, einen Hamster.

Einen Hamster, dessen Namen angeblich nur sie kannte.

JEROME

Jerome meditierte auf dem Bürostuhl des Mädchens. Er saß mit verschränkten Beinchen auf dem Polster, atmete tief und ruhig ein, bevor er mit einem leisen »Ohm« ausatmete. Er merkte, dass die Nervosität nachließ.

»Ding, dang, dong.«

Jerome schlug die Augen auf. Der Laptop war zum Leben erwacht. Er sprang auf die Tischplatte und patschte mit dem rechten Vorderpfötchen auf »Anruf annehmen«.

Da war es wieder, das gleichermaßen unendlich langweilige wie unendlich beunruhigende Gesicht des Mannes, mit dem er sich verbündet hatte. Der unverzichtbarer Bestandteil seiner persönlichen Vision war.

»Hallo, Jerome«, sagte Niemand. »Die Übergabe hat stattgefunden. Du kannst deinen Posten verlassen.«

Neben ihm schob sich das Gesicht des Wissenschaftlers ins Bild.

»Endlich lerne ich dich mal perfönlich kennen.« Mannomann, dieser Wolfgang musste ja genial sein, aber man merkte ihm das wirklich nicht an. Niemand schob ihn mit seinem Handrücken zur Seite.

»Du siehst, Wolfgang kann es kaum erwarten, dich zu sehen. Und Herr Bitter freut sich bestimmt auch über ein Wiedersehen.«

Jerome legte fragend den Kopf schief.

»Der Vater des Mädchens ist bei euch? Warum? Wir brauchen ihn nicht mehr.«

»Ich weiß, es gilt als unheroisch«, sagte Niemand. »Aber doppelte Absicherungen sind einfach Gold wert. Wenn die Freunde

des Mädchens ausfallen als Druckmittel, hätten wir immer noch Kevin. Und der kapiert gar nicht, warum er hier ist. Das ist das Schöne an dummen Menschen. Sie akzeptieren einfach alles und stellen selten Fragen.«

Mist, dachte Jerome. Das passte ihm gar nicht. Aber natürlich ließ er sich das nicht anmerken.

»Wir sehen uns im Hauptquartier«, sagte er stattdessen und beendete das Gespräch. Dann hüpfte er auf der Tastatur herum, bis die gewünschte Meldung erschien: FORMATIERE FESTPLATTE.

Damit würde alles verschwinden. Die Ergebnisse der Recherchen. Die von ihm installierten Programme, die Niemand überhaupt erst den Kontakt zu Shakira ermöglicht hatten. Er merkte, wie sich sein Herz vor Bedauern zusammenzog. Sie hatte das alles nicht verdient. Aber sie war notwendig gewesen. Wenn man eine Vision hatte, musste man Opfer bringen.

»Shakira«, rief es, als hätte sein schlechtes Gewissen plötzlich eine Stimme bekommen.

Jerome schaute auf den Bildschirm. Er war schwarz. Rasch sprang er vom Schreibtisch zum Bücherregal, wetzte zu seinem Käfig und zog die Tür auf.

Wer auch immer gleich hier reinkam, sein schlechtes Gewissen war es garantiert nicht.

GEÄNDERTE MANNSCHAFTEN

SHAKIRA

Shakira hatte schweigend noch drei Minuten nachgedacht. Ihre rauschenden Gedanken besänftigt. Doch es blieb dabei. Dass sie Teil eines abgekarteten Spiels war, hatte sie ja gewusst. Aber offensichtlich hatte einer falsch gespielt, von dem sie dachte, er wäre Teil ihrer Mannschaft.

Shakira stand auf und wischte sich den Sand von der Hose. Sie hatte Wichmann im Glauben gelassen, sie wüsste nichts von seinen Geheimnissen. Das Gleiche würde sie jetzt bei Jerome tun. Nur so ließ sich vielleicht herausfinden, was hier *wirklich* gespielt wurde.

Sie spürte das Vibrieren an ihrem Bein. Niemand, der sich für die gute Zusammenarbeit bedanken wollte? Oder war Wichmann schon zu Hause und machte sich Sorgen, wo sein kleines Goldstück steckte?

Sie schaute aufs Display. Kein Niemand. Kein Wichmann. Es war MAX DAHEIM.

Stirnrunzelnd nahm Shakira ab.

»Hallo?«

»Gott sei Dank!«, begrüßte sie Max. Im Hintergrund hörte sie die Nachfrage »Hat sie dich schon beleidigt? Ist es wirklich Sha-

kira?«, die verdächtig nach Pascal klang. Shakira hielt sich eine Hand vor den Mund, während sie ein erleichtertes Lachen ausstieß. Dann atmete sie tief ein.

»Richte Schnöselbacke aus, dass er das schon noch feststellen wird«, sagte sie. »Warum seid ihr bei dir? Das Camp dauert noch zwei Wochen.«

»Shakira, das war kein Camp. Es war eine Falle!«, rief Max aufgeregt. »Die wollten uns …«

»… umbringen, ich weiß. Wenn sie nicht das kriegen, was sie wollen. Aber jetzt haben sie, was sie wollen. Vorerst.«

Einen Moment herrschte Schweigen am anderen Ende.

»… ähm, eigentlich wollte ich sagen, von dir fernhalten. Das mit dem Umbringen ist jetzt irgendwie neu und … ähm … ziemlich beunruhigend.«

Pascals Stimme übernahm das Gespräch.

»Shakira, du kannst Max mit seinen schwachen Nerven doch nicht so was Gruseliges erzählen! Schaff dich am besten gleich hierher. Dann werfen wir unsere Geschichten zusammen und schauen, was dabei rauskommt.«

»Gute Idee, aber ich muss jetzt erst mal nach Hause. Da sitzt nämlich jemand, der unsere Geschichten vermutlich vervollständigen kann.«

»Das klingt ja vielversprechend«, sagte Pascal. »Wir machen uns auf den Weg zu dir.«

»Bis später.« Shakira legte auf.

»Shakira?«

Das war nicht der Onkel, erkannte Jerome. Warum sollte der in seiner eigenen Wohnung so zaghaft rufen?

»Shakira?« Nun war die Stimme direkt vor Shakiras Zimmer. Jerome beobachtete durch die Stäbe seines Käfigs die Tür. Die Klinke bewegte sich nicht, dafür schob sich etwas leise ächzend durch den Spalt darunter.

Mit einem letzten Stöhnen, gefolgt von »Ich muss wieder mehr Sport machen«, war der Eindringling im Zimmer.

Eine Maus. Johann Klein. Der berühmte Juan. Er wischte sich ein paar Staubflocken vom Pelz und sah sich um. Sofort blieb sein Blick an Jerome hängen.

»Ah, der Hamster«, sagte Juan. »Hallo.«

»Hallo, hallo, hallo«, sagte Jerome. Er wusste, dass seine normalen Artgenossen zu nervtötenden Wiederholungen in der Kommunikation neigten. Eine logische Folge der Evolution, denn herkömmliche Hamster waren ziemlich schwer von Begriff und kapierten rein gar nichts schon beim ersten Mal.

Juan krabbelte zu dem Regalbrett, auf dem Jeromes Käfig stand, und öffnete die Käfigtür.

»Hi, ich bin Juan. Maus mit Mission.« Er winkte Jerome lässig zu. Gott, war der von sich selbst eingenommen. Kein Wunder, wenn man sich für absolut einzigartig hielt. Nicht gerade sympathisch.

»Tür offen, Tür offen, Tür offen«, murmelte Jerome, kletterte aus dem Käfig und ließ sich auf den Teppich fallen. Er wollte ein bisschen Abstand zu dem anderen Nager gewinnen. Der folgte ihm aber sofort. Jerome begann unsinnig, ein bisschen am

Teppich herumzuschnüffeln. Irgendwie machte es Spaß, einen normalbekloppten Hamster zu spielen.

»Sag mal, Kollege, weißt du, wo Shakira ist?«

»Wer? Wer? Wer?«, fragte Jerome und kroch in eine herumliegende Socke. »Gefangen, gefangen, gefangen«, fiepte er dann und kugelte ein bisschen herum. Die Socke wurde an ihrer Vorderseite gepackt und Jerome herausgeschüttelt.

»Shakira. Deine Besitzerin«, sagte die Maus mit leicht genervtem Tonfall, während Jerome schon unter den Schreibtisch wuselte und dort anfing, das Laptopkabel anzunagen.

»Nein, nein, nein«, antwortete er schmatzend und spuckte dabei unauffällig die ekligen Plastikbröckchen zur Seite.

Er wurde an den Schultern gepackt und herumgerissen.

»Jetzt beruhig dich mal, Kollege, und zapple nicht so rum. Das ist wichtig.«

»Wichtig, wichtig, wichtig«, wiederholte Jerome pflichtbewusst. Die Maus hielt inne und legte den Kopf schief. Jerome schaute sie mit großen, doofen Augen an.

»Ich wusste doch, dass du mir bekannt vorkamst.«

»Bekannt, bekannt, bekannt.« Das klang gar nicht gut, dachte Jerome dabei.

Die Maus ließ ihn los, trat einen Schritt zurück und verschränkte die Arme.

»Du bist 43-2. Du warst auch in Antoine Blanches Versuchslabor.«

»Labor? Labor? Labor?«, spielte Jerome standhaft weiter. Doch es nützte nichts.

»Du kannst noch stundenlang meine Worte wiederholen: Ich glaube trotzdem nicht, dass es ein Zufall ist, dass ausgerechnet

43-2 bei Shakira als Haustier gelandet ist, während Antoine Blanche die nächste Schweinerei plant.« Juan streckte bedrohlich sein Schnäuzchen ein Stück vor. »Ich befürchte, du spielst im falschen Team, Kollege.«

Jerome hörte auf, hektisch herumzuzucken. Stattdessen stellte er sich auf die Hinterläufe, drückte seinen Rücken durch und baute sich vor Juan auf.

»Ich heiße Jerome. Und es wäre besser für dich gewesen, du würdest an Zufälle glauben.«

Dann versetzte er der Maus einen Fausthieb auf die Brust, der sie quer durch den Raum schleuderte.

KAMPF DER GIGANTEN

Dafür dass Jerome ordentlich Wumms in seinen Schlag gesteckt hatte, war die Maus bemerkenswert schnell wieder auf den Hinterläufen.

Juan knackste kurz mit seinem Nacken und nickte Jerome zu.

»Ehrlich gesagt, war ich mir in Wirklichkeit gar nicht so sicher, ob das nicht doch nur ein Zufall war und du bloß ein ganz normaler Hamster bist«, sagte er. »Das Thema wäre jetzt wohl vom Tisch.«

»Na, da hast du mich aber reingelegt.« Jerome guckte beleidigt drein und fing dann an zu lächeln. »Wie geht's deinem Kopf? Siehst du noch Sterne?«

»Danke der Nachfrage.« Juan kam einen Schritt näher. »Aber ich hab's nicht so mit Sternen. Astronomie stand nicht auf meinem Lehrplan.« Er schob den linken Hinterlauf vor und schwang die Arme hinter die Hüfte, während er die Schultern nach unten zog.

»Aber dafür Tuff-To.«

Jerome kniff sein linkes Auge zusammen. »Aha. Und was ist das?«

»Ach, nur so eine neumodische Trendsportart«, erklärte Juan, während er den Nacken locker ausschüttelte.

»Eine Mischung aus rhythmischer Sportgymnastik, Akrobatik …« – er hob den Kopf und sah Jerome fest in die Augen – »… und natürlich Kung-Fu.«

Damit nahm die Maus Anlauf, flog mit einem Salto durch die Luft und landete Sekundenbruchteile später auf ihren Händen direkt vor Jerome. Der hatte plötzlich die Hinterläufe der Maus um seine Hüfte und wurde, bevor er sich versah, in die Luft gerissen. Nach kurzem Flug knallte er gegen das Bücherregal und landete dann auf dem Teppich. Auch wenn er es niemals zugegeben hätte: Er sah Sterne. Dazu hörte er ein beunruhigend wackliges Geräusch über sich.

Jerome blickte nach oben und sah das Buch, das auf ihn zuflog.

Ein dickes Buch.

Pascal musste noch mal aufs Klo, bevor sie aufbrachen. Kein Wunder. Weil Pascal weder mit Vollkornspaghetti und Spinat noch mit Quinoa-Tofu-Pfanne als Mahlzeit nach ihrer anstrengenden Reise etwas anfangen konnte, hatte er gegen den Hunger gleich vier Gläser Wasser in sich reingepumpt. Plötzlich klingelte es. Max zuckte zusammen.

»Mach auf!«, rief Pascal aus der Gästetoilette neben Max' Zimmer. »Das ist bestimmt Shakira. Vermutlich hat sie sich's doch anders überlegt.«

Es klingelte wieder.

»Jetzt geh schon!«

Max lief die Treppe runter und schaute durch den Türspion. Er erstarrte. Vor der Tür stand nicht Shakira.

»Komm schon, Buddy. Ich weiß, dass du da bist«, hörte er, bevor es erneut klingelte. »Drei Leute haben euch am Bahnhof gesehen.« Wieder ein Klingeln, das gar nicht enden wollte.

Pascal kam genervt hinter Max die Treppe herunter.

»Ist Tür aufmachen die neue Astrophysik?«, maulte er.

»Das ist nicht Shakira«, flüsterte Max.

Pascal hatte ihn anscheinend nicht verstanden, wurde aber bleich, als auch er durch den Türspion geguckt hatte.

»Das ist Derek«, erklärte er, während das Klingeln verstummte.

»Danke, so weit war ich auch schon«, sagte Max. Jetzt klopfte es.

»Kommt schon, Jungs, müssen wir wirklich die Polizei rufen?« Pascal schüttelte den Kopf und riss dann die Tür auf.

»Nein«, sagte er.

Derek schaute die beiden vorwurfsvoll an. Hinter ihm stand die als Silvana getarnte Sibylle Schröcklich und zuckte bedauernd mit den Schultern.

»Also wirklich, Jungs, so viel Aufregung ist selbst für ein Sportlerherz wie meins zu viel. Na ja, Schwamm drüber. Wenn ihr einfach mitkommt, werden eure Eltern das nie erfahren.« Derek trat einen Schritt zur Seite und wies einladend mit dem linken Arm zu seinem am Straßenrand geparkten Auto.

Max atmete tief durch. Das hatte er von Juan gelernt. *Wenn du keine Ahnung hast, was zu tun ist, erst mal atmen. Der Rest kommt von selbst.*

Es funktionierte.

Max sah Derek fest in die Augen. Silvana war an seine Seite getreten. Weil er jetzt wusste, wer sie wirklich war, gab ihm das zusätzliche Kraft.

»Ganz genau, unsere Eltern brauchen das nie zu erfahren. Wir werden einfach in zwei Wochen am verabredeten Abholpunkt sein …«

»Dann wäre das ja geklärt!«, rief Derek. »Da ist mein Buddy wieder!« Er klopfte Max anerkennend auf die Schulter.

»… unter einer Bedingung: Du ziehst jetzt ab und lässt uns die nächsten zwei Wochen in Frieden.«

Dereks Lächeln fiel in sich zusammen, während Max weiterredete.

»Denn ganz ehrlich, was haben Pascal und ich schon zu befürchten? Ein Donnerwetter von unseren Eltern? Eine Woche Handyverbot? Ich glaube, das ist nichts im Vergleich zu einem Reiseanbieter, der für dreitausend Euro nicht mal vernünftig auf eine Handvoll Minderjähriger aufpassen kann.«

»So was verbreitet sich ja wahnsinnig schnell im Internet«, erklärte der bislang stumme Pascal. »Da sind die ganzen schönen Fünf-Sterne-Bewertungen ratzfatz im Eimer.«

Nun wurde der solariumsgebräunte Derek auch bemerkenswert bleich.

»Aber … ich kann euch doch nicht einfach hierlassen«, stammelte er.

»Doch, kannst du«, erklärte Max. »Meine Eltern sind nicht da, die Nachbarn sind alle im Urlaub und wir werden uns unauffällig verhalten. Als kleines Dankeschön obendrauf verrate ich nicht mal jemandem, dass ihr den Kindern Drogen ins Essen mischt.«

»Wir mischen den Kindern doch keine –«, fing Derek empört an.

»Derek, die sind doch nicht so begeistert über unser tolles Programm«, ging Silvana-Sibylle dazwischen. Er schaute sie entgeistert an.

»Ich befürchte, die Jungs sitzen am längeren Hebel«, sagte sie. Derek schluckte, hob noch einmal zum Sprechen an und lief dann mit gesenkten Schultern zum Wagen.

Sibylle lächelte Max an.

»So selbstbewusst vorgetragene Drohungen stehen dir ganz gut«, raunte sie ihm zu.

Max' Wangen wurden ein wenig heiß. »Das ist wahrscheinlich nur meine schlechte Laune«, sagte er. »Wegen der Entzugserscheinungen.«

»Das glaube ich nicht«, erwiderte sie und nickte ihm und Pascal zu.

»Viel Erfolg bei euren Ermittlungen. Ich sorge dafür, dass der Muskelprotz weiter die Füße stillhält.« Damit setzte sie wieder ein bekümmertes Silvana-Gesicht auf und folgte Derek zum Auto.

JEROME

Jerome war schwarz vor Augen. Kein Wunder, auf ihm lag ein dicker Wälzer, der ihm die Luft abdrückte. Hören konnte er aber weiterhin einwandfrei.

»In meiner Ausbildung habe ich auch gelernt, meine Kraft alleine durch Konzentration und Muskelspannung zu vervielfachen.«

Ein schnarrendes Geräusch verriet Jerome, dass die Maus sich auf das Buch gestellt hatte.

»Ich wette, du findest es gerade sehr schade, dass du das nie gelernt hast.«

Jerome schloss die Augen, saugte das bisschen Sauerstoff ein, das er kriegen konnte, und zählte bis drei.

Dann versteifte er seine Muskeln und katapultierte das Buch in die Luft. Er rollte zur Seite, es schlug neben ihm wieder auf und er schaute nach oben. Die Maus hatte sich an dem Tiermobile an der Zimmerdecke festgehalten und drehte daran mit überrascht aufgerissenen Augen eine Runde.

»Die einen brauchen dafür eine Ausbildung«, rief Jerome ihr zu. »Anderen reicht halt Selbststudium im Internet. Übrigens auch dafür.«

Er streckte beide Arme weit aus und umklammerte das Buch. Einatmen, bis drei zählen, dann feuerte er es in Richtung Mobile, das es von der Decke riss. Doch die Maus war bereits abgesprungen und stand auf dem Schreibtisch vor dem aufgeklappten Laptop. Ohne Jerome aus den Augen zu lassen, kippte sie den neben dem Rechner stehenden Stiftehalter zu sich.

»Werfen kannst du ja«, sagte Juan. »Zielen ist aber nicht so deins, ne?«

Ein sirrendes Geräusch und schon traf Jerome ein Edding auf der Brust wie ein Hammerschlag, der ihn von den Hinterläufen riss. Bevor er sich versah, steckten zwei angespitzte Buntstifte genau zwischen seinen aufgestützten Ärmchen im Teppichboden.

»Nur zur Info, das war Absicht«, erklärte Juan, während Jerome sich wieder aufrichtete und sich den Schweiß aus dem Fell an der Stirn strich. »Sie könnten auch in deiner Brust stecken.

Ich nenne das ›der freundliche Messerwerfer‹. Hast du noch was auf dem Kasten?«

»Kugelblitz«, schnaubte Jerome.

»Kugelblitz?«

Jerome lief los, rollte sich ein und schoss dann als extrem gehärtete Kugel aus Pelz auf die Maus zu.

Unter sich hörte er Glas splittern. Er hatte nur den Bildschirm getroffen. Kurz lugte er aus seiner Kugel heraus, erspähte Juan vor der eingetrockneten Yuccapalme auf dem Fensterbrett und zischte über die Schreibtischplatte auf ihn zu.

Wieder ein Scheppern, diesmal eher tönern. Der Blumentopf. Nicht die Maus. Die hatte es in einem Affenzahn auf das gegenüberliegende Bücherregal geschafft.

Das war seine Chance, merkte Jerome. Die Maus schaute aus irgendeinem Grund hinter sich, wühlte dort. Diesmal würde die Kugel ihr Ziel treffen. Jerome visierte es noch einmal scharf an und schoss dann in seiner runden Form darauf zu.

»Plong.« So klang keine zu Boden gegangene Maus. Das war eher wie bei einem Tennisspiel.

»Klirr.«

Und das war die Fensterscheibe.

Die Maus hatte ihn mit irgendeinem dämlichen Bilderbuch aus dem Fenster geschmettert, dachte Jerome, bevor er in eisiges Wasser abtauchte. Er machte zwei Schwimmzüge, sah, dass er in einem Planschbecken auf dem jämmerlichen Grünstreifen vor Shakiras Wohnhaus lag. Neben ihm fielen kleine Glasscherben ins Wasser.

Drei Stockwerke über ihm stand die Maus auf dem Fensterbrett und schaute herunter.

»Sehr erfrischend«, rief Juan ihm zu. »Vor allem dein Anblick. Kommst du wieder hoch und wir reden?«

Jerome kletterte mühsam auf den Rand des Planschbeckens. Er rutschte dreimal ab, bevor es ihm gelang. Tief gedemütigt schaute er hoch. Dieser Kampf war verloren, gestand er sich ein. Aber um diesen Kampf war es zum Glück auch nie gegangen.

»Danke fürs Angebot«, rief er zurück. »Aber ich wollte eh gerade gehen.«

Damit sprang er vom Planschbecken, rollte sich wieder ein und sauste über den Rasen davon.

ZWISCHENSTAND

MAX

Nachdem sie den Schock von Dereks Auftauchen verwunden hatten, blies Pascal zum Aufbruch.

»Aber es ist schon nach sieben!«, fiel Max mit einem Blick auf die Uhr im Flur auf.

Pascal schaute ihn skeptisch an.

»Ist das der Junge, der gerade noch seinen muskelbepackten Aufseher erpresst hat?«

»'tschuldigung«, murmelte Max. »Irgendwie kenne ich dieses Haus gar nicht ohne meine Eltern. Da werde ich sofort wieder der brave Junge, der hier eigentlich lebt. Gehen wir.«

Sie liefen die Treppe runter.

Bevor sie die Haustür öffneten, hielt Pascal inne.

»Moment«, sagte er. »Hast du nicht mittlerweile einen Laptop?«

»Ja«, antwortete Max. »Aber Shakira hat einen Rechner, falls wir einen brauchen.«

»Hm, hast recht. War nur irgendwie so ein Gefühl.«

Max schaute ihn verwirrt an. Dann lief er in sein Zimmer und kehrte mit dem Laptop zurück, den er in seinem Rucksack verschwinden ließ.

»Nur für den Fall, dass das mit den Instinkten bei dir besser hinhaut als bei Juan.«

JERÔME

Jerome beobachtete die pompöse Eingangstür des »Schönhain Gold«. Ein Luxushotel, das Antoine Blanche vor Jahren extra hatte bauen lassen, um seine internationalen Gäste standesgemäß zu beherbergen. Man merkte, dass die Partys mit Stars aus Film, Politik und Sport merklich abgenommen hatten. Der Parkplatz war nur halb gefüllt, den Springbrunnen hatte man wahrscheinlich aus Kostengründen abgestellt und die automatische Glastür schloss nicht richtig.

Was für Jerome praktisch war. So musste er nicht mit dem nächsten Gast hineinschlüpfen, der vielleicht lange auf sich warten ließ, sondern schaffte es auch alleine durch den immer wieder aufzuckenden Spalt. In der Vorhalle, deren roten Teppich man auch mal wieder saugen könnte, herrschte gähnende Leere. An der Rezeption war ein fein gekleideter Mann im Stehen eingenickt, hinter ihm war die Wand voller goldener Schlüssel.

Immerhin, der zu Zimmer 31 fehlte. Sie waren zwar erst morgen hier zur Abholung verabredet gewesen, aber anscheinend hatte man vernünftigerweise schon zur Übergabe eingecheckt.

Jerome wuselte die breiten Treppen hinauf in den dritten Stock, suchte die richtige Zimmertür und ließ sich dann ein paarmal kräftig dagegenrollen.

Er war alles andere als begeistert, den Mann zu sehen, der ihm öffnete.

»Antoine?«, rief Jerome gleichermaßen aufgebracht wie überrascht. »Du hast selbst die Übergabe gemacht? Dass du so ein überflüssiges Risiko eingehst, war ja klar, aber Niemand hätte ich für professioneller gehalten.« Jerome lief in das Zimmer und Antoine schloss hinter ihm die Tür.

»Zu früh kommen ist auch nicht professionell«, murmelte er beleidigt.

»Lassen wir das«, wiegelte Jerome ab, um nicht erklären zu müssen, warum er zu früh war. »Du hast die Dokumente?«

Antoine zeigte stolz auf den Papierstapel in einem aufgeklappten Aluminiumkoffer am Boden. Jerome nickte.

»Gut, und der Vater ist frei und hat sein Taschengeld bekommen?«

»Da war Herr Niemand dagegen. Er meinte, wir müssten erst mal testen, ob das alles so stimmt, was das Mädchen uns gegeben hat.«

Jerome unterdrückte ein Fluchen. Verdammt. An der Stelle war Niemand dann wieder professionell.

Aber gut, es war auch nicht zu erwarten gewesen, dass alles so klappte wie vorgesehen. Er hatte ja noch etwas Zeit, so viele unnötige Opfer zu verhindern, wie es ging.

Solche Opfer gab es leider immer.

SHAKIRA

Shakira öffnete gerade die Haustür, als eine Stimme sie rief.

»Shakira? Wo kommst du denn her?«

Wichmann, natürlich. Der mit Sicherheit nicht erst um Viertel nach sieben aus dem Büro kam.

»War unterwegs«, sagte sie knapp. »Du bist ja auch ganz schön spät dran.«

»Ja, ich … ähm … warte, ich nehm dir den ab.«

Bevor sie widersprechen konnte, hatte er ihr den bis auf die

Briefe leeren Rucksack aus der Hand gerissen und lief vor ihr die Treppen hoch. Ihr Onkel schloss die Wohnungstür auf und brachte den Rucksack in ihr Zimmer.

»Uff«, hörte sie ihn seufzen. »Was ist denn hier passiert?«

Sie rollte die Augen. Kam jetzt nach ungebetenen Tragedienspäten, Zusammenarbeit mit den falschen Geldgebern noch eine Pädagogikattacke zu ihrem Zimmer? Ja, das war nicht aufgeräumt, aber das war es nie. Wichmann wusste doch, dass er nur einen Spruch kassierte, wenn er was dazu sagte.

Sie trat hinter ihm ein und sah sich um.

Okay, das war selbst für ihre Verhältnisse ein erschreckender Zustand.

Auf dem Boden lagen Bücher, die vor ihrem Aufbruch noch im Regal gestanden hatten. Vor dem Fenster lag Blumenerde auf dem Teppich, weil der Topf der Zimmerpflanze zerschmettert worden war. Und im Fenster befand sich ein rundes, splittriges Loch.

Ihr Blick schweifte zum Schreibtisch. Der Laptop war auf seine Rückseite gekippt und sein Display zerbrochen. Stifte lagen ungeordnet darauf herum. Ihre Stifte waren das Einzige, bei dem sie normalerweise penibel Ordnung hielt.

»Das … das sieht ganz nach einem Einbruch aus«, flüsterte Wichmann und verschwand im Flur. Kurz darauf kehrte er kopfschüttelnd zurück. »Aber sonst ist alles in Ordnung. Der Fernseher ist da, mein Computer ist da, nicht mal das Sparschwein auf dem Küchenbord ist weg. Fehlt dir was?«

Shakira hatte die offene Käfigtür schon längst bemerkt.

»Der Hamster«, murmelte sie.

»Okay, ich rufe die Polizei. Das darf doch nicht wahr sein! Am helllichten Tag.«

Er verschwand wieder im Flur, während Shakira leise »Jerome« flüsterte. Eines der Bücher im Regal wackelte und ein pelziges Nagetier kam hervor.

»Du musst leider mit mir vorliebnehmen«, sagte Juan.

PROFESSIONELLE HILFE

Max' Herz setzte einen Moment aus, als sie auf Shakiras Straße einbogen.

Er schaute entsetzt zu Pascal, dessen blasses Gesicht in gleichmäßigen Abständen blau beleuchtet wurde. Es waren die Lichter des vor Shakiras Haus stehenden Polizeiwagens.

»Wir kommen zu spät«, rief Max.

Pascal schluckte, doch fing sich wohl wieder.

»Jetzt halt mal die Füße still«, raunzte er. »Das kann bei irgendjemandem sein. Wegen irgendetwas.«

Max, den seit Ausbleiben der Mahlzeiten im Camp immer wieder Wellen der Hoffnungslosigkeit durchspülten, wiederholte seine Prognose.

»Wir kommen zu spät.«

Pascal gab ihm eine Kopfnuss.

»Und selbst wenn, muss es nichts Schlimmes sein. Es ist nur ein Polizeiauto. Keine Nachbarn schauen mit großen Augen aus den Fenstern. Keine Fernsehteams. Und siehst du einen Leichenwagen irgendwo? Ich nicht.«

Max nickte und folgte Pascal in das düstere Treppenhaus. Im dritten Stock hörten sie Stimmen. Zwei Polizisten standen vor

Shakiras Wohnung und sprachen mit ihrem Onkel. Sie sahen etwas ratlos aus.

»Also eine Anzeige wegen Diebstahl geht ja eigentlich nicht«, sagte der eine.

»Der Hamster«, widersprach Onkel Wichmann.

Der andere Polizist zuckte mit den Schultern. »Na ja, der könnte auch einfach weggelaufen sein. Weil er sich so erschreckt hat. Ich denke, wir bleiben bei Sachbeschädigung und Vandalismus.«

Er machte eine Notiz in einem kleinen Büchlein, das er in der Hand hielt. Jetzt bemerkte Shakiras Onkel die Jungs.

»Oh. Hallo«, sagte er.

»Wir wollten … wir wollten Shakira besuchen. Geht es ihr gut?«, fragte Max.

»Alles in Ordnung. Es ist eingebrochen worden, warum auch immer. Außer dem Schreck, ein paar kaputten Sachen und einem verschollenen Hamster ist zum Glück nichts passiert. Aber es tut ihr bestimmt gut, euch zu sehen. Geht rein.«

Max nickte und schob sich schnell zwischen den drei Männern in den Flur. Polizisten machten ihn irgendwie immer nervös. Pascal blieb aber vor dem Onkel stehen.

»Herr Wichmann, wir können unseren Eltern Bescheid geben, dass wir heute hierbleiben«, sagte er mit einfühlsamer Stimme.

Der Onkel sah ihn fragend an. Pascal legte ihm sanft die Hand auf den Arm.

»Das Opfer einer kriminellen Handlung zu werden, ist immer ein Trauma. Die ersten vierundzwanzig Stunden sind entscheidend für die Verarbeitung. Es ist gut, wenn wir ihr ein Gefühl größtmöglicher Sicherheit vermitteln.«

Beide Polizisten sahen Pascal beeindruckt an, was er anscheinend auch bemerkte.

»Meine Mutter ist Kinderpsychologin«, erklärte er.

»Da könnte er recht haben«, sagte der eine Polizist. Der andere nickte. Auch Herr Wichmann war überzeugt.

»Das ist nett von euch, Jungs. Das Telefon steht da drüben. Shakira ist in ihrem Zimmer.«

SHAKIRA

Shakira klebte gerade ein Stück Pappe über das Loch in ihrem Fenster, als sie Pascals Stimme hinter sich hörte.

»Hier ist eingebrochen worden? Sieht eigentlich aus wie immer.«

»Sagt der Junge, der noch nie im Leben sein Zimmer selbst aufgeräumt hat«, entgegnete Shakira unbeeindruckt und befestigte weiter das Klebeband an der Pappe.

Plötzlich umschlangen sie zwei Arme und drückten sie fest.

»Ich bin so froh, dass dir nichts passiert ist!«

Shakira bemerkte, dass ihr das Blut ins Gesicht schoss, und sie befreite sich mit einem »Ist ja alles in Ordnung« aus Max' Griff und drehte sich um. Selbst Pascal sah bewegt aus.

»Mensch, Max, ich mach hier gerade mit blöden Witzen gute Laune und du kommst mit so 'ner Heulnummer.«

»Das muss es im Leben manchmal eben auch geben«, bemerkte eine Stimme von der Seite. Auf Shakiras Bett saß Juan und knabberte an den Käsewürfeln, die ihm Shakira nach dem ersten Schreck organisiert hatte.

Es klopfte an der Tür. Juan raste wie ein Pfeil unters Kopfkissen, während sie aufging und Wichmann reinschaute.

»Ich wollte nur fragen, ob das für eure Eltern in Ordnung ist, wenn ihr heute hierbleibt.«

Max und Pascal nickten.

»Danke«, sagte Wichmann. »Braucht ihr sonst noch was?«

Pascal ging zu ihm und sagte mit behutsamer Stimme: »Haben Sie Baldrian im Haus?«

Wichmann schüttelte den Kopf.

»Vielleicht können Sie den noch besorgen. Sie mag stark und unfreundlich wie immer wirken ...« – er wies mit dem Kopf in Shakiras Richtung –, »... aber ein pflanzliches Beruhigungsmittel wäre nicht verkehrt.«

»Ist gut«, sagte Wichmann. »Die Apotheke an der Autobahn hat heute Notdienst. Auf dem Rückweg bringe ich Pizza mit, die haben wir uns alle redlich verdient.«

Er schloss die Tür.

»Pascal, das war eklig«, stellte Shakira fest. »Du hast geklungen wie deine Mutter. Und ich kann deine Mutter nicht ausstehen.«

Pascal zuckte mit den Schultern. »Meine Mutter hat uns gerade Zeit verschafft, dass wir uns hier mal in aller Ruhe unterhalten können.«

»Da hat er recht«, bemerkte Juan, der wieder unter dem Kissen hervorkam.

Shakira schüttelte genervt den Kopf, aber trotzdem lag auf ihren Lippen der Anflug eines Lächelns. Sie war einfach froh, dass ihre Freunde endlich wieder da waren.

VERTRAUEN IST DAS WICHTIGSTE

MAX

Auch wenn Shakira nicht gerade zu ausufernden Erzählungen neigte, dauerte es fast eine Stunde, bis sie bei der Rückkehr in ihr verwüstetes Zimmer angekommen war. Danach war Max vor allem eins: unfassbar traurig. Und er wusste, dass das nicht die Art Traurigkeit war, welche die fehlenden Drogen aus dem Camp-Essen in ihm hinterließen. Sie fühlte sich, so komisch das bei Traurigkeit auch sein mochte, viel lebendiger an.

Pascal machte das, was Shakira erzählt hatte, nicht traurig. Nur stinkwütend.

»Das kann doch wohl nicht wahr sein«, schimpfte er und schlug mit der Faust so fest auf den Schreibtisch, dass der zerstörte Laptop fast herunterfiel. »Eine Biolehrerin, die ihren Schülern die Noten versaut für ein paar teure Klamotten!«

»Und für ein neues Auto. Und ein Danke vom jungen Sportlehrer, in den sie wahnsinnig verschossen ist«, ergänzte Shakira, als würde das irgendwas besser machen. Pascal ging gar nicht darauf ein.

»Ein Hamster, der genauso klug ist und genauso gut kämpfen kann wie Juan, das aber auch nur benutzt, um eine Elfjährige zu verraten!«

»Genauso gut würde ich jetzt nicht sagen«, kommentierte Juan. »Ich habe immer noch gewonnen.«

»Kann ich jetzt bitte mal die ganzen Schweinereien in Ruhe aufzählen, ohne dass mich ständig jemand unterbricht?«, fauchte Pascal und machte weiter.

»Ein Onkel, der für ein Haus seine Nichte verkauft und jahrelang die Briefe ihres Vaters vor ihr geheim hält.«

»Es waren nicht seine Briefe«, erklärte Shakira, ohne sich an Pascals Anweisung zu halten.

»Und das ist das Rätselhafteste«, sagte Juan in nachdenklichem Ton. Shakira und Max schauten ihn fragend an.

»Klar, hier kommen viele unerfreuliche Dinge zusammen«, hob Juan an. »Aber bei allem ist der Zweck klar. Bei den Briefen nicht. Shakira, du hast völlig recht: Dein Vater hat sie maximal geschrieben, formuliert hat sie ein anderer. Aber zu welchem Zweck?«

»Vertrauen«, flüsterte Max. Nun ruhten alle Blicke auf ihm.

»Vertrauen«, sagte er etwas lauter. »Uns kannte Antoine Blanche, und er wusste, dass wir Shakiras engste Vertraute sind. Uns haben sie mit dem Camp neutralisiert. Aber es gab noch jemanden, dem sich Shakira vielleicht anvertrauen würde. Und zu dem mussten sie auch das Vertrauen zerstören.«

»Natürlich«, pflichtete Juan ihm bei. »Nur so machen solche Briefe Sinn.« Die Maus schaute Shakira an. »Wichmann hat nicht jahrelang Briefe versteckt. Die müssen alle auf einmal bei euch gelandet sein. War irgendjemand hier, der das hätte bewerkstelligen können?«

»Die Handwerker«, brummte Shakira. »Deswegen waren nach Jahren Handwerker für den Wasserhahn da. Auch noch an einem

Samstag. Die kamen nicht von der Hausverwaltung.« Sie schüttelte den Kopf. »Nein, das kann nicht sein. Wichmann steckt mit drin.«

»Ich glaube eher, dein Vater steckt mit drin«, erklärte Pascal.

»ABER WICHMANN BAUT EIN HAUS!«, brüllte sie.

Auf dem Gang waren Schritte zu hören. Die Tür ging auf, während Juan wieder unter einem Kissen verschwand.

In der Tür stand Wichmann mit einem enorm großen Pizzakarton.

»Menno«, sagte er. »Wer hat dir denn das mit dem Haus verraten?«

Max fand nicht, dass das nach einem ertappten Kriminellen klang.

JEROME

Die Sonne ging unter und verschwand hinter dem Berg, der ihr Ziel war. Malerisch legten sich ihre letzten Strahlen über die weiten Wälder, die entlang der erfreulich einsamen Landstraße verliefen.

»Ist es nicht herrlich?«, seufzte Antoine und drehte das Lenkrad leicht nach links, um der sanft abzweigenden Straße weiter zu folgen.

»Die Landschaft?«, fragte Jerome, der dem verwöhnten Millionär so einen Natursinn gar nicht zugetraut hätte.

»Nein, dass ich noch so toll Auto fahren kann!«, sagte Antoine. »Und das, obwohl ich das schon über zehn Jahre dem Personal überlasse.«

Er begann, ein vergnügtes Liedchen zu pfeifen, hörte aber sofort wieder damit auf.

»Aber damit ist jetzt Schluss!«, verkündete Antoine. »Ja, diese ganze Geschichte hier mag moralisch fragwürdig sein, aber sie erfüllt einen höheren Zweck. Endlich weiß ich, welcher das ist.«

»Nämlich?«, fragte Jerome.

»Dass ich die Sachen endlich wieder selbst in die Hand nehme! Dass ich mir wieder selbst vertraue. Denn ganz ehrlich, Jerome, das habe ich daraus gelernt: Der Einzige, dem man vertrauen sollte, ist man selbst.«

»Du bist wirklich weise«, sagte Jerome und klang dabei aufrichtig bewundernd, obwohl er schon lange wusste, dass man nur sich selbst vertrauen sollte. Er war mittlerweile wirklich ein ausgezeichneter Schauspieler, dachte er. Aber sein hauptsächlicher Gedanke war: Hochmut kommt vor dem Fall. *Ein Fall, nach dem du nicht mehr aufstehen wirst, Antoine.*

SHAKIRA

Shakira ließ sich nach dem Pizzaessen wie betäubt auf ihr Bett fallen. Max reichte Juan, der es sich in Jeromes Käfig gemütlich gemacht hatte, schweigend ein paar Pizzakrusten.

Aus dem biederen Wichmann, der keiner Fliege was zuleide tun konnte, war in der letzten Woche ein gewissenloser Bösewicht geworden, der sie für ein Haus an Kriminelle verkauft hatte. Aber er hatte sie doch nicht verkauft. Er hatte das Geld auf die biederste Art bekommen, die man sich vorstellen konnte.

Er hatte gespart.

»Seitdem ich wusste, dass ich nun auch Verantwortung für ein Kind habe, war mir klar, dass das hier keine Wohnung für ein junges Mädchen ist. Also habe ich den Gürtel enger geschnallt. Mir nicht ständig das neueste Handy oder alle drei Jahre ein neues Auto geleistet. Deshalb haben wir nie einen großen Urlaub gemacht. Weil ich dachte, ein Urlaub hält zwei Wochen. Aber ein Haus, das hält … na ja, länger. Tut mir leid, dass ich dir das nicht erzählt habe. Es sollte eine Überraschung sein.«

Shakira kämpfte mit den Tränen, während sie an Wichmanns Worte dachte. Auch wenn sie geglaubt hatte, man würde ihr nichts anmerken, setzte sich Max neben sie und strich ihr sanft über den Rücken.

»Ganz ehrlich«, sagte er leise, »wir haben hier ganz schön viel Mist aufgedeckt. Das ist das einzig Schöne, was wir dabei gefunden haben.«

Sie schaute ihn fragend an.

»Na, dass du deinem Onkel vertrauen kannst.« Sie nickte. Max hatte recht.

»Aber es heißt auch, dass er zwar nicht mit denen zusammengearbeitet hat – aber mein Vater schon.«

Jetzt nickte Max.

»Na, und vor allem heißt das«, schaltete sich Pascal ein, »dass jetzt Antoine und dieser Herr Null …«

»Niemand«, korrigierte Max.

»… Herr Niemand die Formel haben und damit wer weiß was machen! Und wir können nicht mal irgendwo anrufen und die Polizei warnen oder sonst was, weil wir keine Ahnung haben, wo sie stecken.«

Max nickte bedrückt, dann schüttelte er – genauso bedrückt – den Kopf.

»Die machen damit Krieg«, sagte er dann. »So weit war Shakira ja schon.«

Jetzt schaute auch Pascal traurig drein.

»Die machen damit gar nichts«, sagte Shakira nach einigen stillen Sekunden. Ihre Freunde sahen sie fragend an.

»Ich habe ihnen die falsche Formel gegeben. 50 Prozent Realität, damit Antoine es irgendwie bekannt vorkommt, falls er draufguckt, und 50 Prozent Fantasie.«

NÜSSE KNACKEN

MAX

»Ha!«, rief Pascal. »Na dann ist doch alles paletti!« Er umarmte Shakira, was sie stocksteif über sich ergehen ließ, während Juan stirnrunzelnd an seiner letzten Kruste knabberte. Max wurde hingegen wütend. Als Pascal auch noch ein Freudentänzchen hinlegte, brach es aus ihm heraus.

»Jetzt hör aber mal auf! Dir ist doch hoffentlich klar, was das bedeutet!«

»Ja klar«, antwortete Pascal lachend. »Sie werden Millionen dafür ausgeben, ein völlig unnützes Wundermittel herzustellen, das ihnen keine Sau abkauft.«

»Ja, aber wenn Juan nicht im Camp aufgetaucht wäre, wir nicht geflohen wären, dann hätten wir ganz schön blöd aus der Wäsche geguckt.« Er funkelte Shakira böse an.

»Das stimmt«, sagte sie leise. »Aber ich konnte es einfach nicht tun. Ich habe es nicht mal Jerome verraten, aber ich konnte einfach nicht. Ich hatte gehofft, es würde mir genug Zeit verschaffen, euch anders rauszuholen.«

»Aber wenn das nicht geklappt hätte, wären wir dran gewesen.«

»Wenn sie ihnen die richtige Formel gegeben hätte, wären

Millionen dran gewesen«, rief es streng vom Käfig. »Ich mache ja ungern einen auf moralisch, aber es zeugt von außergewöhnlicher Stärke, das Gemeinwohl über seine eigenen Interessen zu stellen«, bemerkte Juan.

»Und wenn es dich freut: Jetzt ist nur noch mein Vater dran. Die Einzige, die in jedem Fall verliert, bin ich«, sagte Shakira.

»Oh.« Pascal schaute sie ernst an. »Das wird wahrscheinlich ein bisschen schlimmer als zwei Wochen Handyverbot.«

»Tut mir leid. Das freut mich kein bisschen.« Max stieß Shakira leicht mit der Schulter an.

»Dann sollten wir schleunigst herausfinden, wo Shakiras Vater steckt«, ertönte Juans Stimme.

Max schaute zu dem Käfig, an dem irgendetwas anders war. Ein Stück des Bodens war ausgeklappt und Juan hielt einen winzigen Rucksack hoch.

Pascal nahm ihn ihm mit seinem Daumen und Zeigefinger ab und klappte ihn auf.

»Oha«, sagte er. »Was wollte der Hamster denn damit? Sich vom Schlafen abhalten?«

Er zog ein wirklich Furcht einflößendes Passbild von Shakira heraus, die es ihm schweigend aus der Hand riss.

»Passt gar nicht dazu«, erklärte Pascal und nahm zwei Kapseln heraus. »Ultradorminium«, erklärte er fachmännisch. »Verschreibt meine Mutter manchmal. Für Menschen, die etwas so Schreckliches erlebt haben, dass sie überhaupt nicht mehr schlafen können.«

»Wichmann hat in letzter Zeit erstaunlich gut geschlafen«, murmelte Shakira.

»Und eine Erdnuss.« Pascal präsentierte sein letztes Fundstück und hatte nun offensichtlich gar keine Ahnung mehr, was er davon halten sollte. Max nahm es ihm aus der Hand und betrachtete es lange.

»Das ist keine Erdnuss«, erklärte er und schraubte ihre untere Hälfte ab, die einen Anschluss freilegte.

»Ein Datenstick«, seufzte Shakira. »Jetzt wäre ein Computer praktisch.«

Pascal grinste.

»Haben wir heute schon über meine bemerkenswerten Instinkte gesprochen?«, fragte er.

SHAKIRA

Als Wichmann »gute Nacht« wünschte, lag Shakira im Bett und ihre Gäste auf den eilig hergerichteten Matratzen daneben.

Fünf Minuten später, nach dem Klappen von Wichmanns Schlafzimmertür, stöpselte Shakira die halbe Nuss in Max' Rechner. Ein Fenster poppte auf und verlangte – natürlich – ein Passwort.

»Hm«, sagte Pascal. » Probier doch einfach was aus. Eigentlich hast du ja ein ganz gutes Gespür für Passwörter.«

Shakira schaute ratlos die leere Zeile an. »Menschliche Passwörter«, murmelte sie.

Juan krabbelte auf die Tastatur.

»Der Hamster hat ein Gehirn von *mindestens* menschlichem Leistungsvermögen. Was würdest du bei einem Menschen nehmen?«, fragte er.

»Das, was ihm am wichtigsten ist. Was er bewundert. Bei Eltern meistens der Name eines Kindes und sein Geburtsjahr.«

»Na, vielen Dank«, merkte Pascal an. »Das Passwort meiner Mutter ist ›Shopping999‹. Und bei Papa ist das Passwort ›Rente2044‹.«

»Was ist einem Hamster am wichtigsten?«, überlegte Max derweil schon. »Nüsse? Plus Geburtsjahr?«

Shakira versuchte es, aber kam nicht weiter. Juan schüttelte den Kopf und sagte dann: »Es geht nicht um irgendeinen Hamster. Bei dem wäre das vielleicht richtig, wenn er intelligent genug wäre, um Computer zu bedienen. Es geht um Jerome. Was ist ihm wichtig?«

»Heimtücke? Verrat?«, warf Pascal zwei Vorschläge ein.

»Das sehen wir so, aber er garantiert nicht«, widersprach Juan. »Vielleicht Antoine? Er hatte nicht allzu viel Kontakt mit Personen, die man sonst bewundern könnte.«

Shakira probierte den Vorschlag in verschiedenen Variationen aus – Vorname und komplettes Geburtsjahr, Nachname mit eingekürzter Jahreszahl, kompletter Name mit komplettem Geburtsdatum –, nichts davon stimmte.

»Ich befürchte, wir kennen ihn zu wenig, um darauf zu kommen«, sagte Max resignierend.

Shakiras Blick schweifte nachdenklich durchs Zimmer. Er blieb auf einem kleinen Quadrat auf dem Teppich hängen. Ihr eigenes Passbild schaute sie grimmig ein.

Sie runzelte die Stirn. Nein, das war nicht möglich. Träum weiter, Shakira, dachte sie.

Aber dann probierte sie es doch und tippte.

Der Anmeldebildschirm verschwand. Ein kleines Fenster verriet, dass gerade ein Programm heruntergeladen wurde. Mit raschem Klick beendete sie den Download.

»Was war das?«

»SilentCall«, antwortete Shakira. »Die Software, mit der Niemand mich kontaktieren konnte. Die brauchen wir nicht auf diesem Rechner.«

»Oh«, sagte Max. »Aber eigentlich meine ich das gar nicht. Ich meine, was war das Passwort?«

Shakira schwieg einen Moment, bevor sie antwortete.

»Mein Name. Und mein Geburtsjahr.«

Antoine hielt auf dem weitläufigen Parkplatz, auf dem nur wenige Autos standen. Die offizielle Eröffnung war ja auch erst in zwei Wochen, fiel Jerome ein. Momentan standen hier nur die Wagen von Schnäppchenfindern, die das günstige »Pre Opening«-Angebot nutzen wollten, und von den Leuten, die wegen ihrer Bewerbungsgespräche da waren.

Antoine öffnete die Beifahrertür und hielt Jerome die Tasche seines Jacketts auf. Er sprang hinein und streckte seinen Kopf heraus.

Neben der vierhundert Stufen starken Treppe mit Förderband für Fußfaule und Gepäck verkündete ein Schild »Willkommen zum Abenteuer Natur!«. Am Ende der Treppe stand das majestätische Informationszentrum, eine leicht geschwungene, an eine Muschel erinnernde Konstruktion aus Glas mit einem Hauch Sichtbeton. Herr Niemand hatte sich an Jeromes Konstruktions-

plan gehalten, auch für das davon abzweigende Hotel mit über zweihundert geräumigen Zimmern, die allesamt atemberaubende Aussichten boten.

»Beeindruckend, nicht wahr?«, sagte Antoine, der die Gesamtanlage ebenfalls bewundernd betrachtete. »Auf so was Schönes muss man erst mal kommen.«

»Ich bin darauf gekommen«, erinnerte Jerome ihn, aber erwartete nicht wirklich eine Reaktion.

Wirklich schade, dass dieses Hotel niemals ausgebucht sein würde, fand er.

Antoine zog aus seiner anderen Jacketttasche eine kleine Fernbedienung und drückte auf den einzigen Knopf daran.

Auf der grasbewachsenen Fläche öffnete sich eine mannshohe Luke.

»Das ist nicht von mir«, merkte Jerome skeptisch an.

»Die Idee war von Wolfgang«, erklärte Antoine, der mit ihm durch die Luke ging, die sich hinter ihnen schloss. Ein kleiner Gang führte zu einem Aufzug. Antoine drückte den Schalter daneben.

»Er nennt es den Superkriminelleneingang.« Antoine lachte. »Er könnte echt was an seinem Look ändern, aber Humor hat er.«

Antoine trat in den Aufzug und setzte Jerome auf den Boden.

»In der rechten unteren Ecke findest du deinen Knopf. Der normale menschliche Benutzer muss hier hintereinander die Kombination 3-3-8 drücken, damit er nach unten fährt, für dich hat Wolfgang sich was Einfacheres einfallen lassen.«

Verdammt, dieser Wolfgang dachte echt mit. Jerome ging in die besagte Ecke und drückte das von Antoine beschriebene

Knöpfchen. Die Aufzugtüren schlossen sich und die Kabine setzte sich in Bewegung. Sie fuhren.

Diesen Wolfgang muss ich mir genau anschauen, entschied Jerome. Er selbst hatte auf ihn für den Job bestanden, weil er vermutet hatte, dass Wolfgang genau die Mischung aus Genie und Dämlichkeit mitbrachte, die man brauchte. Wenn das mit der Dämlichkeit aber ein Trugschluss gewesen war, hätte er nach Shakira die nächste harte Nuss zu knacken.

Mit einem »Bing« blieb der Aufzug stehen.

In einer Etage, die es offiziell gar nicht gab.

ORDNUNG MUSS SEIN

Auf der Nuss war nicht nur das Programm, mit dem der fiese Niemand Shakira kontaktiert hatte. Es waren Daten darauf. Viele Daten. Max wäre heillos verloren gewesen, doch Shakira arbeitete selbst wie ein Rechner und verschob Dateien in verschiedene Ordner, nachdem sie diese mit einem Klick abgescannt hatte. Die Ordner hießen »Konstruktion«, »Buchhaltung«, »Personal« und »Kapierichnicht«. Für Max wäre eigentlich alles, was er sah, darin gelandet. Unter Shakiras sicheren Händen blieb der Ordner weitestgehend leer.

Insbesondere mit zahllosen Zeichnungen schienen sie und Juan tatsächlich was anfangen zu können. Zumindest murmelten sie ständig Dinge wie »Das macht Sinn«, »War ja klar« oder »Dafür kriegt man hierzulande keine Genehmigung«.

»Okay, das war's.« Shakira verschob die letzte Datei.

»Aha«, sagte Pascal gähnend, der schon lange aufgegeben hatte und vor lauter Langeweile auf seiner Matratze mittlerweile Superhelden auf einem Zeichenblock malte. Er warf seinen Stift zur Seite und stand auf. »Okay, ihr habt jetzt alles sortiert. Schön. Verstehe ich. Ordnung muss sein, aber bringt uns das wirklich weiter?«

Juan schmunzelte ihn an.

»Na, Pascal, so lange dürftest du Shakira doch schon kennen, dass Ordnung bei ihr niemals Selbstzweck ist.«

Pascal sah sich im Zimmer um. »Stimmt. Einfach nur Ordnung ist echt nicht ihr Hobby.«

Max schob sich neben Shakira an den Rechner. »Was haben wir jetzt genau?«

Shakira klickte auf »Buchhaltung«. »Also, Niemand rechnet offensichtlich mit dem Geschäft seines Lebens. Er hat schon chemische Fertigungsanlagen in aller Welt gebucht – natürlich vorrangig in Ländern, in denen keiner so richtig hinschaut, was da in den Fabriken eigentlich produziert wird.«

Zur Erläuterung öffnete Shakira in Windeseile eine Weltkarte im Netz und markierte die Orte, an denen produziert werden sollte. Es waren etliche.

Max lief es eiskalt den Rücken runter.

»So viele?«

»Na ja, wenn ein Land Soldaten hat, die blitzgescheit sind und alles machen, was man ihnen sagt, ist das ein immenser Vorteil«, erklärte Juan. »Diesen Vorsprung werden andere Länder aufholen wollen. Und dann braucht man sehr viel von diesem Zeug, denn letzten Endes …«

»… wollen das dann alle«, vollendete Pascal den Satz. »Ist eigentlich wie bei Smartphones.«

»Nur deutlich gefährlicher«, murmelte Max.

»Gut, dafür hat Niemand schon mal ordentlich Geld ausgegeben«, übernahm Shakira wieder das Gespräch. »Beim Personal war er allerdings eher sparsam.« Sie klickte auf den entsprechenden Ordner. »Neben Antoine, meinem Vater, diesen angeblichen Handwerkern – die anscheinend auch nur für diesen einen Ein-

satz hier gebucht waren – und Jerome eigentlich nur noch dieser Typ hier.«

Sie ließ einen Lebenslauf aufpoppen. Neben dem Foto stand der Name, den Shakira nun vorlas.

»Wolfgang Finkenbach. Achtundzwanzig Jahre alt, keine Vorstrafen, keine besonderen Auffälligkeiten – außer in Rekordtempo absolvierten Abschlüssen in Architektur, Biochemie, Elektrotechnik und noch ein paar mehr. Hat bis dato aber nicht viel daraus gemacht – ausschließlich Langweilerjobs in Langweilerfirmen. War sogar einmal in der öffentlichen Verwaltung.« Shakira verzog angewidert die Lippen.

Es gab eindeutig zu viele Hochbegabte, dachte Max. Pascal beschäftigte was anderes.

»Der ist achtundzwanzig? Der sieht aus wie mein Vater! In hässlich. Und doof.«

»Richtig viel ausgegeben hat Niemand auch hierfür.«

Sie ging in den Ordner »Konstruktionen«. Hier klickte sie wild hin und her, bis der ganze Bildschirm voller mathematisch aussehender Zeichnungen von Räumen und Anlagen war.

»Er hat sie alle selbst gemalt«, murmelte Shakira. Max betrachtete den Monitor und verstand schließlich, was sie meinte. In der rechten unteren Ecke war immer statt einer Unterschrift der Abdruck einer Hamsterpfote.

»Okay, was ist das?«, fragte Pascal. »Eine Tiefgarage und ein Hochhaus?«, tippte er beim Anblick der Zeichnungen.

Juan kicherte kurz, bevor er wieder ernst wurde. »Nicht ganz. Tatsächlich passen beide Einheiten eigentlich nicht wirklich zusammen, sind aber anscheinend trotzdem verbunden. Das hier …« – er zeigte auf das Gebilde, das Pascal als Hochhaus bezeichnet hatte – »… ist anscheinend ein Hotel. Kein Luxushotel, eher was Praktisch-Schickes, das sich auch ein Otto Normalverbraucher leisten kann, mit Tagungsräumen und hier oben …« – er zeigte auf einen sehr großen, anscheinend verglasten Raum mit geschwungenem Dach – »… könnte eine Mischung aus Restaurant und Ausstellungshalle sein.«

»Deine Tiefgarage allerdings …«, übernahm Shakira nun wieder das Kommando und zog eine andere Konstruktionszeichnung vor, »… ist bis hierhin anscheinend ein Lagerraum.« Sie tippte mit einem Bleistift auf einen sehr großen leeren Raum. »Darunter liegt – sorry, Max, das wird dir jetzt leider bekannt vorkommen …«

»… ein unterirdisches Labor«, seufzte er. »Nicht schon wieder.«

JEROME

Antoine hatte Jerome hochgehoben und lief mit ihm einen sterilen weißen Gang entlang. Rechts zweigten die Türen zu den Unterkünften von Niemand und seinen Helfern ab. Es war eine Tür mehr, als Jerome in seinen Konstruktionsplänen seinerzeit vorgegeben hatte. Niemand hatte niemals vorgehabt, Kevin Bitter so schnell aus der Verantwortung zu lassen. Bei der einzigen Tür, die nach links abzweigte, lag aber mit Sicherheit genau das, was Jerome geplant hatte.

Ein großer Raum, ebenfalls weiß. In dessen Mitte war eine Apparatur zugange, die aussah wie eine zu groß geratene Küchenmaschine. Sie synthetisierte die benötigten Reinstoffe aus

den Grundmaterialien, die Shakira bekanntgegeben hatte und die in großen, neutralen Holzkisten neben dem Eingang standen. Dann nahm die Maschine die benötigten chemischen Umstrukturierungen vor, die aus Shakiras Aufzeichnungen hervorgingen, und mischte schlussendlich vollautomatisch die daraus entstanden Stoffe im richtigen Verhältnis. Herr Niemand stand mit unbewegtem Gesicht dahinter, neben ihm klatschte Wolfgang gerade begeistert in die Hände.

»Ef funktioniert!«, rief er. »Und ich mag daf Geräuf!«

»Es geht nicht um Geräusche. Es geht darum, ob es funktioniert«, erklärte Niemand.

An einer Seite der Apparatur rieselte ein weißes Pulver aus dem Hahn.

»Gott, ist das eine deprimierend zweckmäßige Maschine«, murmelte Antoine. »Klar ist Funktion wichtig, aber die Form ist doch das, was Spaß macht.«

Kevin Bitter saß an einem langen Holztisch vor den Fenstern, die einen Blick in den nächsten Raum freigaben. Dort sollten die Tierversuche stattfinden. Jerome erinnerte sich an seine Jugend. Dutzende Nager wie er hatten in hoch aufgestapelten Käfigen gelebt. Hier sollten offensichtlich drei Versuchstiere reichen. Zumindest gab es nur drei Käfige.

Kevin Bitter sah von seinem Smartphone auf und betrachtete die Maschine.

»Da ist das Zeug«, sagte er und zeigte auf das Pulver. »Kann ich jetzt endlich raus?«

Erst jetzt bemerkte er, dass Antoine eingetreten war, und hob grüßend die Hand, als er erkannte, wer in dessen Hand saß. Jerome grüßte zurück, während Niemand antwortete.

»Nein. Raus kommst du erst, wenn wir auch wissen, dass es funktioniert.«

»Menno«, rief Kevin empört. »Der darf doch auch raus! Er schläft nicht mal unten, wenn er hier ist.«

Er zeigte auf Antoine.

»Oben gibt es halt richtige Hotelzimmer. Für normale Menschen. Das ist so aufregend langweilig«, erklärte Antoine seine Übernachtungsgewohnheiten.

»Und mit ihm erpresse ich niemanden«, erklärte Niemand. »Eine Geisel freizulassen, bevor alle Bedingungen erfüllt sind, ist einfach unprofessionell.«

Jetzt sah Kevin etwas beunruhigt aus. Jerome seufzte innerlich. Shakiras Vater hatte tatsächlich nicht kapiert, auf was er sich da mit wem eingelassen hatte.

»Aber ich brauche frische Luft«, jammerte er.

»Dafür sorgen schon die hier«, sagte Niemand und wies auf die Gitter über den Fenstern zum Versuchslabor.

Der Lüftungsschacht. Mit einer Zugangsklappe in der Mitte. Immerhin, hier hatte Wolfgang glücklicherweise keine eigene Idee gehabt.

Die Maschine versetzte sich mit einem letzten Surren in den Ruhemodus. Wolfgang ging zu ihr und nahm das halb gefüllte Glas mit dem weißen Pulver unter dem Hahn heraus und betrachtete es glücklich.

»Ef ift fo fön weif!«, fiel ihm auf, bevor er sich damit in den Versuchsraum verzog.

SHAKIRA

Shakira hatte alles erklärt, soweit sie es für sinnvoll hielt. Trotzdem gab es für ihre Freunde noch offene Fragen.

»Okay, dann übermitteln wir das jetzt der Polizei und fertig ist der Salat, oder?« Pascal machte es sich recht einfach.

»Nein«, sagte sie. »Mein Vater steckt wahrscheinlich noch dadrinnen. Ich will nicht, dass er nur in einem Leichensack wieder rauskommt.«

»Aber er hat dich voll verarscht! Er hat doch mitgemacht!«, protestierte Pascal.

Max, dessen Gefühligkeit Shakira ja meistens übertrieben fand, stand ihr zur Seite. »Das ist doch egal«, rief er. »Ja, das ist eine Riesenschweinerei von ihm, aber deswegen muss er noch lange nicht sterben!«

»Gut, dann wäre die Moral geklärt«, befand Juan, der noch einmal alle Dateien durchging und mit seinen Pfoten über das Touchpad wischte. »Ich sehe aber auch noch ein anderes Problem.«

Max und Pascal schauten ihn fragend an, während Shakira natürlich klar war, worauf er hinauswollte.

»Wir wissen, was Niemand vorhat, wie er vorgehen wird und was er dafür gebaut hat«, erklärte sie. »Aber keines der Dokumente verrät uns, wo dieses Gebäude steht.«

»Oh«, lieferte Max den einzigen passenden Kommentar.

»Der einzige Hinweis ist – vielleicht – diese Zeichnung von Jerome«, sagte sie und klickte auf das einzige Dokument im Ordner »Kapierichnicht«.

Eine schlichte, durchaus stilvolle Malkreidenzeichnung einer Landschaft mit Jeromes charakteristischem Pfotenabdruck am rechten Bildrand. Ein waldgesäumtes Tal, das zu einem Berg mit eigentümlich abgeflachter Spitze führte.

»Vielleicht war ihm nur langweilig«, merkte Juan wenig überzeugt an. »Ich male auch immer Landschaften, wenn mir langweilig ist. Zum Glück ist mir so selten langweilig.«

Shakira zuckte mit den Schultern. Den Gedanken hatte sie auch schon gehabt. Er verschwand, als sie nach einigen Sekunden Max' Stimme hörte.

»Ich kenn den Berg«, sagte er. »Meine Eltern sind gerade da in der Nähe. Für so eine Bewerbungsgeschichte.«

Er drückte Shakira sanft zur Seite, ging ins Internet und googelte. Eine Seite öffnete sich. Da war alles. Die Wälder, das Tal, der Berg, hinter dem gerade die computeranimierte Sonne verschwand. Im daraus entstehenden Abendrot erschienen in sattem Grün die Worte: »Natur erleben!«

Am Bergrand dann der entscheidende Hinweis.

»Naturerlebniswelt Ahlsfelder Ebene!«

Shakira hob überrascht die linke Augenbraue.

»Wenn ein Begriff wie Vorsehung nicht komplett unwissenschaftlich wäre, würde ich ihn jetzt fast in den Mund nehmen«, sagte sie.

REISEPLÄNE

JEROME

Jerome hatte kaum geschlafen. Was für eine Verschwendung, dachte er. Schließlich hatte ihm Antoines Zimmer im Labor ganz alleine zur Verfügung gestanden. Obwohl es nur wenige Wochen einen Zweck hatte, war es mit allem Komfort ausgestattet. Einem großen Flachbildschirm (es lief aber nur Blödsinn). Einem hochmodernen Laptop (wie gerne hätte Jerome mit dem Mädchen Kontakt aufgenommen und erfahren, wie es ihm ging, was selbstverständlich ausgeschlossen war). Einem Bett, in dem locker drei Personen – menschliche Personen – Platz fanden, und einem vollgepackten Kühlschrank.

Der eigentliche Bewohner des Zimmers hatte sich wie immer in das Hotel begeben, um dort ein paar Stunden »ganz normaler Tourist« zu spielen. Was für ein Kindskopf. Trotzdem war Jerome mehrfach aus seinem flachen Schlaf geschreckt, hatte ein bisschen am Obst und Gemüse im Kühlschrank genascht. Vielleicht war es Nervosität. Oder halt doch der Instinkt, dieses Wissen, das in gerade mal achtundvierzig Stunden sein Plan – sein eigentlicher Plan – abgeschlossen war.

Um sieben Uhr entschied er, dass es für heute gut war mit Schlaf. Wenn die Sache vorbei war, hatte er mehr als genug Zeit zu schlafen. Und sich zu überlegen, was er mit dem Rest seines Lebens anfing.

Er sprang vom Bett, lief über den Teppich und schob sich unter der Tür durch. Natürlich hatte er in seinen Konstruktionsplänen Wert auf komfortabel hohe Schlitze unter den Türen gelegt. Auf dem Gang hörte er Kevin Bitter schnarchen. Auch wenn er vielleicht jetzt erst kapiert hatte, dass er ein Gefangener war, schien das seinen Schlaf nicht im Mindesten zu stören. Aber Kevin hatte ja jahrelange Übung darin, eingesperrt zu sein, insofern war das wohl nichts Neues. Jerome überlegte kurz, einen Abstecher in Niemands Zimmer zu machen, verwarf diesen Gedanken aber sofort wieder. Auch wenn es ihn interessierte, ob jemand wie er überhaupt schlief, wollte er so wenig Zeit wie möglich dieselbe Luft wie er atmen. Stattdessen lief er durch den Gang in den Produktionsraum. Er war dunkel, nur die Maschine vernichtete gerade wieder ihren schnurrenden Dienst. Im Experimentierraum brannte aber Licht.

Wolfgang brauchte anscheinend auch nicht viel Schlaf. Er lief hinter den Fenstern summend hin und her.

Jerome holte tief Luft. Er hatte damals nur kurze Zeit in den Versuchslaboren von Blanche Industries verbracht, aber er hatte die Zeit gehasst. Das ungewisse Schicksal verschwundener Artgenossen. Die schreckliche, kettenrauchende Wissenschaftlerin. Im Nachhinein hatte sie sich wohl als eine Spionin für die gute Sache herausgestellt, aber ihre Horrorrolle hatte sie wirklich hervorragend gespielt.

Kurz, Jerome hasste Versuchslabore. Aber er war nicht mehr der kleine, dumme Hamster von einst. Er war es, der hier die Fäden in der Hand hielt, auch wenn ein Niemand und schon gar

nicht ein Antoine das blickten. Also musste er auch wissen, was überall vor sich ging. Er schlüpfte unter der Tür ins Versuchslabor.

MAX

Max war sich gar nicht sicher, was er von diesem Plan halten sollte. Trotzdem kam er mit. Pascal hatte gesagt, das wäre hilfreich. »Besorgnis ist wie jedes Gefühl: Je mehr Leute es zeigen, desto mehr Wirkung hat es«, hatte er referiert. »Eine Massenpanik funktioniert ja auch nur, wenn nicht nur einer schreit ›Oh Gott, wir müssen alle sterben‹, sondern mehrere. Und ratzfatz schreien dann alle.«

Herr Wichmann saß in der Küche vor einer Tasse Kaffee, als sie eintraten. Er schaute sie überrascht an.

»Ihr seid ja früh auf«, sagte er mit einem Blick auf die Küchenuhr. »Habt ihr nicht gut geschlafen?«

»Besser als Shakira«, seufzte Max und setzte sich auf einen der freien Stühle. Aus den Augenwinkeln bemerkte er zufrieden, dass Pascal zu dieser nicht abgesprochenen schauspielerischen Leistung anerkennend nickte. Sein Freund setzte sich auf den Stuhl gegenüber von Herrn Wichmann.

»Das kann ich mir denken.« Shakiras Onkel klang traurig. »So ein Einbruch kann einem echt Angst machen.«

»Das stimmt.« Pascal nickte. »Aus so was wird ganz schnell ein Trauma, wenn man nicht rechtzeitig entschieden handelt. Heute hat Shakira immerhin noch in ihrem Zimmer geschlafen. Aber wenn Sie nicht gegensteuern, traut sie sich vielleicht gar nicht mehr in diese Wohnung.«

Herr Wichmann riss erschrocken die Augen auf.

»Gab's in der Praxis von meiner Mutter ganz oft, wenn die empfohlene Gegenmaßnahme nicht schnellstmöglich ergriffen wurde«, legte Pascal nach.

»Umziehen? Noch bevor das Haus fertig ist?«, fragte Herr Wichmann ängstlich. Dann nickte er entschlossen. »Gut, wenn es sein muss. Ich habe eigentlich keine Rücklagen mehr und eine Zwischenwohnung wird bestimmt richtig teuer, aber was sein muss …«

Pascal unterbrach ihn, indem er ihm beruhigend die Hand auf den Unterarm legte. »Umziehen wäre nötig, wenn Sie die Gegenmaßnahme nicht ergreifen. Die kostet auch Geld und bereitet Umstände, aber im Vergleich …«

Max musste sich sein Schmunzeln verkneifen. Diese Nummer als Jungpsychologe hatte Pascal echt auf dem Kasten.

»Was ist die Gegenmaßnahme?«, fragte Herr Wichmann.

»Auch ein Ortswechsel, aber halt nur vorübergehend«, erklärte Pascal. »Ein paar Tage raus – idealerweise irgendwohin mit viel frischer Luft –, und schon verblassen die Ängste und Erinnerungen, und das Trauma-Opfer kann sich diesen letztlich erfolgreich stellen.«

»Schade«, murmelte Max. Shakiras Onkel sah ihn fragend an.

»Na ja, ich dachte nur – Sie wollten doch eh in die Ahlsfelder Ebene. Aber halt erst in drei Wochen. Das wäre vermutlich ideal.«

»Klingt zumindest sehr gut«, bestätigte Pascal nebenbei.

»Aber Sie können bestimmt nicht einfach so Ihren Urlaub verschieben und umbuchen«, seufzte Max.

»Bist du so nett und bringst mir mal das Telefon?«, fragte Herr

Wichmann. Max lief in den Flur, tat wie gewünscht und reichte ihm das Mobilteil.

»Erstens: Eine Umbuchung ist garantiert preiswerter als ein Umzug.« Er tippte Zahlen in das Telefon.

»Zweitens: Ich arbeite auf dem Amt. Die freuen sich, wenn jemand unerwartet Urlaub nimmt, ohne dafür einen Krankenschein einzureichen.« Er hob sich das Telefon ans Ohr.

»Und drittens: Es geht um meine Nichte. Deshalb wären mir erstens und zweitens auch egal, wenn es nicht so wäre. Danke, Jungs. Ihr habt mir echt geholfen.«

Pascal und Max nickten ernst und fingen erst an zu grinsen, als sie im Flur waren.

JERÔME

»Du bift ja früh wach.«

Wolfgang bemerkte Jerome erst, als dieser auf den Experimentiertisch geklettert war.

»Wann startest du mit den Versuchen?«, fragte Jerome.

»Mit denen bin ich fon durch. Die Herrfaften haben fich fehr gut geflagen.« Wolfgang nickte zu den Käfigen, die über einem langen Tisch an der Seite hingen.

Ein Hamster. Ein Meerschweinchen. Eine Maus. Dieselben Tierarten, die auch bei den Versuchen bei Blanche zum Einsatz gekommen waren. Nur viel weniger davon.

»Deutlich verbefferte Erinnerungfleiftung, teilweife erkennbarer Gehorfam, ungewöhnliche Löfungfftragien bei Problemen.« Wolfgang machte sich Notizen in einem ledergebundenen Büchlein, das seriös gewirkt hätte, wenn nicht ein völlig deplatzierter »Bob der Baumeister«-Sticker daraufgeklebt hätte.

Jerome nickte. Auch damals hatten sich schnell Erfolge gezeigt. Sicher, Intelligenzsteigerungen wie bei ihm und diesem Juan waren die Ausnahme gewesen. Doch deutlich pfiffiger waren alle Versuchstiere geworden, nachdem die Formel einmal stand.

»Hey, Kollege«, rief Jerome zu dem Hamsterkäfig. Wolfgang schrieb unbeirrt weiter. Zwischentierische Kommunikation blieb Menschen ja praktischerweise immer verborgen.

»Hallo, hallo, hallo«, antwortete der Versuchshamster.

»Ich erwarte, dass du besser abschneidest als der Käsefresser und der Plüschball neben ihm.« Das Meerschweinchen und die Maus sahen sich an.

»Was ist Käsefresser?«, fragte die Maus.

»Ich hab Hunger«, antwortete das Meerschweinchen. Meerschweinchen hatten immer Hunger.

»Nicht vergessen, die Hamster sind die Krone des Nagetiers!« Jerome streckte aufmunternd den linken Daumen hoch.

»Das ist lieb. Das ist lieb. Das ist lieb«, rief der Hamster.

Jerome runzelte die Stirn. Das sagten Hamster eigentlich immer, wenn sie was nicht verstanden. Bei normalen Hamstern also in 90 Prozent ihrer täglichen Kommunikation. Dann zuckte er mit den Schultern. Echte Meilensteine waren nach so kurzer Zeit wahrscheinlich nicht zu erwarten. Hauptsache, Wolfgang war zufrieden. Dann gab es zumindest die Chance, dass Shakiras Vater noch herauskam, bevor es zu spät war.

FRE3UN3DSCHAFTSDIEN8STE

SHAKIRA

»Die Psychologennummer von Pascal hat also wirklich funktioniert«, sagte Shakira und schaute aus dem Fenster. Onkel Wichmann verstaute gerade ihre Reisetasche und seinen Koffer im Heck seines Fiats.

»Tja, ich bin halt gut«, bemerkte Pascal hinter ihr.

»Das war er wirklich«, gab Max zu. »Aber ehrlich gesagt: Ich glaube, dein Onkel hätte das auch einfach gemacht, wenn du ihn gefragt hättest.«

»Mag sein.« Shakira zuckte die Schultern. »Aber trotzdem danke.« Sie drehte sich zu ihren Gästen. »Dann heißt es wohl Abschied nehmen. Und ihr harrt jetzt hier aus, bis deine Eltern zurückkommen?« Der auf ihrem Bett sitzende Max sah sie stirnrunzelnd an. Ebenso Juan, der es sich auf Max' Knie gemütlich gemacht hatte.

Pascal, der mit verschränkten Armen am Bücherregal lehnte, fragte: »Hä?«

»Na ja, ich will nur wissen, was ihr in der Zwischenzeit macht. Solange ich weg bin.«

»Ähm … wir machen nichts in der Zwischenzeit«, sagte Max nach einer kurzen Pause. »Wir kommen natürlich mit.«

Pascal und Juan schauten drein, als wäre das ja wohl völlig klar gewesen.

»Oh nein!«, widersprach Shakira. »Das ist viel zu gefährlich! Ich schleif euch doch nicht mit in dieses Horrorlabor, um meinen Vater zu retten!«

»Oh doch, das tust du«, erklärte Pascal. Man hörte die Haustür. »Und jetzt lenkst du mal kurz deinen Onkel ab, bis wir drei uns im Kofferraum versteckt haben.«

»Nein«, entschied Shakira. »Auf gar keinen Fall.«

»Doch«, sagte Max. »Wir sind deine Freunde. Freunde tun so was nun mal.«

Shakira schaute Hilfe suchend zu Juan, aber die Maus zuckte mit den Schultern. »Ich melde mich, sollte ich irgendwo anderer Meinung sein«, sagte er, »aber bislang stimmt alles, was die Jungs so von sich geben.«

»Niemals.« Shakira verschränkte die Arme.

»Gut, dann gehe ich jetzt raus zu deinem Onkel, verkünde ihm mit meiner schönsten Psychologenstimme, dass dein Vater in einem unterirdischen Labor von einem gefährlichen Waffenhändler und einem durchgeknallten Kosmetikheini gefangen gehalten wird, und wir gucken, wie das funktioniert«, sagte Pascal.

»Das … das ist Erpressung.« Shakira schnaufte schwer. »Warum muss eigentlich ich immer von irgendwem erpresst werden?« Jetzt schrie sie fast.

Schritte eilten über den Flur.

Juan schlüpfte rasch zwischen Max' Beine. Onkel Wichmann schaute besorgt zur Tür herein.

»Ist was passiert?«, fragte er.

Shakira guckte abwechselnd von Max zu Pascal. Ihre Blicke ließen keinen Zweifel daran, dass sie mitkommen wollten. Um jeden Preis.

»Ich finde mein Haargummi nicht! Mein Lieblingshaargummi!«, schrie Shakira dann.

»Oh«, sagte Wichmann. »Wo hattest du es denn zuletzt?«

»Im Wohnzimmer«, behauptete Shakira. »Das ist bestimmt unter dieser verdammten Polstergarnitur.«

»Ich such da mal«, beruhigte Wichmann sie. »Du kannst dich ja solange von deinen Freunden verabschieden.« Er nickte Max und Pascal zu. »Danke euch beiden. Das war wirklich nett von euch. Alles.« Dann verschwand er aus der Tür.

Shakira zog eine Schublade ihres Schreibtischs auf und holte achtlos eines der darin liegenden Haargummis heraus.

»Gut, ich spiel jetzt zehn Minuten Haargummi suchen mit Wichmann. Geht besser noch mal aufs Klo. Die Fahrt dauert vier Stunden.«

Dann folgte sie ihrem Onkel – höchst unzufrieden mit dem Verlauf der Dinge.

JERÔME

Antoine war weg. »Wandern!«, hatte er fröhlich gerufen und sich einen federverzierten Tirolerhut aufgesetzt. »Mit einer Seniorengruppe! Hach, ich liebe dieses gewöhnliche Leben!«

Niemand war auch weg. Er wollte am Abend zurückkommen, um anhand der Ergebnisse das weitere Vorgehen zu entscheiden.

Er hatte nicht gesagt, warum er ging und wohin. Das waren Fragen, die man in seinem Geschäft nicht stellte.

Wolfgang war da, aber tüftelte feucht pfeifend im Labor vor sich hin.

Kurz: Die Gelegenheit war günstig. Jerome würde niemals all das wiedergutmachen können, was er Shakira angetan hatte, aber er würde ihr nicht auch noch den Vater nehmen. Auch wenn der diese Gnade eigentlich nicht verdient hatte.

Jerome schob sich unter der Tür von Kevin Bitters Zimmer hindurch. Sein Bewohner lag auf dem Bett und schaute verständnislos auf den Flachbildschirm. Es lief eine Fernsehserie, die ständig Lacher auf der Tonspur einblendete. Gerade bekam ein dicker Mann erklärt, dass das Schnitzel, das er aß, ein Sellerieschnitzel war. Er schabte hektisch mit seinem Messer über die Zunge und kippte dann ein Riesenglas Cola herunter, mit dessen letztem Schluck er ausgiebig gurgelte. Die Tonspur war außer sich. Jerome sprang kopfschüttelnd auf den Schreibtisch neben dem Bett und rechnete es Kevin insgeheim hoch an, dass er das auch nicht lustig fand.

»Was ist denn Sellerie?«, murmelte Shakiras Vater.

Okay, Kevin hatte den Witz einfach nicht verstanden, erkannte Jerome. Er lehnte sich mit den Vorderpfoten auf den Aus-Knopf der Fernbedienung, die vor ihm lag. Der Bildschirm war schwarz.

»Hey«, rief Kevin. »Was soll das?«

»Du solltest mal an die frische Luft«, antwortete Jerome.

»Darf ich ja nicht«, sagte Kevin. »Ich muss hierbleiben. Außerdem habe ich keine Ahnung, wie ich hier rauskomme. Der Aufzug geht bei mir nicht.«

»3-3-8«, sagte Jerome. »Das ist quasi die Vorwahl. Danach

kannst du jedes Stockwerk wählen, das du willst. Und das solltest du jetzt tun.«

»Nein.« Kevin schüttelte energisch den Kopf. »Ich hab bisher nur eine kleine Anzahlung bekommen. Den Rest kriege ich erst, wenn alles okay ist.«

Jerome sprang vom Schreibtisch auf Kevins Brust. Er schaute ihm fest in die Augen.

»Kevin, ich sage dir das nur ungern, weil ich Menschen ungern verängstige. Aber ich befürchte, in deinem Fall brauche ich wirklich klare Worte. Also: Es ist völlig egal, ob es okay ist oder nicht. Auf dein Schicksal hat das überhaupt keinen Einfluss. Du wirst deinen Anteil niemals bekommen, weil du ihn niemals würdest ausgeben können.«

»Hä? Wieso nicht?« Er schüttelte den Kopf. »Nee, nee, nee, du willst dir nur meinen Anteil unter den Nagel reißen. Niemand ist zwar ein komischer Vogel, aber ein Ehrenmann. Der Vorschuss war gleich auf meinem Konto, genauso wie versprochen und keinen Tag zu spät. Der bescheißt mich nicht um mein Geld.«

Er tastete nach der Fernbedienung auf dem Schreibtisch. Mit einer Drehung sprang Jerome zur Seite und landete extra etwas härter auf Kevins Hand, die er nun mit seinem Gewicht festnagelte.

»Aua«, stöhnte Kevin.

Jeromes Blick ruhte weiter unbeirrt auf seinem Gesicht. »Kevin, ich weiß, du neigst zu langsamen und vor allem falschen Entscheidungen. Beides wäre jetzt fatal, und da du das Wort nicht kennst, es bedeutet tödlich. Also, nur kurz zusammengefasst und dann bist du am Zug: 3-3-8. Hau hier ab. Das ist der erste und letzte und einzige Freundschaftsdienst, den ich dir erweise.«

Mit einem Sprung auf den Boden gab Jerome Kevins Hand wieder frei. Er schob sich unter der Tür durch und ging langsam den Flur entlang. Am Eingang zum Labor blieb er stehen.

Dann, endlich, hörte er die Tür. Und ein paar Sekunden später das aufmunternde »Bing«, als der Aufzug seine Tür zu einer Fahrt in die Freiheit schloss.

Jerome atmete aus. Damit hatte er Shakira den einzigen Freundschaftsdienst erwiesen, den er ihr erweisen konnte.

NATUR PUR!

MAX

»So, da wären wir!«

Ein Satz, den Max bestimmt schon tausendmal in seinem Leben gehört hatte, aber selten hatte er ihn so gefreut wie heute. Er hätte Shakiras letzten Rat vor dem Aufbruch beherzigen sollen. Vier Stunden Autofahrt waren so schon lange. Wenn man nach einer Viertelstunde auf die Toilette musste, waren sie die Hölle auf Erden.

Er hörte das Öffnen und Zuschlagen zweier Autotüren, dann Schritte. Die Verrieglung des Kofferraums schnappte automatisch auf und der Deckel hob sich etwas. Ein bisschen Licht trat ein.

»Nicht gut«, flüsterte Juan, der es sich in einer Seitentasche von Shakiras Reiserucksack gemütlich gemacht hatte.

»Dann lass uns erst mal das Gepäck hochschaffen.« Herrn Wichmanns Stimme war direkt vor ihnen.

Jetzt war Max wirklich kurz davor, in die Hose zu machen. Er sah es schon vor seinem inneren Auge: Shakiras Onkel, der die Taschen hervorzog und dahinter den zusammengekauerten Pascal und ihn mit nasser Hose erblickte. Ein Anblick voller Peinlichkeit – und voller Fragen, auf die sie kaum eine vernünftige Antwort hätten.

»Wichmann! Dahinten!«, hörte er Shakiras Stimme und schnelle Schritte auf Kies.

»Warte!« Wieder entfernten sich Schritte.

»Zweiundzwanzig, dreiundzwanzig, vierundzwanzig«, zählte Pascal leise.

»Wo willst du denn hin?« Herrn Wichmanns Stimme war nun wirklich weit weg.

»Grüner wird's nicht, würde man bei einer Ampel sagen«, bemerkte Juan.

Max stieß seine Beine nach oben. Der Kofferraum klappte ganz auf.

»Scheiße, ist das hell!«, stöhnte Pascal, während Max über ihn krabbelte, die Taschen beiseitestieß und sich aus dem Wagen fallen ließ. Er war auf einem großen Parkplatz, so viel bekam er noch mit, aber ansonsten sah er nur das Gebüsch, das breit und verlockend am Rande dieses Platzes wuchs. Er sprang auf und wetzte darauf zu.

SHAKIRA

»So ein toller Stock«, sagte Shakira und betrachtete verträumt den Ast, den sie für Wichmann als Grund ihrer völlig unangebrachten Begeisterung aus der Böschung an der Einfahrt zum Parkplatz gefischt hatte. »Guck mal, sogar mit Fahne!« Sie winkte mit der weißen Plastiktüte, die sich an dem Stück Holz verfangen hatte.

»Ja, wirklich schön«, murmelte ihr Onkel irritiert.

Noch irritierter schaute er auf die weit geöffnete Heckklappe, als sie wieder am Auto ankamen. »War die vorhin schon offen?«, fragte er.

»Logisch«, behauptete Shakira, warf ihren geliebten Stock achtlos zur Seite und griff sich ihren Rucksack. Dabei sah sie sich unauffällig um. Wo zur Hölle waren die Jungs?

Wichmann nahm seinen Koffer und schaute die vor ihnen liegende Treppe hinauf. Das danebenliegende Förderband war noch nicht in Betrieb, wie ein davorstehendes Schild verriet. »Dann mal hier hoch«, sagte er. »Wir sind ja zum Glück eh zum Wandern hier.« Er ging voran. Nach ein paar Stufen blieb Shakira stehen.

»Jetzt brauch ich erst mal ein Schläfchen«, rief sie. »Was ist noch mal meine Zimmernummer? 22? Es war doch Zimmer 22, oder?«

»Richtig«, antwortete Wichmann. »Aber warum sprichst du so laut?« Mist. Das war wohl zu auffällig gewesen. Jetzt fiel ihrem Onkel aber noch etwas anderes auf.

»Hörst du auch so ein Plätschern?« Wichmann hatte recht. Shakira lauschte und fand die Quelle des Geräuschs. Es kam von einem Busch einige Schritte vor ihnen. In den Zweigen sah sie Pascals genervtes Gesicht, der neben ihm zu sehende Rücken war offensichtlich der von Max.

»Bestimmt gibt's hier irgendwo einen Fluss«, sagte sie und packte mit ihrer freien Hand ihren Onkel am Arm. »Natur überall! Das war einfach eine ganz, ganz großartige Idee von dir. Aber jetzt erst mal zum Hotel! Zimmer 22 ist bestimmt das beste überhaupt«, rief sie und zog mit ihrer freien Hand Wichmann weiter die Treppen hinauf. Vorsichtig spähte sie noch mal zurück über ihre Schulter.

Aus dem Gebüsch ragte Pascals Faust, die ihren Daumen hochreckte.

SONDIERUNG DER LAGE

»Ah! Das tat gut!« Erleichtert zog sich Max den Reißverschluss zu.

»Wenn's dafür nicht zu eklig wäre, würde das eigentlich ins Guiness-Buch der Rekorde gehören«, erklärte Pascal. »Können wir dann endlich mal aus diesem Busch raus? Ich komm mir schon vor wie Schneewittchen, die von diesen Hecken zugewachsen wird.«

»Du meinst Dornröschen und kennst anscheinend nur die Horrorfilmfassung«, sagte Max. »Aber ich bin so weit.«

»Moment noch!«, rief Juan und krabbelte an Max' Jacke hoch auf seine Schulter. »Da kommt ein Auto.«

Tatsächlich, ein eleganter schwarzer Wagen mit getönten Scheiben näherte sich und blieb auf einem als »Reserviert« gekennzeichneten Parkplatz direkt neben der Aufgangstreppe zum Hotel stehen.

»Scharfer Schlitten«, bemerkte Pascal hinter ihm. »Der hat garantiert eine Stange Geld gekostet.«

»Dann bleiben wir mal lieber schön hier. Wo viel Geld ist, ist Antoine Blanche bei unseren Unternehmungen oft nicht weit«, erklärte Juan leise.

Max hielt die Luft an. Einem Antoine Blanche mussten sie

nun wirklich nicht direkt in die Arme laufen. Die Tür ging auf, und Max fühlte, dass ihn fröstelte, obwohl es ein angenehm lauer Sommernachmittag war. Der Kopf eines Mannes erschien hinter dem Auto, der sich wachsam umsah, als ahnte er, dass er beobachtet wurde. Das war nicht Antoine.

Kein strahlendes Lächeln, das einen unwillkürlich selbst lächeln ließ. Keine makellose Haut, die einen sofort daran erinnerte, dass die eigene Haut weit entfernt von dieser Makellosigkeit war. Nicht dieser drängende Impuls, doch wenigstens ein bisschen, bisschen mehr wie dieser Mann dort drüben zu werden.

Der Mann neben dem Auto, dessen Blick immer noch umherstreifte, löste ganz andere Gefühle aus. Eine Mischung aus Hoffnungslosigkeit, Angst und totaler Ödnis wie beim Anblick einer sehr langen Mathehausaufgabe.

»Wird euch auch gerade kalt?«, flüsterte Pascal. Am leichten Vibrieren auf seiner Schulter merkte Max, dass sogar Juan nickte.

Endlich hatte der Mann entschieden, dass keiner ihn sah. Er griff in seine Jackentasche und aus dem Felsstück neben der Treppe schob sich eine Luke auf.

»Oh, das ist dann wohl einer der Bösen«, bemerkte Pascal, während der Mann darin verschwand und man kurz darauf nicht mehr sah, was sich hier gerade geöffnet hatte.

»Das wusste man irgendwie schon, als er aus dem Auto stieg«, murmelte Max.

Die Jungs schoben sich aus dem Busch und gingen die ersten Stufen die Treppe hoch. Max hörte Stimmen. Stimmen, die ihm bekannt vorkamen. Er blickte nach oben. Die Gestalten, die gerade in einem noch unverständlichen, aber offensichtlich hitzigen Gespräch steckten, während sie jeweils mit einem Koffer beladen die Stufen heruntergingen, hätte Max auch aus tausend Metern Entfernung erkannt. Im ersten Moment fühlte er Freude. Dann kam das hier natürlich viel angebrachtere Erschrecken.

»Verdammt, das sind meine Eltern!«, rief er, riss Pascal am Arm wieder die Treppe hinunter und stieß sich mit ihm in die Hecke.

»Ich werde niemals aus diesem verdammten Busch rauskommen. Wie Aschenputtel«, knurrte Pascal.

»Dornröschen«, korrigierte Juan.

SHAKIRA

»Ich hatte ein bisschen Sorge, dass wir auf einer Baustelle übernachten«, sagte Wichmann sichtlich erleichtert, nachdem er die Schlüssel von einer lächelnden Empfangsdame entgegengenommen hatte. »Aber außer, dass es ein bisschen leer wirkt, ist es doch ganz nett, oder?«

»Es ist ganz neu. Da wäre es echt blöd, wenn es nicht nett wäre.« Shakira nahm den von ihm angebotenen Schlüssel, steckte ihn sich in die Hosentasche und schaute sich um.

Die Eingangshalle war freundlich und führte über eine flache Rolltreppe in die darüberliegende Etage. Shakira und ihr Onkel stellten sich darauf und ließen sich nach oben tragen. Sie hörten Gesprächsfetzen und Lachen. Oben war offensichtlich mehr los. Sie kamen an im sogenannten Informationszentrum, in dem auch das Restaurant untergebracht war. Durchsichtige Glassäulen waren gleichzeitig Bildschirme, auf denen Erklärungsvideos über verschiedene Tierarten und Naturphänomene liefen. Be-

sonders viel Platz nahmen dabei die vulkanischen Ursprünge der Ahlsfelder Ebene ein, vermutlich weil das beeindruckende Bilder von Feuer speienden Riesenbergen ermöglichte. Zwischen diesen Säulen saßen an eleganten Tischen Menschen und aßen appetitlich aussehende Salate oder waren noch bei Kaffee und Kuchen. Das alles vor dem sagenhaften Ausblick eines riesigen Panoramafensters am Ende des Raums, der hier frei in die Landschaft hineinzuschweben schien. Wie magisch angezogen ging Shakira mit ihrem Onkel darauf zu. Satte grüne Wiesen. Waldige Hügel und Berge.

»Wow«, entschlüpfte es ihr.

»Wirklich schön, nicht wahr?«, sagte Wichmann und sie nickte. Nachher würde sie sich hier noch den Sonnenuntergang anschauen, dachte sie sich. So viel Zeit musste sein, bevor man hinabstieg in eine Anlage, in der gerade sehr böse Bösewichter ihre nächste Abscheulichkeit ausheckten.

Sie hörte Gelächter, aus dem eine besonders angenehme Stimme herausstach. Als hätte der Besitzer dieser Stimme ihre Gedanken gehört.

»Meine Damen, das war ein wirklich zauberhafter Tag mit Ihnen, aber meine Verpflichtungen rufen.« Shakira drehte ihren Kopf und blickte über ihre Schulter zu dem großen Tisch direkt an der Bar. Ein paar alte Frauen in praktischer Outdoorkleidung sahen wie hypnotisiert mit seligem Lächeln zu dem Mann, der sich am hinteren Ende des Tischs erhob. Er lächelte zu ihnen zurück und das strahlende Weiß seiner Zähne schien den Raum schlagartig noch ein Stück mehr zu erhellen.

Antoine.

Den seine Verpflichtungen riefen.

»Gut, dann treffen wir uns um sieben?«, fragte Shakira. »Einfach hier zum Essen?«

»Ist gut«, sagte Wichmann. »Findest du dein Zimmer selbst? Dann schau ich erst mal noch ein bisschen aus dem Fenster.«

Antoine nickte den Damen zu und setzte sich langsam in Bewegung. Der Ausblick war ihm zum Glück keine Beachtung wert. So sah er auch nicht die Personen, die davorstanden.

»Ist gut«, sagte Shakira. »Bis später.«

Sie folgte Antoine langsam auf den mit hellem Teppich ausgelegten Gang vor dem Informationszentrum. Hier befanden sich schon Hotelzimmer und neben einem davon parkte ein mit frischen Laken und Handtüchern bestückter Wäschewagen. Shakira ging hinter ihm in die Knie und rollte ihn neben sich her.

Antoine war an den Aufzügen angelangt und rief den mittleren davon. Aus den Konstruktionszeichnungen wusste Shakira, dass es der einzige der drei Aufzüge war, der wirklich ganz nach unten fuhr. Die anderen beiden kamen nur bis ins Erdgeschoss. Langsam schob sie sich hinter Antoine vorbei, der den geisterhaften Wäschewagen gar nicht bemerkte.

Shakira blieb stehen und lugte hinter der Kante hervor. Die Türen des Aufzugs glitten mit einem freundlichen »Bing« auf. Antoine trat pfeifend ein. Zum Glück waren die Seitenwände des Lifts komplett verspiegelt. So sah Shakira, dass Antoine nicht auf E wie Erdgeschoss drückte. Und auch keinen Knopf darunter, denn einen solchen Knopf gab es nicht.

Er drückte 3-3-8. Mit einem weiteren »Bing« schloss sich die Tür wieder. Darüber leuchtete ein Pfeil, der nach unten zeigte.

Jetzt wusste Shakira, wie man nach ganz unten kam. Nun musste sie nur noch dafür sorgen, dass sie die Einzige war, die

heute Nacht auch dorthin fuhr. Sie hatte schon einmal geglaubt, sie hätte ihre Freunde verloren. Sie würde das nicht noch einmal zulassen.

MAX

Seine Eltern. Nur knapp drei Meter vor ihm. Max freute sich wahnsinnig, sie zu sehen, auch wenn es nur durch ein Dickicht von Ästen, Dornen und Blättern war. Er musste sich zusammenreißen, nicht einfach aus dem Gebüsch hervorzubrechen und mit einem »Mama! Papa!« auf sie zuzustürmen. Es tat ihm fast körperlich weh, auf eine Umarmung von ihnen zu verzichten, die er jetzt so gerne hätte. Wenigstens hätten sie dann auch aufgehört zu streiten, denn das taten sie wieder. Daran hatte ihr Ausflug nichts geändert.

»Was erwartest du denn von mir, Serafine?«, fragte sein Vater. Max' Mutter blieb stehen und drehte sich um.

»Dass du dich freust. Mit mir freust. Ich habe am besten abgeschnitten, und da oben waren ausschließlich Topleute, falls dir das noch nicht aufgefallen ist.«

Papa ließ den Kopf hängen.

»Ich weiß doch, dass du gut bist. Du wirst den Job kriegen. Aber … aber was wird dann aus uns?«

Nun schaute Mama ein bisschen gerührt aus. Sie ging auf Max' Vater zu und strich ihm über die Wange.

»Wer soll sich um Max kümmern?«, sprach Papa weiter.

Max' Mutter zog die Hand zurück und eine Zornfalte legte sich über ihre Stirn. »Ach, darum geht's«, sagte sie frostig. »Doppelbelastung für Mama ist okay, aber sobald Papa mal ein bisschen mehr reinbuttern soll für die Familie, bricht die Welt zusammen.«

»So war das doch nicht gemeint«, murmelte Papa, doch Mama sprach weiter.

»Also, zur Information, ich mache mir das auch nicht leicht. Ich weiß, dass vier Stunden Fahrtweg eine ganze Menge ist. Ich werde nicht gleich zusagen, wenn ich das Angebot kriege. Aber es gibt ein paar Möglichkeiten. Erstens leben wir im einundzwanzigsten Jahrhundert. Homeoffice gibt es nicht erst seit gestern, dann muss ich vielleicht nur ein- bis zweimal die Woche hierher. Zweitens: Man könnte umziehen. Familien ziehen ständig den Jobs ihrer Väter hinterher. Das geht auch in die andere Richtung.«

Max blieb das Herz stehen. Umziehen? Das fand er nun gar keine gelungene Idee.

»Drittens: Max ist zwölf. Er braucht keinen Babysitter mehr. Er hat sein eigenes Leben, seine eigene Meinung und seine eigenen Bedürfnisse, die er viel besser kennt als wir. Und natürlich werden wir ihn fragen, bevor wir weitreichende Entscheidungen treffen. Schon dass wir ihm dieses Camp einfach so aufgezwungen haben, war schäbig.«

»Alter, nicht so weit«, murmelte Pascal hinter ihm und zog ihn an der Schulter ein Stück zurück. Nach ihren letzten Worten hatte Max sich wohl noch mehr herausgelehnt, weil der Wunsch, Mama zu umarmen, so stark war.

»Aber jetzt will ich einfach, dass mein Mann sich mit mir freut, weil ich die Beste war.«

Sie drehte sich um und marschierte los. Am anderen Ende des Parkplatzes erkannte Max ihr Auto. Es war ihm vorhin gar nicht aufgefallen.

»Serafine«, rief sein Papa. Seine Mutter blieb auf dem Parkplatz stehen und drehte sich mit stolzem Blick um.

»Ich weiß, dass uns jetzt eine sehr schweigsame Fahrt nach Hause bevorsteht, aber eines will ich vorher klargestellt haben.« Papa drückte sein Kreuz gerade. »Ja, ich freue mich nicht, weil du die Beste warst.« Oje, dachte Max, das wird vielleicht auch eine sehr laute Heimfahrt. »Aber das liegt einzig und allein daran, weil mich das nicht überrascht. Du warst schon immer die Beste. Du bist weiterhin die Beste. Mein einziger Fehler dabei ist, dass ich mich vielleicht zu sehr daran gewöhnt habe. Und es dir nie gesagt habe.«

Mama schaute Papa einen Moment lang an. Dann lächelte sie und winkte ihn zu sich. Er ging zu ihr und legte ihr schüchtern seinen Arm und die Hüfte. Während sie langsam zum Auto schlenderten, tat sie dasselbe bei ihm.

»Ich weiß, dass das jetzt ein bisschen gruselig war mit Umziehen und so«, sagte Pascal hinter ihm. »Aber irgendwie bin ich total neidisch, weil ich so ein Gespräch zwischen meinen Eltern noch nie gehört habe.«

»Und ich schäme mich sehr, dass ich einen so berührenden Moment nun abkürzen muss«, schaltete sich Juan aus Max' Jackentasche ein. »Aber es wird wirklich Zeit, dass wir mal hoch ins Hotel kommen, sonst stehen wir noch in diesem Gebüsch, wenn Herr Niemand seine Wunderwaffe bereits an alle Welt verkauft.«

Tja, da hatte die Maus wohl mal wieder recht.

ABENDESSEN MIT INTRIGE

»Da bin ich wieder!«

Jerome schreckte aus dem leichten Schlummer, den er auf dem Bett in Antoines Zimmer verbracht hatte.

Er betrachtete die Digitaluhr über der Tür, die Antoine gerade schwungvoll zugeschlagen hatte. Es war kurz vor sieben. In rund fünf Stunden, fühlte er, würde es losgehen. Zur Geisterstunde. Wie passend.

»Ich soll dir von Niemand ausrichten, dass um neun die Ergebnisse überprüft werden. Laut Wolfgang ist ja alles so weit tutti, also kriegt Kevin sein Taschengeld, ich meins und keiner ist tot. Wer hätte gedacht, dass alles so friedlich verläuft.«

Antoine warf sich neben Jerome aufs Bett und griff zu der auf dem Nachttisch liegenden Zeitschrift.

»Oh, so ein Psychotest! Die mag ich ja!«, rief er. »Willst du mitmachen?«

»Ich glaube nicht«, antwortete Jerome.

»Och komm! ›Wie ehrlich sind Sie?‹ Das ist doch ein wichtiges Thema!«

»Ich glaube nicht, dass ich da was Neues über mich erfahre.« Jerome hüpfte vom Bett. »Ich besorg mir mal was zu essen. Wolf-

gang dürfte ja ein paar Nüsschen für seine Versuchstiere dahaben.«

Wolfgang war tatsächlich hocherfreut, Gesellschaft zu haben. Er zog gerade die Alufolie von einem in der Mikrowelle erwärmten Fertiggericht und setzte sich damit an den langen Tisch im Labor. Aus seinem weißen Kittel holte er eine Handvoll Erdnüsse, die er auf den Platz neben sich häufte.

»Ich mag Ffbagetti!«, erklärte er glücklich beim Anblick seiner Plastikschale.

»Warum isst du nicht oben im Hotel?«, fragte Jerome und widmete sich seiner ersten Nuss.

»Zu viele Menfen«, erklärte Wolfgang. »Ich hab bei der Arbeit gerne meine Ruhe. Und da du ja in der Etafe über unf diefen riefigen Lagerraum voller Lebenfmittel angeordnet haft, find wir ja gut verforgt.«

»Ja, das reicht für Jahre. Viele Jahre«, murmelte Jerome.

»Wozu ift der eigentlich gut?«, fragte Wolfgang, der sich eine zusammengerollte Nudelportion in den Mund schob.

Bevor Jerome wieder mal eine Lüge über die Lippen kam, unterbrach sie das Geräusch der sich öffnenden Tür. Hatte Niemand etwa auch Lust auf Gesellschaft? Das wäre ja ungewöhnlich. Jerome schaute auf.

Der Mann, der da in der Tür stand, war nicht Niemand.

Kevin Bitter ging schnaufend mit einem Fertiggericht in der Hand in die Küche hinter dem Labor. Einige Minuten später kehrte er zurück, setzte sich mit seinem Teller neben Wolfgang und stopfte sich Kartoffelbrei mit Kassler in den Mund. Dabei starrte er Jerome finster an.

»Was machst du hier?«, fragte Jerome.

»Effen?«, tippte Wolfgang.

»Auf mein Geld warten«, antwortete Kevin. Jerome hob die linke Augenbraue. Kevin kaute ausgiebig und schob sich den nächsten Löffel Püree in den Mund.

»Ich bin in meinem Leben immer verarscht worden«, stieß er hervor. »Daher habe ich mittlerweile ein ziemlich sicheres Gefühl, wenn mich jemand verarschen will. Egal, ob Mensch oder Hamster.«

»Ich fpüre fo eine feindfelige Atmofäre«, bemerkte Wolfgang.

Jerome ignorierte ihn und sah Kevin fest in die Augen.

»Ich befürchte, mit Fühlen ist es bei dir nicht viel weiter her als mit Denken.«

Kevin sagte nichts und aß stur weiter.

»Wie lang braucht die denn zum Essen?«, fauchte Pascal.

Max, der auf dem Bett in Shakiras Hotelzimmer saß, sah ihn überrascht an.

»Sie ist gerade mal zwanzig Minuten weg«, sagte er.

»Ich hab Kohldampf. Seitdem wir zu diesem blöden Camp mussten, bin ich quasi auf Nulldiät. Ohne diese Pizza vom Wichmann läge ich wahrscheinlich schon im Koma!«

»Ich hätte noch ein paar Din…«

»Wehe, du fängst jetzt wieder mit den Dinkelkeksen an«, unterbrach Pascal ihn.

»Ich nehm einen«, sagte Juan, der auf dem Schreibtisch neben

Shakiras Laptop saß. Max reichte ihm einen Keks und die Maus begann zu knabbern.

Das Türschloss klickte und Shakira kam herein.

»Nicht den Appetit verderben!«, rief sie Juan zu. Sie stellte vorsichtig ihren Rucksack auf den Boden und schnürte ihn auf. Als Erstes platzierte sie einen kleinen Teller mit verschiedenen Käsesorten für Juan auf den Schreibtisch.

»Danke schön«, sagte die Maus. Währenddessen reichte Shakira Pascal eine dampfende Schüssel, die appetitlich roch.

»Nur Suppe?«, fragte er.

»Gulaschsuppe«, sagte sie. »Sorry, die Hauptspeisen kriege ich nicht vernünftig transportiert. Nur die Schüsseln kann ich so stapeln, dass ich das heil hierherbekomme.«

Sie reichte auch Max eine Suppenschüssel, dann kamen noch kleinere Töpfchen mit Mousse au Chocolat zum Vorschein, außerdem noch eine Flasche Cola für jeden sowie etwas Brot. Zum Abschluss legte Shakira klappernd noch Löffel auf das Bett.

»Guten Appetit«, sagte sie. »In spätestens einer halben Stunde bin ich wieder da. Jetzt bring ich Wichmann erst mal seinen Cappuccino beim Rückweg von der Toilette, dann noch ein bisschen Small Talk und danach geht es los.«

Sie schloss die Tür. Pascal griff sich einen der Löffel.

»Es ist nur Suppe, aber … Fleisch! Gewürze! Wirklich gekocht, nicht nur aufgewärmt! Endlich echtes Essen!«

Auch Max nahm sich einen Löffel, doch bevor sie loslegen konnten, unterbrach sie die Maus.

»Ich fürchte, ich muss jetzt für ein wenig schlechte Stimmung sorgen«, sagte Juan, der statt am Käse weiterhin am Keks knabberte. Max schaute ihn fragend an, Pascal wirkte ebenso irritiert.

»Ihr lasst das Essen jetzt leider im Klo verschwinden. Restlos. Keine Suppe. Kein Nachtisch. Keine Cola, auch wenn die noch original verschlossen aussieht. Und danach legen wir uns hier mit dem leeren Geschirr auf den Boden und schlafen tief und fest, wenn Shakira wieder auftaucht.«

»Hä? Warum das denn?«, fauchte Pascal.

Juan schluckte den letzten Kekskrümel herunter.

»Weil es genau das ist, was Shakira erwartet.«

Ein letzter Tropfen Schaum kam aus dem Hahn der Kaffeemaschine. Shakira stellte die Tasse auf den Tisch daneben und sah sich kurz um. Nur eine ältere Dame war in dieser Ecke. Sie hatte offensichtlich Probleme, sich zwischen einem Streusel- und einem Schokoladenkuchen zu entscheiden.

»Kleiner Tipp«, sagte Shakira. Die Dame sah sie etwas erschrocken an. »Nehmen Sie beide. Sie haben Urlaub.«

Die Frau schaute überrascht zu den Kuchen, dann nahm sie sich beherzt von jedem ein Stück.

»Da hast du verdammt recht, mein Kind!« Sie nickte Shakira dankbar zu und stapelte sich zum Abschluss noch einen Blaubeer-Muffin auf ihren Teller.

Shakira griff in ihre Hosentasche und zog die letzte der grünen Kapseln aus Jeromes Käfig hervor. Die andere hatte sie gerecht im Essen ihrer Freunde verteilt. Sie hoffte nur, dass sie sich bei der Dosierung auf Juans Käse nicht vertan hatte. Aber er war eine kräftige Maus. Er würde vielleicht nur ein bisschen länger

schlafen. Vorsichtig löste sie die obere Hülle der Kapsel ab und schüttete die Hälfte des Inhalts in Wichmanns Cappuccino. Das war auch eine ordentliche Portion. Aber die Wirkung würde zum Glück erst in fünfzehn bis zwanzig Minuten einsetzen. Bis dahin wären sie längst auf seinem Zimmer, um gemeinsam die Wanderroute für den nächsten Tag festzulegen. Er hatte sich gefreut wie ein Schneekönig, als Shakira danach gefragt hatte. Sie nahm einen Löffel Zucker aus der Porzellandose und verrührte ihn mit dem Inhalt der Kapsel im Kaffee, den sie auf einer Untertasse platzierte. Sie ging damit zu ihrem Tisch im Restaurantbereich, in dem Wichmann gerade verträumt den Sonnenuntergang hinter dem Panoramafenster beobachtete. Er zuckte leicht zusammen, als Shakira ihm den Kaffee hinstellte.

»Das hat schon was Hypnotisierendes«, erklärte er und schaute auf seine Armbanduhr. »Du warst aber lang weg«, stellte er fest.

»Diese Kaffeemaschine ist was für Leute mit Ingenieursstudium«, behauptete Shakira.

»Und meine hochbegabte Nichte.« Onkel Wichmann nahm einen Schluck, den er mit einem seligen Seufzer quittierte.

»Ich weiß nicht, wie es dir geht, aber ich freue mich wahnsinnig auf morgen. Ich bin fast dankbar, dass dieser Einbruch uns das etwas früher ermöglicht«, sagte er.

Shakira schwieg und lächelte ihn an. Ja, dachte sie. Ich würde mich tatsächlich auch auf morgen freuen.

Nur leider war sie sich überhaupt nicht sicher, was morgen war.

ABWÄRTS

»Ich erinnere an unsere Zusammenkunft in einer halben Stunde im Hauptlabor«, ertönte Herrn Niemands Stimme im gesamten unterirdischen Komplex. Die Lautsprecheranlage war eine völlig überflüssige Ausgabe, die Jerome da in die Planungen diktiert hatte. Aber ein weiterer Beweis, dass wahrscheinlich auch sonst alles so umgesetzt war, wie von ihm gewünscht. Insbesondere das eine Detail, worauf es bald ankam.

»Dann pack ich mal meine Sachen«, sagte Kevin Bitter und stand auf.

Jerome schaute zur Seite. Wolfgang war bereits pfeifend dabei, Schraube für Schraube das Fabrikationsgerät abzubauen. Der hörte nichts.

»Kevin, noch ist Zeit für einen zweiten Anlauf«, flüsterte er Shakiras Vater zu. Der musterte ihn aber nur kalt und ging dann aus dem Raum.

Okay, er wollte es nicht anders. Shakira zuliebe hatte Jerome es wirklich versucht, aber gegen so viel Verbohrtheit kam er einfach nicht an. Mal sehen, ob er wenigstens andere Unschuldige retten konnte.

Während Wolfgang weiterpfiff, krabbelte Jerome unter der Tür in den Versuchsraum. Er kletterte auf den Metalltisch dort und sprang zu den aufgereihten Käfigen.

»Wer bist du? Wer bist du? Wer bist du?«, fragte ihn sein Artgenosse. Viel intelligenter als vorher wirkte er immer noch nicht, aber laut Wolfgang waren die Ergebnisse ja überzeugend gewesen.

Jerome entriegelte seinen Käfig. Dasselbe tat er bei dem Meerschweinchen und der Maus. Dann stellte er sich in die Mitte vor die drei Käfige.

»Jungs«, rief er.

»Ich bin ein Weibchen«, korrigierte das Meerschweinchen.

»Meine Damen und Herren«, begann Jerome noch mal von vorne. »Ich weiß, ihr habt hier viel erlitten. Ihr wisst nicht wirklich, warum und woher all diese neuen Fähigkeiten kommen, die sich Stück für Stück bei euch entwickeln. Aber das ist auch egal. Wichtig ist nur eins: Hier oben, in der rechten oberen Ecke des Raums …« – er zeigte auf die Öffnung des Belüftungssystems – »… geht es nach draußen. Eure Käfige sind offen. In genau dreißig Minuten ist das euer Weg in die Freiheit. Bis dahin verhaltet ihr euch bitte weiter so wie gewöhnliche Nagetiere.«

Weil er seine Ansprache irgendwie feierlich fand, verbeugte er sich.

»Toll! Toll! Toll!«, rief der Hamster.

»Hä?«, fragten das Meerschweinchen und die Maus wie aus einem Mund. Jerome schüttelte frustriert den Kopf, zeigte noch mal auf die Belüftung und sagte sehr langsam: »Da. Raus. In. Dreißig. Minuten.«

Er sprang auf den Boden und schob sich wieder zurück in den

Hauptraum. Der Sinn für feierliche Momente war offensichtlich nicht das Erste, was die Versuchstiere entwickelten, wenn sie das Superpulver einnahmen.

SHAKIRA

Wichmann war wie erwartet eingenickt, kaum dass er sich über die Wanderkarten gebeugt hatte. Shakira legte seine Beine auf das Bett, zog ihm die Schuhe aus und deckte ihn zu.

Sie ging über die Gänge des Hotels zu ihrem eigenen Zimmer, schloss es vorsichtig auf und spähte hinein. Pascal und Max lagen neben ihren leer geputzten Schüsseln und schliefen friedlich. Juan lag auf dem ebenfalls leeren Käseteller. Sie schlich zu dem Tisch und schaute ihn sich genau an. Sein felliger Bauch hob und senkte sich gleichmäßig. Die Dosierung hatte also gestimmt. Auf Zehenspitzen ging sie zurück zur Tür. Ein Dröhnen ließ sie überrascht herumfahren. Es war von Pascal gekommen. Er gab ein knurrendes Geräusch von sich. Sein Magen. Anscheinend hätte er noch eine Portion vertragen. Aber gut, wenn sie aufwachten, würde er wieder essen können, was und so viel er wollte. Für sich selbst konnte Shakira das nicht so sicher sagen.

Sie eilte durch das mittlerweile bis auf einen gelangweilten Barkeeper leere Restaurant zu den Aufzügen und rief den mittleren. Kurz darauf öffneten sich seine Türen und sie trat ein.

Dann drückte sie 3-3-8. Die Türen schlossen sich und es ging abwärts. Tiefer abwärts, als der normale Benutzer dieses Fahrstuhls dachte.

MAX

»Mann, das hätte echt schiefgehen können«, sagte Max und schaute Pascal strafend an, während er vom Boden hochschnellte.

»Entschuldigung, dass ich verhungere!«, verteidigte sich Pascal. »Da ist Magenknurren eine relativ normale Körperfunktion.« Sichtlich beleidigt zog er seine herumliegenden Turnschuhe an.

»Nicht streiten, Jungs. Dafür haben wir keine Zeit«, befahl Juan und sprang mit geübter Präzision in Max' offen stehende Jackentasche.

»Woher wusstest du, dass sie uns das Schlafmittel geben würde?«, fragte Max, während sie in Richtung der Aufzüge gingen.

»Weil sie viel zu schnell eingelenkt hat bei der Frage, ob ihr mitkommt. Und da die Kapseln nicht mehr da waren, habe ich zwei und zwei zusammengezählt.«

»Der mittlere war's, richtig?«, fragte Pascal und drückte den Knopf, nachdem Juan genickt hatte.

»Langsam werde ich echt sauer«, murmelte Max. »Ich fände echt mal ein paar Wochen schön, in denen mir nicht jemand Gift ins Essen mischt oder sonst wie unterschiebt. Ich bin doch nicht der Mülleimer der Pharmaindustrie.«

Die Fahrstuhltür ging auf. Ein Rentnerpärchen stieg aus. Die Jungs nickten höflich, während Juan den Kopf einzog, und betraten dann den Lift. Pascal drückte den untersten Knopf.

»Ich verstehe, dass du sauer bist«, sagte er. »Aber Shakira wollte uns einfach nicht in eine Gefahr bringen, die sie für ihre Privatsache hält. Sie hatte die besten Absichten.«

»Die hatten meine Eltern auch, als sie mich in dieses Camp geschickt haben. Beste Absichten sind manchmal einfach ganz großer Käse.«

»Weise Worte«, bescheinigte Juan, während die Fahrstuhltür mit einem »Bing« aufging. Eine Dame an der Rezeption schaute die Kinder fragend an.

»Oh, du Depp!«, rief Pascal laut. »Vierte Etage! Nicht erste!« Er gab Max einen Schlag auf den Hinterkopf und drückte den obersten Knopf.

»Au«, sagte Max, während sich die Tür wieder zuschob. »Was sollte das?«

»Wirkt authentischer. Dann halten die uns für ganz normale Brüder.«

Juan sprang aus Max' Tasche und sah sich um.

»Verdammt, das hätten wir uns vorher denken können. Natürlich kommt man da nicht so einfach runter.«

»Aber es war der mittlere Fahrstuhl, da bin ich mir sicher«, sagte Pascal.

Die Tür fuhr wieder auseinander. Eine ältere Dame mit auffäligem Hut schaute herein.

»Ist es nicht ein bisschen spät für Kinder eures Alters?«, fragte sie streng.

»Hier sind keine Kinder.« Der Blick der Frau fuhr nach unten. Sie schluckte, als sie Juan entdeckte. Max drückte währenddessen unauffällig den vorletzten Knopf.

»Wer sprechende Mäuse sieht, hat ja offensichtlich eine recht lebhafte Fantasie.«

Juan winkte noch einmal freundlich, bevor sich die Tür wieder zuschob.

»Okay, was jetzt?«, fragte Pascal. »Shakira muss ja auch irgendwie runtergekommen sein.«

»Wahrscheinlich hat sie auch das vor uns geheim gehalten. Sie

hatte ja niemals vor, dass wir dabei sind. Wie es aussieht, hat sie das auch geschafft«, knurrte Max.

»Aus eurer Perspektive ist das richtig«, sagte Juan, der sich in eine Ecke des Fahrstuhls verkrochen hatte. »Aber zum Glück hatte hier auch jemand eine Hamsterperspektive.«

Er zeigte auf ein kaum wahrnehmbares Knöpfchen in der Ecke, auf das er nun grinsend drückte.

VÄTER UND ANDERE AUTORITÄTEN

SHAKIRA

Shakira stand hinter einigen aufgestapelten Kartons mit Aktenordnern. Hier war offensichtlich schon Aufbruchstimmung angesagt. Aber dieses kleine Versteck kam Shakira gerade recht, um sich zu sammeln. Sie rief sich den Bauplan des Gebäudes über ihr fotografisches Gedächtnis ab. Auf der linken Seite des langen Ganges, der vom Lift abging, war der Hauptraum. Hier wurde wahrscheinlich produziert, wurden die Ergebnisse ausgewertet und ein kleinerer danebenliegender Raum diente – das war zumindest ihre Befürchtung – für Tierversuche. Rechts vom Gang lagen vier geräumige Wohneinheiten. Auf Jeromes Plänen waren es nur drei gewesen, fiel ihr auf. In einer davon war bestimmt ihr Vater. Aber in welcher?

Sie hörte das Öffnen einer Tür, dann ein Pfeifen, das so spontan und melodiös zugleich wohl nur einer hinbekam. Shakira ging in die Knie und spähte vorsichtig an den Kartons vorbei.

Antoine trat aus dem vorletzten Zimmer und ging mit locker federnden Schritten über den Gang in die Zentrale. Da war ihr Vater schon mal nicht. Das letzte Zimmer war garantiert das von Niemand selbst. Shakira erinnerte sich, dass es noch mal ein Stück größer gewesen war als die anderen.

Sie schob sich hinter den Kartons hervor und betrachtete die Tür des ersten Zimmers. »ZUTRITT FÜR ERWACHSENE VERBOTEN!« verkündete ein albernes Schild mit einem wutentbrannten Babygesicht darauf. Unter dessen zornigen Lippen stand: »HIER WOHNT WOLFGANG!«

Sollte man jemandem mit solchen Schildern milliardenschwere Forschungen anvertrauen? Egal. Damit blieb nur noch das Zimmer daneben. Shakira legte ihren Kopf an die Tür.

»Mendeljev läuft … und läuft … und schießt! Knapp vorbei!«

Da schaute jemand Fußball. Es war wohl klar, wer.

»Menf, sind hier alle pünktlich!«, sagte Wolfgang anerkennend. Er hatte auf einem Tisch einen Videoprojektor aufgebaut, den er an seinen Laptop angeschlossen hatte. Hier wollte er in zwanzig Minuten seine Forschungsergebnisse präsentieren. Tatsächlich war auch Antoine bereits da und saß am Konferenztisch, an dem er summend seine Fingernägel feilte. Am hinteren Kopfende saß Herr Niemand und schaute ausdruckslos nach vorne.

»Foll ich vielleicht Herrn Bitter holen?«, fragte Wolfgang.

»Ergebnisse um neun. Nicht früher. Nicht später«, entschied Herr Niemand, und keiner widersprach.

»Dann geh ich noch mal für kleine Hamster«, sagte Jerome und sprang vom Tisch. Da ihm keiner Beachtung schenkte, startete er kein großartiges Ablenkungsmanöver und lief geradewegs ins Versuchslabor.

Keines der Tiere hatte sich an seine Anweisungen gehalten. Alle saßen weiterhin in ihren offenen Käfigen. Dann musste er dem Glück wohl mal wieder nachhelfen.

Er stellte sich unter den vergitterten Zugang zum Lüftungssystem und katapultierte sich aus dem Stand nach oben. Er krallte sich mit einer Pfote am Gitter fest und löste die Verriegelungen. Das Gitter sackte mit ihm ein Stück nach unten. Der Lüftungsschacht lag frei. Jerome schwang ein bisschen hin und her und ließ dann los. Er landete passgenau vor dem Käfig seines Artgenossen.

»Super! Super! Super!«, sagte der.

»Danke«, antwortete Jerome und zog seine Käfigtür auf. »Du machst jetzt auch ein bisschen Akrobatik. Wenn du da oben bist, immer geradeaus und dann weiter, weiter, weiter.«

»Warum? Warum? Warum?«

»Um zu überleben, du Schwachkopf!«, fauchte Jerome ihn an. »Spürst du das denn nicht?«

Der Hamster schaute ihn verdutzt an.

»Das Grummeln? Das Grummeln? Das Grummeln?«, fragte er dann.

»Ganz genau. Also, Pfötchen her und raus hier.«

Jerome nahm die Pfoten des Hamsters, drehte sich mit ihm dreimal im Kreis und schleuderte ihn in den Lüftungsschacht.

Jerome schaute die Maus und das Meerschweinchen in den Käfigen daneben an.

»Braucht ihr auch einen Flug oder schafft ihr es selbst?«

»Ich habe das Grummeln auch bemerkt«, sagte die Maus, und das Meerschweinchen nickte. »Ich dachte, ich hätte was Falsches gegessen«, murmelte es.

»Glaubt mir, Freunde, gegen das, was das Grummeln bedeutet, ist eine Lebensmittelvergiftung ein Spaziergang.«

Das Meerschweinchen stieß seine Käfigtür auf. »Dann machen wir uns wohl besser mal auf den Weg. Über die Regale da sollte ich es schaffen. Und du auch.« Die Maus nickte.

Sie setzten sich in Bewegung und krabbelten und hüpften über das fast leere Wandregal zur Lüftungsklappe.

»Danke«, riefen beide wie aus einem Mund zum Abschied. Aus dem Lüftungsrohr wurde das »Danke« noch dreimal wiederholt.

»Keine Ursache«, sagte Jerome. Drei Leben gerettet. Und damit auch die Grundlage für den letzten Akt gelegt, dachte er.

Shakira hatte nicht geklopft. Sie war einfach eingetreten. Ihr Vater hatte es nicht gemerkt. Er lag auf seinem Bett, gebannt von den Ballbewegungen auf dem Bildschirm. Shakira betrachtete erst ihn und dann den Fernseher. Sie merkte einen Stich unterhalb ihres Herzens. Ja, Fußball. Den hatte er schon immer geliebt. Sie konnte sich nicht mehr an viele gemeinsame Unternehmungen erinnern aus der Zeit, als sie noch eine »normale« Familie gewesen waren. Aber Fußball hatte er ein paarmal gespielt mit ihr. »Jetzt zeig ich dir mal, was so ein Papa alles draufhat«, hatte er gerne verkündet, wenn er auf dem Sportplatz den Ball herausholte. Gebrüllt hatte er auch dann immer, wenn es nach einer halben Stunde 3 : 2 für die Vierjährige stand.

Trotzdem hatte es ihr Spaß gemacht. Weil einem Kind alles Spaß machte, was Papa oder Mama mit ihm unternahmen. Sie schluckte den lästigen Kloß im Hals, der sich bei diesem Gedanken bildete, herunter und trat dicht ans Bett. Ihr Vater blickte immer noch wie hypnotisiert auf das Spiel.

»Hallo, Papa«, sagte sie. Mit einem leisen Schrei zuckte er zusammen und sah sie dann mit weit aufgerissenen Augen an.

»Shakira! Wie … was machst du hier?«

»Dich retten«, antwortete sie. »Verschwinde hier. Die Kombination im Aufzug ist 3-3-8. Einfach eintippen und du kommst hier raus.«

Kevin Bitter zog misstrauisch die Augenbrauen zusammen.

»Ich kenne die Kombination. Jerome hat sie mir auch schon verraten. Irgendwie wollen alle, dass ich gehe, bevor wir hier fertig sind. Steckst du mit dem Hamster unter einer Decke?«

Shakira schaute ihn weiter ruhig an.

»Wenn jemand mit dem Hamster unter einer Decke steckt, dann ja wohl du. Eure Zusammenarbeit war schließlich die Grundlage, damit ich die Zusammensetzung einer sehr gefährlichen Substanz verrate.«

»Und dafür werde ich jetzt die Belohnung einstreichen«, rief Kevin und setzte sich auf. Er griff nach Shakiras Hand. »Ich weiß, das war alles ein bisschen unfair, aber ich habe es doch auch für dich getan.«

Shakira zog ihre Hand zurück.

»Du wirst keine Belohnung einstreichen«, sagte sie. »Keine Ahnung, was die mit dir machen, aber garantiert nicht belohnen.«

»Ach ja?« Nun schaute er wieder misstrauisch. »Und warum nicht?«

»Weil die Substanz nicht funktioniert«, erklärte Shakira. »Ich

habe ihnen fast zweihundert Seiten einer Rezeptur angefertigt, die zwar aussieht wie Antoines Wunderpulver, aber garantiert nicht die gleichen Effekte hat.«

»Das glaube ich nicht.« Ihr Papa verschränkte die Arme. »Du dachtest, sie erpressen dich. Du dachtest, deine Freunde sind in Gefahr.«

Die leichte Traurigkeit, die sich seit Betreten des Zimmers in Shakira breitgemacht hatte, wich einem anderen Gefühl. So ähnlich musste sich ein Vulkan fühlen, bevor er seine Lava in die Luft schoss.

»Ja, ich dachte, sie wären in Gefahr. Und jetzt bist *du* in Gefahr«, gab sie zu. »Aber hätte ich ihnen das echte Rezept gegeben, wären viele andere Menschen auch in Gefahr gewesen. Tausende. Millionen.«

»Aber … aber«, stotterte Kevin. »Aber ich bin nicht irgendein Mensch! Ich bin dein Vater.«

Die Lava stieg höher. Von Shakiras Bauch hinauf in ihre Stimmbänder, die sie zum Vibrieren brachte.

»Ach ja?«, rief sie. »Du bist mein Vater? Rein biologisch betrachtet mag das stimmen, aber soll ich dir mal sagen, was ein Vater eigentlich ist?«

Sie merkte, dass ihr Zornestränen in die Augen stiegen. Sie fühlten sich gut an.

»Ein Vater ist jemand, der sich Sorgen um einen macht, wenn es einem schlecht geht. Der da ist, wenn man ihn braucht, selbst wenn man es ihm nie sagt. Der sogar dableibt, wenn man ihn behandelt wie den letzten Dreck, weil er einen trotzdem liebt und immer an das Gute in einem glaubt. Aber, nur um dich zu beruhigen: Ja, ich habe einen Vater. Er heißt Wichmann.«

Kevin saß da wie vom Donner gerührt. Einen Moment herrschte Stille.

»Das war groß, oder?«, hörte sie hinter sich. Sie drehte sich um. Max und Pascal waren da. Und Juan stand auf Max' Schulter.

»Ganz genau. Das war groß«, bestätigte Pascal.

WAHRE GRÖßE

MAX

Juan hielt sich an Max' rechtem Ohr fest, beugte sich herüber und wischte ihm fürsorglich mit seiner freien Pfote die Träne ab, die sich unter seinem Auge gebildet hatte.

»Sehr gut«, lobte die Maus. »Auch Männer sollten Gefühle zeigen.«

»Wer sind die denn?« Auch Kevin Bitter zeigte Gefühle. In seinem Falle eine Mischung aus Verwirrung und Verärgerung.

»Meine Freunde«, erklärte Shakira. »Die mich offensichtlich mittlerweile besser einschätzen können, als mir lieb ist.«

»Danke für die Blumen«, sagte Max. »Aber eigentlich konnte nur Juan dich richtig einschätzen. Wir hätten uns mal wieder arglos vergiften lassen.«

Er warf Shakira einen scharfen Blick zu.

»Okay, Papa, du siehst, ich bin bestens versorgt mit sozialer Fürsorge. Also verschwinde jetzt besser, bevor Niemand und Co. feststellen können, dass du ihnen leider nur ein völlig wirkungsloses Pülverchen verschafft hast.«

Kevin Bitter schwieg ein paar Sekunden. Dann stand er vom Bett auf und stellte sich gerade hin.

»Nein«, entschied er. »Wenn ich im Gefängnis eins gelernt

habe, dann dass man für das, was man tut oder verbockt, geradesteht.«

»Im Gefängnis lernt man auch nichts Sinnvolleres als auf unserer Schule«, bemerkte Pascal. Max war nicht seiner Meinung.

»Herr Bitter, ich finde, das stimmt. Solange man für den Mist, den man fabriziert, höchstens eingesperrt wird. Hier liegt der Fall anders. Ihre Kumpane sind gefährlich. Extrem gefährlich.«

»Auch deshalb muss ich bleiben. Schließlich muss ich euch beschützen. Ihr seid ja noch Kinder.«

»Moment!«, hakte Pascal sich ein. »Hier muss keiner bleiben! Wir latschen jetzt schön in den Aufzug und lassen die ganzen Kriminellen hier mit ihrem nutzlosen Wundermittel allein!«

»Stimmt«, sagte Max.

Shakira drehte sich um. Jetzt sah sie nur noch schuldbewusst drein.

»Es ist okay, wenn ihr geht«, sagte sie. »Aber ich … ich muss noch was erledigen.« Max runzelte die Stirn. Er hatte keine Ahnung, wovon sie sprach. Juan anscheinend schon.

»Sie will Jerome noch rausholen«, sagte er mit sanfter Stimme. Nach kurzem Zögern nickte Shakira.

»Bist du bescheuert?«, wütete Pascal los. »Der blöde Hamster ist doch schuld an dem ganzen Schlamassel.«

»Aber manchmal ist Schuld völlig egal«, sagte Juan. »Manchmal will man jemanden auch retten, der es eigentlich nicht verdient hat.«

»Das ist ja wirklich Blödsinn«, rief Herr Bitter.

»Davon haben unter anderem Sie profitiert«, ergänzte Juan mit scharfer Stimme. »Und Sie helfen uns gerade nicht weiter. Max, streck mal bitte deine Hand aus.«

Max tat, was Juan wollte. Die Maus flitzte über den ausgestreckten Arm auf seine Handfläche und schaute Herrn Bitter fest an.

»Was soll das?«, sagte Shakiras Vater. »Willst du mich hysterisieren? Kannst du das etwa auch noch?«

»Hypnotisieren heißt das. Ja, kann ich, dauert aber. So viel Zeit haben wir nicht. Daher zeige ich Ihnen jetzt mal einen kleinen Hamstertrick.«

Juan kugelte sich auf Max' Hand zusammen.

»Gibt 'ne Beule, muss aber sein«, nuschelte die Fellkugel.

Dann schoss Juan direkt auf Kevin Bitter zu, bretterte mit einem lauten »Tock« gegen seine Stirn und landete auf seinen Füßen, während Herr Bitter ohnmächtig rückwärts auf dem Bett landete.

»Fünf nach neun«, stellte Herr Niemand fest. »Dieser Bitter ist wirklich unprofessionell. Aber gut, er muss die Ergebnisse ja auch nicht kennen. Wolfgang, Sie können anfangen.«

Wolfgang klatschte an seinem Pult begeistert in die Hände und schaltete den Videobeamer an seinem Computer an. Jerome schaute von seinem Platz auf dem Konferenztisch durch die Fenster hinaus auf den Gang. Hatte Bitter doch noch Vernunft angenommen? Jeromes extrem gut ausgebildetes Gehör erlauschte tatsächlich das leise »Bing« des Fahrstuhls. Er unterdrückte ein Lächeln. Nun waren nur noch Menschen da, die das, was kam, wirklich verdient hatten.

In diesem Moment vibrierte die Erde. Antoine betrachtete irritiert sein zitterndes Sektglas, das er sich »zur Feier des Tages« befüllt hatte.

»Waf war daf denn?«, fragte Wolfgang. Herr Niemand runzelte die Stirn.

»Keine Ahnung«, sagte er dann. »Aber ich mache hier erst mal die Schotten dicht. Nicht dass wir unerwünschten Besuch bekommen.«

Er stand auf und ging zur Eingangstür des Hauptraums. Dort legte er seinen Daumen auf den Fingerabdrucksensor. Das Licht im Raum nahm einen rötlichen Ton an.

»Sicherheitsabsperrung aktiv«, informierte eine Frauenstimme sachlich. »Aufhebung nur durch autorisierte Person.«

»Die bin übrigens ich. Nur ich«, erklärte Herr Niemand. Er nickte Jerome zu. »War eine gute Idee, dass du das mitgeplant hast.«

»Planung ist alles«, sagte Jerome sachlich und rieb sich nicht die Pfoten, obwohl er allen Grund dazu gehabt hätte. Er hatte sich einiges überlegt, wie er Niemand dazu bringen könnte, die Absperrung zu aktivieren. Jetzt hatte ihm die ungeplante Ankündigung des bevorstehenden Naturereignisses diesen Job schon mal abgenommen.

»Gut«, sagte Wolfgang. »Dann fangen wir an. Ich mache daf Licht auf, daf gibt eine fönere Ftimmung.« Er griff in seinen Laborkittel, zog eine kleine Fernbedienung heraus und verdunkelte damit den Raum. Nur die Projektion mit dem Titel AUSWERTUNG DER ERGEBNISSE erhellte den Raum.

EINGESPERRT MIT BÖSEN MENSCHEN

MAX

Max schaute Shakira mit ungutem Gefühl an. »Ähm … was heißt das jetzt mit der Sicherheitsabsperrung, wovon die Frau da gerade gesprochen hat?«

»Das heißt, dass wir jetzt auf den unteren zwei Etagen eingesperrt sind, bis sie wieder freigegeben werden.«

»Bin ich jetzt sehr egoistisch, wenn ich erwähne, dass mir das eigentlich alles viel zu riskant ist für diesen verräterischen Hamster?«, fragte Pascal.

»Ich hab euch gesagt, ihr sollt mit meinem Vater nach oben verschwinden!«, verteidigte sich Shakira fauchend.

»Ist gut jetzt, Kinder«, hakte sich Juan ein. »Es ist, wie es ist. Lasst uns mal schauen, was da vorne läuft.« Er wuselte über den Gang und schob seinen Kopf unter der Eingangstür des Hauptraums hindurch. Shakira, Max und Pascal krochen unter der Fensterfront entlang, um keine ungewollten Blicke zu riskieren.

»Ich finde wirklich nicht, dass der Hamster das verdient hat«, grummelte Pascal hinter Max.

»Halt doch mal die Backen«, zischte Max ihm zu. »Deine Meinung bringt uns jetzt auch nicht weiter.«

Kriechend versammelten sich die drei um die Tür. Juan zog seinen Kopf heraus.

»Okay«, sagte die Maus. »Dieser Typ mit Schnauzer hält gerade einen Vortrag. Alle Zuhörer sitzen an einem langen Tisch, zum Glück mit dem Rücken zu uns. Links hinten stehen ein paar Kisten, dahinter könnt ihr euch verstecken, wenn ihr es schnell genug schafft. Ich öffne die Tür, ihr schiebt euch rein und dann zackizacki hinter die Kisten. Verstanden?«

Die drei nickten. Max fragte sich, ob seinen Freunden auch gerade das Herz senkrecht in die Hose rutschte. Juan schob sich durch die Tür. Ein paar Sekunden vergingen. Dann bewegte sich die Klinke und die Tür schob sich lautlos ein Stück auf. Max drückte vorsichtig dagegen und übernahm dann die Vorhut.

SHAKIRA

Shakira bog als Letzte um die aufgestapelten Kisten. Während die Jungs sich fest an diese drückten, als könnten sie ihnen vor irgendetwas Schutz gewähren, drehte sich Shakira auf ihren Knien um und spähte vorsichtig in den Raum. Juan, der auch wissen wollte, was hier gerade lief, krabbelte ihr auf die Schulter.

Wolfgang mochte ein begnadeter Wissenschaftler, Architekt und Ingenieur sein – ein begnadeter Redner war er nicht. In seinem Vortrag führte er offensichtlich nicht erst seit Kurzem durch endlos lange Excel-Tabellen mit Daten zur Zusammensetzung des Stoffes, dessen Verabreichung sowie der Verfassung der Versuchstiere vor, während und nach der Gabe der Substanz. Er schien nicht vorzuhaben, in absehbarer Zeit zum Punkt zu kommen. Da würde er ja auch nicht allzu viel zu berichten haben, dachte Shakira.

Herr Niemand am Tisch blickte starr geradeaus und ließ sich keinerlei Regung anmerken. Antoine, der rechts von dem auf dem Tisch zuhörenden Jerome saß, spielte unter der Tischplatte mit seinem Smartphone.

»Bevor wir nun zu den Ergebniffen kommen, vielleicht noch ein Wörtchen zur Methodik.« Immerhin: Wolfgang wechselte von einer Excel-Tabelle zur nächsten.

»Nein«, unterbrach ihn Herr Niemand. »Kommen wir gleich zu den Ergebnissen. Um Mitternacht will ich hier die Zelte abgebrochen haben.«

Wie zur Unterstreichung seiner Autorität vibrierte der Boden wieder leicht. Shakira fragte sich wirklich, was das war. Hätte sich über ihnen eine Tiefgarage befunden, hätte sie sich das erklären können. Aber für Autos gab es nur den Parkplatz.

Wolfgang schaute enttäuscht drein, klickte dann aber weiter zu einer eigentlich schlichten Grafik, die im Vergleich zu den vorigen Zahlenreihen wie ein Feuerwerk der Farben wirkte, auch wenn es sich nur um drei Kurven in Blau, Rot und Gelb handelte.

»Alfo«, sagte Wolfgang und zeigte auf die blaue Linie, die bis auf leichte Schlenker nach oben und unten verhältnismäßig gerade verlief. »Daf ift die Gehirnaktivität unferer Verfuchfmauf in den Tagen vor der Fubftanz. Die hier vom Meerfweinchen …« – er zeigte auf die gelbe Linie – »… und die von unferem Hamfter. Alfo deinem Kollegen, fozufagen.« Er zwinkerte Jerome zu. »Und daf …« – mit großer Geste klickte Wolfgang noch einmal auf den Laptop – »… ift die Entwicklung in den letzten vierundzwanzig Ftunden.«

Drei weitere Linien in denselben Farben schossen nach oben.

Shakira kniff ungläubig die Augen zusammen. Das konnte nicht sein.

»Die Intelligenzsteigerung ist also eingetreten?«, fragte Herr Niemand nach.

»Zweifelfohne.« Wolfgang nickte.

Shakira hörte, wie Max neben ihr ein verblüfftes »Hä?« flüsterte. Ein Wort, das sie genauso in ihrem Kopf hatte.

»Und die Unterdrückung des eigenen Willens?« Niemand beugte sich ein Stückchen weiter vor.

Wolfgang klickte weiter. Man sah die Röntgenbilder dreier Gehirne, unter denen »Maus«, »Hamster« und »Meerschweinchen« stand. Ein recht großes Areal war knallrot eingefärbt.

»Hier haben wir die Gehirnregionen, in denen die eigene Willenfbildung ftattfindet. Vorgeftern noch fehr aktiv, wie wir fehen.« Mit einem Klick erschienen dieselben Gehirne noch einmal darunter – völlig identisch. Doch das rote Areal war nicht nur kleiner geworden, sondern auch nur noch in zartem Rosa markiert.

»Ich betone: Daf ift daf Ergebnif weniger Ftunden. Dauerhaft verabreicht, würde daf noch anderf auffehen. Beffer. Ftabiler.«

»Du hast ihnen doch das richtige Rezept gegeben?«, fragte Juan flüsternd in ihr Ohr. Shakira schüttelte so energisch den Kopf, dass sie die Maus damit fast davonschleuderte.

»Also ein voller Erfolg?«, fragte Herr Niemand nach.

»Voller alf voll«, sagte Wolfgang sichtlich stolz.

In Shakiras Kopf schwirrten die Gedanken. Das konnte nicht sein. Das war einfach nicht möglich.

Sicher, viele der Zutaten waren aus dem Originalrezept gewesen, einfach, damit Antoine sich erinnerte, dass er davon schon

mal gehört hatte, und nicht sofort den Schwindel bemerkte. Aber die Dosierung und die Zusammensetzung waren völlig abweichend gewesen. Und sie hatte jede Menge Unsinn hinzugefügt. Herrgott, sie hatte sogar Bachblüten und Knoblauchöl dazuerfunden!

»Fein«, sagte Niemand. »Dann wär's das. Wolfgang, du kannst hier alles abbauen. Antoine, die Überweisung ist schon auf deinem Konto. Und falls unser proletarischer Mitverschwörer fragt: Er kriegt nichts. Für so einen lächerlichen Betrag die eigene Tochter zu verraten, ist wirklich beschämend ehrlos. Und wenn das ein Mann ohne Ehre wie ich sagt, will das schon was heißen.«

Anscheinend wollte er einfach aus dem Raum marschieren, doch ein Räuspern hielt ihn auf.

»Dürfte ich noch eine kleine Rede halten?«, fragte Jerome.

Niemand hielt inne. Dann streckte er seine Handfläche aus.

»Bitte«, sagte er. »Du bist schließlich der Einzige, der nichts hiervon hat – und uns trotzdem von vorne bis hinten zu diesem Erfolg geführt hat.«

Sowohl Wolfgang als auch Antoine applaudierten, während Jerome auf Niemands Hand krabbelte. Der Kriegstreiber stellte sich vor das Pult und hielt Jerome vor seine Brust, während Wolfgang Platz nahm und den Hamster aufmerksam ansah. Auch Shakira war ganz Ohr.

JEROMES GROẞER AUFTRITT

JERÔME

»Danke schön«, sagte Jerome, damit auch Wolfgang endlich mal aufhörte zu klatschen. Nun war Ruhe. Antoine widmete sich bereits wieder seinem albernen Handyspiel, bei dem er unter Zeitdruck Hamburger und Sandwiches belegen musste.

»Ja, unser aller Auftraggeber hat schon recht – auf den ersten Blick erscheint es vielleicht etwas merkwürdig, warum ich mich für dieses Unterfangen so eingesetzt habe. Geld – ja, das ist der Grund für Antoine und dich …« – Wolfgang schaute etwas schuldbewusst auf die Tischplatte, während sich Antoine einen nichtexistenten Fussel vom Kragen wischte –, »… doch Geld ist nichts, was einen Hamster antreibt. Aber ich bin aufgewachsen in der Gesellschaft eines Mannes, der eine Vision hatte. Eine Vision, wie diese Welt besser werden könnte.«

Nun schaute Antoine auch hoch und lächelte geschmeichelt.

»Wie wir alle wissen, war diese Vision Blödsinn, aber das gilt ja damit nicht zwangsläufig für jede Vision.« Antoines Lächeln fror fest, während Jerome hinter sich Niemand erstmals lachen hörte. Ein Geräusch so gruselig wie alles an ihm.

»In vielen einsamen Nächten an Antoines Computer habe ich

mir ein genaues Bild dieser Welt machen können. Dabei habe ich gesehen, was diese Welt immer wieder aufs Neue formt: Krieg.«

»Sehr richtig«, bemerkte Herr Niemand.

»Und als sich der Mann bei uns meldete, der wie kein Zweiter diese Kriege ermöglicht, vorantreibt, neue Wege und Mittel findet, sie zu befeuern und zu verschärfen, wusste ich: Jetzt kann ich eine Vision verwirklichen. Die Vision einer Welt …« – er machte eine kleine Kunstpause – »… ohne diesen Mann und ohne Menschen, die gewissenlos genug sind, ihn zu unterstützen.«

Damit warf Jerome den Kopf zurück und versenkte seine Zähne in dem Daumen der Hand, die ihn hielt.

»Au!«, schrie Niemand und schüttelte ihn ab. Jerome landete auf der Tischplatte, stellte sich aufrecht hin und schaute Niemand fest an. Der funkelte ihn böse an, während er an seinem verletzten Finger saugte.

»Ich glaub, mir wird flecht«, murmelte Wolfgang. »Ich kann doch kein Blut fehen.«

»Falls Sie es noch nicht begriffen haben sollten, Herr Niemand«, sagte Jerome. »Das ist der Daumen, den Sie brauchen, um die Sicherheitssperre wieder aufzuheben. Dummerweise wird er, wenn die Wunde erst mal verheilt ist, so vernarbt sein, dass der Sensor diesen Daumen nicht mehr erkennt.«

»Ich bin mit den beiden hier für immer eingesperrt?« Nun kam Leben in Antoine, der sich bislang noch recht ruhig verhalten hatte.

»Blödsinn«, murmelte Herr Niemand. »Mag sein, dass ich mit meinem Daumen nichts mehr ausrichten kann. Aber ich werde schon dafür sorgen, dass uns jemand hier rausholt.«

»Ähm … die Ficherheitffperre gilt leider auch für alle Kommunikationffyfteme«, erklärte Wolfgang.

»Ach, deswegen komm ich nicht ins Internet«, sagte Antoine mit Blick auf sein Smartphone.

»Was?«, brüllte Niemand Wolfgang zornig an. »Wieso das denn?«

»Ftand fo in den Konftruktionfplänen«, verteidigte sich Wolfgang kleinlaut.

Jerome grinste Niemand an.

»Ich habe an alles gedacht«, sagte er.

»Gut, dann können wir vielleicht auch keine Hilfe holen. Aber wenn ich mich wochenlang nicht melde, wird man mich suchen. Meine wenigen Vertrauten wissen, wo ich bin. Und über uns ist ein gut gefülltes Vorratslager, das uns solange ernährt.« Nun grinste Niemand. Er hörte damit auf, als er merkte, dass auch Jerome weiterlächelte.

»Warum grinst du immer noch?«

»Weil keiner Sie suchen wird. Weil keiner glauben wird, dass Sie noch leben. Das liegt an drei Fakten, die Ihnen bislang noch nicht bekannt waren.«

Niemand hielt sich seinen schmerzenden Daumen und schaute Jerome abwartend an.

»Erstens: Die Ahlsfelder Ebene war vor Jahrmillionen einmal ein Gebiet voller mächtiger Vulkane.«

»Ha, ich wusste das!«, warf Antoine begeistert ein. »Darüber gibt's eine sehr hübsche Präsentation oben im Informationszentrum.«

»Zweitens: Hamster spüren, wenn sich Naturkatastrophen anbahnen.«

Der Boden vibrierte wieder leicht. Herr Niemand schaute irritiert nach unten.

»Drittens: Nach Jahrmillionen wird der Vulkanismus in der Ahlsfelder Ebene wieder erwachen. In genau dreißig Minuten. Keine Ahnung, wo die Lavaströme genau hinfließen werden, aber keine Sorge: Ihr seid hier geschützt. Euch sterben zu lassen, wäre natürlich einfacher, nur leider gehört Mord so gar nicht zum genetischen Programm von Hamstern, und ich möchte nicht meine evolutionären Wurzeln verraten. Der Effekt für den Rest der Welt ist aber glücklicherweise derselbe. Keiner wird ahnen, dass hier noch menschliches Leben existiert und darauf wartet, befreit zu werden, während es sich von eingelagerten Fertiggerichten ernährt. Die reichen übrigens nicht nur Wochen, sondern mindestens zehn Jahre. Aber ihr solltet besser mit den Portionen sparen.«

Endlich sah Jerome in Niemands Augen, was er immer dort hatte sehen wollen.

Angst.

Es herrschte Stille.

Bis eine Stimme plötzlich die Frage »Hier bricht gleich ein Vulkan aus?« in den Raum schleuderte.

DA ★ IST ★ DOCH ★ WER ★ ★

MAX

Das war dann wohl zu viel für Pascal gewesen, um sich noch zurückzuhalten. Nun stand er da, für alle deutlich sichtbar hinter den Kisten, und schaute Jerome entgeistert an. Max stand auf und fühlte sich ordentlich unwohl mit der ungeteilten Aufmerksamkeit. Dass Juan auf seiner Schulter saß, hatte etwas ungemein Tröstliches in einer Situation, in der Trost aber leider nicht allzu viel brachte. Auch Shakira kam aus ihrem Versteck hervor.

»Ihr schon wieder«, sagte Antoine.

»Ihr fon wieder«, murmelte Wolfgang.

»Wir schon wieder«, sagte Shakira.

Jerome lief über den langen Konferenztisch und blieb an dessen äußerstem Ende stehen und sah sie fassungslos an.

»Was machst du hier?«, hauchte er.

»Ich wollte meinen Vater retten, auch wenn er es nicht verdient hat«, antwortete Shakira und strich ihm sanft über den Kopf. »Und dich.«

Jerome starrte auf die Tischplatte. »Das wollte ich nicht.«

»Ja, vielen Dank auch, das hilft uns jetzt wirklich weiter!«, schrie Pascal neben Max. »Hier bricht gleich ein Vulkan aus und dann sind wir mit diesen Irren für immer eingesperrt.«

»Bitte nicht«, wimmerte Antoine. »Ich kann Kinder nicht länger als zwei Stunden am Stück ertragen!«

»Wir werden sie einfach umbringen«, schlug Niemand vor. Die Augen des Hamsters verengten sich zu Schlitzen. Er drehte sich um. Dann nahm er Anlauf, galoppierte in einem Wahnsinnstempo die Tischplatte entlang, bevor er sich an deren Ende zusammenrollte und als kompakte Fellkugel gegen Niemands Stirn schlug. Die Wucht warf den Kriegstreiber rückwärts um. Er blieb besinnungslos vor dem Pult mit dem Videobeamer und dem Computer liegen.

»Guck mal, der kann das auch«, murmelte Max.

»Hab ich mir zugegebenermaßen bei ihm abgeguckt«, erklärte Juan.

Der Boden vibrierte wieder.

Jerome sprang wieder auf die Tischplatte. Wolfgang und Antoine, die erstarrt dasaßen, nahm er kaum noch wahr. Er hatte nur Augen für das Mädchen, das da am Ende des Tischs stand und auf das er nun langsam zuging. Das Mädchen, das er verraten hatte für sein Ziel. Das ihm vergeben hatte und ihn sogar retten wollte. Und dem er nun als Dank ein Los beschert hatte, das nur die schurkischsten Verbrecher verdient hatten. Seine Augen brannten. Hamster konnten nicht weinen. Normale Hamster zumindest nicht. Als er bemerkte, dass Shakira ihn immer noch nicht böse anschaute, sondern fast mitleidig, brachen alle Dämme, und die Tränen begannen zu fließen.

»Shakira, das hättest du nicht tun sollen«, sagte er. »Es gibt keinen Notausgang. Es gibt kein Sicherheitsnetz. In weniger als zwanzig Minuten bricht ein Vulkan aus und niemand wird euch finden.«

Das Mädchen nahm einen der Stühle und schob ihn an die Fensterfront vor dem Versuchsraum. Sie stieg darauf, griff nach oben und öffnete die kleine Klappe am Lüftungsrohr. Dann kehrte sie schweigend zum Tisch zurück und streckte ihm die Hand entgegen. Er stieg darauf.

»Jetzt kräftig in die Hände klatschen!«, rief Pascal, der als einziges der Kinder richtig sauer wirkte. Obwohl sie alle mehr als genug Grund dazu hatten.

Doch Shakira klatschte nicht in die Hände. Sie ging zurück und kletterte wieder auf den Stuhl.

»Dann musst du wohl dafür sorgen, dass uns jemand findet«, flüsterte sie ihm zu und drückte ihm einen Kuss auf den Kopf.

»Ich wär dir dankbar, wenn ich hier wieder rauskomme, bevor ich erwachsen bin.«

Jerome schluckte und nickte. Sie hob ihn hoch und er stieg in den Lüftungsschacht. Langsam trottete er voran. Das Lüftungsrohr brummte leicht unter ihm, als würde die Erde langsam und tief Luft holen.

»Jerome!«, rief es hinter ihm. Er drehte sich um. Im durch die Lüftungsklappe eintretenden Licht sah er die Silhouette der Maus, die auf ihn zuging.

»Ich glaube, ich sollte da noch was klarstellen«, rief Juan ihm zu. »Also warte mal.«

Die Maus hatte ihn schon einmal besiegt. Und die Maus war ein echter Freund von Shakira. Ein echter Freund ließ einem so

etwas nicht einfach so durchgehen. Aber Jerome musste hier raus. Er musste dafür sorgen, dass diese Kinder wieder herauskamen. Er hatte keine Zeit für einen Kampf, in dem er vielleicht unterliegen würde.

Er drehte sich um, rannte los und verwandelte sich im Lauf in eine Kugel, die das Lüftungsrohr entlangschoss.

BÖSES ERWACHEN

Shakira zog den Stuhl zurück an den Tisch und ließ sich darauf fallen. Sie war plötzlich unglaublich müde. Neben ihr setzte sich auch Max hin und schaute sie unglücklich an.

»Ich hab Angst«, sagte er.

»Und ich bin immer noch sauer«, sagte Pascal.

»Ich auch«, pflichtete Wolfgang ihm bei. »Warum müfft ihr immer wieder auftauchen und allef komplizierter machen?«

»Schön, dass ihr alle sauer seid«, seufzte Shakira. »Ihr habt jetzt mehr als genug Zeit, euch abzureagieren.«

Dann runzelte sie die Stirn. »Was soll das eigentlich heißen mit ›Warum müsst ihr immer wieder auftauchen?‹ Sie kennen nur mich und selbst ich bin hier streng genommen zum ersten Mal aufgetaucht.«

»Das dachte ich auch gerade«, rief Antoine.

Ein Stöhnen schob die Beantwortung dieser Frage auf. Herr Niemand war wieder erwacht und richtete sich auf, während er die fette Beule an seiner Stirn vorsichtig betastete.

»Verdammt«, zischte er. »Das war alles ein Fehler.« Er schlug mit der geballten Faust auf den Tisch. »Und ich mache nie Feh-

ler.« Shakira genoss den Ausdruck echter Verärgerung auf seinem Gesicht.

»Ich habe eine gute und zwei flechte Nachrichten für Fie«, sagte Wolfgang und stand auf. »Damit ef fpannender wird, mache ich ef abwechfelnd.« Shakira schaute ihn aufmerksam an. Was kam denn jetzt noch?

»Die erfte flechte Nachricht: Meine Teftergebniffe waren gelogen. Keinef der Verfuchftiere hat irgendwelche Leiftungffteigerungen erzielt. Ich habe, ehrlich gefagt, nicht mal Verfuche durchgeführt, Fie wollten ja zum Glück nie dabeifein.«

Shakira fiel ein Stein vom Herzen. Sie hatte nicht rein zufällig ein weiteres Wundermittel erfunden.

»Die Formel hat auch gar nicht gestimmt«, rief sie dazwischen.

Wolfgang nickte ihr anerkennend zu. »Klugef Mädchen.« Er wandte sich wieder an seinen Auftraggeber. »Die gute Nachricht: Waf die Abfirmung der unteren Etafe angeht, habe ich mich nicht an die Vorgaben def Hamfterf gehalten. Ich kann unf alle hier noch rechtzeitig raufholen.«

Er ging zum Pult und tippte auf dem Laptop herum.

»Hey, wir haben wieder Netz«, rief Antoine. »Ich kann wieder Freunde in mein Spiel einladen.« Er schwenkte erfreut sein Smartphone.

Wolfgang griff in die Tasche seines Laborkittels, zog eine winzige Pistole heraus und feuerte damit in Antoines Richtung. Eine kleine blaue Flamme schlug aus seinem Display und er warf erschrocken das rauchende Handy auf den Tisch.

Shakira spürte ein erwartungsvolles Kribbeln in den Zehen, das langsam ihr Bein hinaufstieg und in ihrem Bauch wohlige Wärme entfachte. Wolfgang steckte die Pistole zurück in seine

Tasche und tippte weiter auf dem Laptop herum. Ein Ladebalken erschien.

»Es fehlt noch eine schlechte Nachricht«, sagte Herr Niemand.

»Ach ftimmt. Da war noch waf«, stimmte Wolfgang zu.

»Die zweite flechte Nachricht: Ich heife gar nicht Wolfgang.«

Er strich sich die strubbeligen Haare vom Kopf und legte eine modische Kurzhaarfrisur frei. Dann zog er die Brille ab. Ohne die groteske Vergrößerung wirkten seine Augen wach, klar und hochintelligent. Zum Abschluss entfernte er seinen Bart und zog sich seine obere Zahnreihe aus dem Mund.

»Die Zähne waren echt das Schlimmste«, murmelte die Person, die eindeutig kein Wolfgang war.

»Deswegen hat er so komisch gesprochen«, erklärte ein bleich gewordener Antoine wohl eher sich selbst als irgendjemandem sonst.

»Nein«, korrigierte die Frau, die eben noch Wolfgang gewesen war. »So gesprochen habe ich, damit ihr mich nicht wirklich ernst nehmt. Oberflächliche Zeitgenossen halten nämlich jeden für dumm, der nicht so aussieht oder eben so klingt, wie sie das für richtig halten. Eigentlich eine Schande, dass dieser Uralttrick immer noch so hervorragend funktioniert.«

Max klappte die Kinnlade herunter. Es dauerte ein paar Sekunden, bis er begriff, was hier gerade passiert war.

»Mit meiner Menschenkenntnis ist es echt nicht weit her«, murmelte er dann.

»Hä?«, fragte Pascal. »Wer ist die Frau? Muss man die kennen? Was geht hier überhaupt ab?«

»Das ist Eva-Maria Schröcklich«, erklärte Max. »Die Schwester von Sibylle Schröcklich. Sie hat Shakira und mich damals aus dem Wasserwerk geholt.«

»Hallo, Max.« Eva-Maria nickte ihm zu und er hob grüßend die Hand. »Alles klar so weit?«

Er zuckte mit den Schultern. »Na ja, ich freue mich, Sie zu sehen und so, aber ehrlich gesagt, bricht hier gleich ein Vulkan aus, und Sie sehen irgendwie so aus, als hätten Sie noch was zu erledigen.«

»Ich kenne diese Frau.« Max schaute zu Antoine, der sehr bleich geworden war. »Ich wette, der Vulkanausbruch ist nicht das Schlimmste, was uns heute bevorsteht.«

Sein Kopf sank auf die Tischplatte.

»Sagen wir mal so«, erklärte Eva-Maria. »Heute ist ein schlechter Tag für Kriegstreiber und Erpresser, aber ein sehr guter Tag für gemeinnütziges Engagement.« Sie lächelte Niemand, der sie nicht aus den Augen gelassen hatte, aufmunternd zu. Wie zur Bestätigung brummte die Erde erneut.

HINAUS IN DIE WELT

Auch wenn das Lüftungsrohr ihm schier endlos vorgekommen war – irgendwann schoss er doch ins Freie. Die herrlich frische Luft der Ahlsfelder Ebene drang in seine Lungen, er entrollte sich und landete auf den Hinterläufen. Jerome rannte auf den kieselbedeckten Parkplatz und versteckte sich hinter den Rädern eines Mercedes. Er lugte hinter dem schwarzen Gummi hervor und sah, wie aus dem unscheinbaren Erdloch an der Seite des Hotelbergs eine graue Kugel schoss, die sich ebenfalls entrollte und nicht weniger elegant als er selbst landete. Eines musste man dieser Maus lassen. Sie lernte verdammt schnell.

»Jerome!« Juans Stimme klang erstaunlich kräftig durch die Nacht. Ein Hotelangestellter, der wohl gerade seine Schicht beendet hatte, kam die Treppe herunter. »Jerome, jetzt komm raus! Wir müssen reden!«. Der Angestellte schaute sich verblüfft auf dem Parkplatz um und kratzte sich dann müde über die hervorsprießenden Bartstoppeln. Juan hatte ihn nun auch bemerkt, schwieg und lief dann kopfschüttelnd davon. Er hatte wohl eingesehen, dass Jerome kaum mit einem »Hallo, hier bin ich! Du kannst mich ruhig töten!« hervorkommen würde. Ja, intelligent war die Maus schon. Aber mit ihren Instinkten war

es nicht weit her. Er suchte Jerome nämlich genau in der falschen Richtung.

»Hallo! Hallo! Hallo!«

Jerome zuckte erschrocken zusammen und fuhr herum. Hinter ihm stand der Versuchshamster und sah ihn freudig an.

»Mann! Was machst du noch hier?«, fuhr Jerome ihn an. »Spürst du das denn nicht? Dass hier in knapp zehn Minuten richtig was passiert?«

»Doch! Doch! Doch!« Sein Artgenosse klatschte freudig in die Vorderpfoten. Jerome wiederum hatte nicht übel Lust, ihm seine linke Vorderpfote ins Gesicht zu klatschen angesichts dieser himmelschreienden Dämlichkeit. Wie doof waren seine Verwandten eigentlich, wenn sie gar keine intelligenzsteigernden Substanzen untergeschoben bekamen?

»Dann guck, dass du Land gewinnst!« Jerome packte ihn an den Schultern, wendete ihn in die Gegenrichtung und zeigte zur Straße, die aus der Ahlsfelder Ebene hinausführte. »Da lang! Und nicht umdrehen!«

Natürlich drehte sich der Dussel um.

»Aber! Aber! Aber!«, fing er an, doch Jerome bugsierte ihn wieder in die korrekte Ausgangsposition.

»Kein Aber! Da lang! Immer der Straße nach! Und lauf mir bloß nicht hinterher! Wenn es hier richtig losgeht, habe ich keine Zeit für einen Klotz am Bein.« Er gab ihm einen Stoß in die richtige Richtung und lief dann selbst über den Parkplatz auf das kleine Kiefernwäldchen zu.

Von dort aus würde er den besten Ausblick haben. Das spürte er einfach. Das Mädchen konnte er vorher eh nicht mehr herausholen. Dort unten war es solange zumindest sicher. Er würde sich das Spektakel ansehen und dann überlegen, wie es weiterging.

Als er die Wiese hinter dem Parkplatz erreicht hatte, drehte er sich noch einmal um. Der Hamster stand immer noch an dem Auto und guckte verwirrt drein. Wahrscheinlich hatte er schon wieder vergessen, in welche Richtung er sollte. Aber gut, wenn die Erde sich erst mal auftat und ihre feurigen Innereien ausspie, würde wohl sogar er endlich mal die Beine in die Hand nehmen.

Jeromes Blick wanderte hoch zum Hotel, das friedlich im Mondschein lag. Er seufzte. Es war ihm wirklich gut gelungen. Schade, dass es nur eine Kulisse war. Eine Kulisse, aus der die Darsteller – die Hotelangestellten und die Gäste, die das Sonderangebot vor der offiziellen Eröffnung gebucht hatten – bald schreiend fliehen würden. Noch taten sie es nicht. Anscheinend waren die Erdstöße tatsächlich nur in den unteren Etagen zu spüren gewesen.

Aber wenigstens können sie fliehen, dachte er beklommen. Dieses Glück hatten die da unten nicht.

Er setzte seinen Weg zum Kiefernwäldchen fort.

MAX

Das Schweigen war schon sehr lange unangenehm geworden, fand Max. Aber zugegeben, Herrn Niemands graue, eintönige Stimme war noch unangenehmer, als sie es endlich brach. »Was meinen Sie damit genau?«

Auf der Leinwand hinter Eva-Maria Schröcklich war der Ladebalken zu drei Vierteln voll geworden.

»Das dauert offensichtlich noch einen Moment«, sagte sie. »Dann kann ich es Ihnen ja noch kurz zeigen. So sehe ich wenigstens Ihr Gesicht. Natürlich sind Gefühle völlig unprofessionell in meinem Beruf, aber etwas Spaß muss sein.« Die Agentin zog auf ihrem Laptop ein anderes Fenster nach vorne. Es war schon wieder eine dieser langweiligen Excel-Listen. Wenn man die als Erwachsener ständig vor sich hatte, konnte Max gerne noch ein bisschen mit dem Älterwerden warten.

»Amnesty International, WWF, Verein gegen dämliche Handyspiele«, las Niemand vor.

»Sie haben derzeit ein Vermögen von rund sieben Milliarden Euro«, unterbrach Eva-Maria Schröcklich ihn. »In dieser Excel-Tabelle finden Sie eine Liste von siebentausend mehr oder weniger bekannten Organisationen, die allesamt etwas gemeinsam haben: Sie wollen – mehr oder weniger professionell, mehr oder weniger ernsthaft, mehr oder weniger im großen oder kleinen Maßstab – nur eines: diese Welt schöner, besser, interessanter machen.«

»Gesellschaft für Alpenjodeln in Gebärdensprache«, las Pascal vor.

»Die machen coole Sachen«, erklärte Eva-Maria.

»Institut für Einhornforschung?«, hatte auch Shakira einen interessanten Eintrag in der Liste entdeckt.

»Entschuldigung, ich hatte zwar eine Menge Zeit, während ich keine Tierversuche durchgeführt habe, aber siebentausend ist echt eine Hausnummer. Da nimmt man halt irgendwann alles, was man irgendwie sympathisch findet. Außerdem wäre es schön, wenn man mich nicht dauernd unterbrechen würde.«

»Entschuldigung«, sagte Shakira.

Max schaute sie verblüfft an. Hatte sich Shakira Bitter gerade entschuldigt?

»Also«, fuhr Eva-Maria Schröcklich fort. »Siebentausend Organisationen. Und wenn Sie …« – sie schaute Herrn Niemand ein paar Sekunden schweigend an, bevor sie fortfuhr »… den nächsten Morgen lebendig und in Freiheit verbringen möchten, werden Sie allen eine Spende in Höhe von einer Million Euro zukommen lassen. Sie und Ihr Geld kommen quasi hinaus in die Welt.«

Sie zog das andere Fenster wieder in den Vordergrund. Statt des Ladebalkens war eine leere Zeile zu sehen.

»Denn das Einzige, was ich leider in meiner Zeit hier nicht rausgefunden habe, ist Ihr Passwort für das Onlinebanking. Ich habe die besten Programme drüberlaufen lassen, aber sie schaffen es einfach nicht. Also brauche ich es von Ihnen selbst.«

Die Erde vibrierte wieder. Sie hörte damit auch gar nicht mehr auf.

»Und zwar ziemlich schnell, wenn ich die Sprache der Natur hier richtig deute.«

Immerhin: Müde war Shakira nicht mehr. Das nahm ja interessante Wendungen hier. Aber gut, sie würden viel Zeit haben, sich darüber auszutauschen.

Denn das würde auf gar keinen Fall funktionieren.

»Nein«, bestätigte Herr Niemand ihre Vermutung knapp. Eva-Maria zog ihre linke Augenbraue hoch.

»Nein?«, fragte sie nach.

»Von Ihrer Warte aus ein guter Versuch«, erklärte Herr Niemand. »Aber ich werde mein Geld hier nicht rausschießen. Nach aktuellem Stand ist das kein vernünftiger Deal. Der Hamster hat nicht mit diesen …« Er zeigte auf das Ende des Konferenztischs.

»… Kindern …«, half Shakira ihm auf die Sprünge.

»… gerechnet. Die wollte er nie hier eingraben. Also werden wir hier sicherlich nicht Jahre warten, bis wir wieder rauskommen. Ich tippe auf Wochen. Vielleicht Monate – sicher, das braucht Geduld. Aber Geduld habe ich. Ich bin in einem Geschäft, das Geduld erfordert, damit es sich lohnt.«

»So weit richtig, Ihre Argumentation«, gab Eva-Maria zu. »Aber dummerweise fehlen Ihnen noch Informationen. Denn hier wird keiner eingesperrt, wenn Sie sich weigern. Der Hamster hat in seinen Bauplänen alles darauf angelegt, dass das hier ein sicherer Bunker ist, wenn alles unter Lavamassen begraben wird. Doppelte metallene Zwischenwände, die Erdstöße abfedern und eine überlebensfähige Temperatur sicherstellen. Eine robuste, autonome Strom- und Wasserversorgung, die nicht auf die Außenwelt angewiesen ist. Aber eines sollten Sie mittlerweile begriffen haben.«

Der leere Blick von Niemand, der auf der Agentin ruhte, bewies, dass er nichts begriffen hatte. Shakira schon.

»Sie hat sich nicht an die Anweisungen gehalten. Weder an Ihre noch die von Jerome«, erklärte sie. »Dieser Keller ist nicht sicher. Wir werden hier nicht eingesperrt. Wir werden einfach …«

»… sterben«, vollendete Max leise den Satz.

»Oh Gott, das ist wie in diesen Horrorfilmen, in denen man Angst hat, dass gleich die zehn Meter große Ameise um die Ecke kommt«, sinnierte Pascal düster vor sich hin. »… aber dann ist es die hundert Meter große Ameise.«

Eva-Maria Schröcklich zeigte auf die leere Zeile, die an die Wand projiziert war. »Passwort oder Tod. Das sind die Optionen.«

»Sie lassen diese Kinder nicht sterben.« Niemand blieb stur.

»Da würde ich nicht drauf wetten«, warf Antoine ein. »Ich kenne diese Frau. Die ist komplett irre.«

»Ich mag diese Kinder. Aber ich nehme meinen Beruf sehr ernst. Ein Abbruch aufgrund persönlicher Sympathien oder Befindlichkeiten ist nicht vorgesehen. Ganz oder gar nicht.« Die Agentin schaute zu Max, Pascal und Shakira. »Sorry, Kids.«

»Schon gut«, murmelte Max.

»Finde ich nicht«, fauchte Pascal.

Ein weiterer Stoß ließ den Tisch wackeln.

»Also: Her mit dem Passwort«, forderte Eva-Maria. Niemand ging zu dem Rechner und strich über die Tastatur.

Dann kehrte er zurück an den Tisch und setzte sich wieder hin.

»Nein«, sagte er.

Eva-Maria schaute erneut zu Shakira. Ihr Blick war nicht mehr selbstbewusst und strahlte Stärke aus, sondern nur noch aufrichtiges Bedauern.

Shakira stieß den Stuhl hinter sich weg und marschierte zum Laptop.

»Dann gucken wir mal. Ich bin zum Glück ganz gut mit Passwörtern.«

EINE FRAGE DES INSTINKTS

Jerome hatte die Waldgrenze erreicht und drehte sich um. Ja, das war er. Der perfekte Ort, um ein seltenes Naturschauspiel zu beobachten. Die Geburt eines neuen Vulkans, ein sehr später Nachfahre seiner zahlreichen Ahnen in der Frühgeschichte dieser Landschaft. Vulkane hatten mit ihren Lavaströmen die einzigartigen Hügel- und Bergformationen geformt, ihre nährstoffreiche mineralische Asche eine fantastische Pflanzenwelt sprießen lassen. Ein neuer Vulkan würde nun in fünf, vielleicht sechs Minuten all das unter sich begraben, was seine Vorfahren erst möglich gemacht hatten. Aber noch war davon nichts zu merken. Hier oben schwieg der Boden vollständig. Das Hotel gegenüber lag im Dunkeln, über sich eine Tausendschaft heller Sterne. Bald würden sie durch dichten Rauch nicht mehr zu sehen sein. Doch noch waren sie da und leuchteten. Sie waren wunderschön.

»Schön! Schön! Schön!«, erklang es neben Jerome, als hätten seine Gedanken ein Echo in den Bäumen erzeugt. Er drehte sich zur Seite.

Neben einer Kiefer stand der Versuchshamster und lächelte abwechselnd ihn und den Sternenhimmel an.

»Ich habe dir doch gesagt, dass du verschwinden sollst«, seufzte Jerome.

»Auf den letzten Metern läuft irgendwie alles ganz anders, als du es dir gedacht hast, oder?«

Jerome sah, wie das Gras sich vor ihm bewegte. Zwischen den Halmen erschien die Maus. Sie hatte ihn gefunden. Aber es war okay. Sie war ein echter Freund der Kinder. Sie würde sie nicht im Stich lassen.

»Versprich mir, dass du sie da rausholst«, sagte Jerome. »Ich werde mich nicht wehren.« Er streckte den Kopf nach vorne und präsentierte der Maus seinen freigelegten Hals.

»Ähm … was soll das denn jetzt?«, fragte Juan.

»Mach es bitte schnell.«

»Nein! Nein! Nein!«, flehte der Hamster neben ihm.

»Boah, also ein bisschen krank bist du aber schon, oder?« Juan schüttelte angewidert den Kopf. »Du hast echt zu viel Zeit mit den falschen Leuten verbracht. Ich will dich nicht töten. Ich will mit dir reden, das habe ich doch gesagt.«

Jerome senkte wieder den Kopf und schaute ihn fragend an.

»Worüber willst du mit mir reden?«

»Über Instinkte«, antwortete Juan. »Aber vielleicht siehst du besser selbst.«

Die Maus setzte sich neben ihn. Auch der Versuchshamster nahm neben ihm Platz. So saßen sie zu dritt, schauten hinab ins Tal und warteten.

MAX

Der Boden hörte nicht mehr auf zu vibrieren. Max' Füße kribbelten bei jedem Schritt, den er auf Shakira zuging. Sie starrte konzentriert auf den Bildschirm vor sich. Immer wieder erschienen schwarze Punkte in der leeren Zeile. Das Geräusch, das ertönte, wenn Shakira nach dem nächsten Versuch auf die Enter-Taste hackte, klang immer wie ein Donnerschlag.

Doch der Donner gab den Weg nicht frei. Eva-Maria Schröcklich legte Shakira die Hand auf die Schulter.

»Wie gesagt: Die besten Programme haben es nicht geschafft«, erklärte sie sanft.

»Programme erkennen keinen Sinn. Keine Werte«, sagte Shakira. »Nichts, was für diesen speziellen Menschen so viel Bedeutung hat, dass er genau dieses eine Passwort wählt.«

»Geld«, rief Pascal ihr zu. »Den interessiert nur Geld!«

»Hab ich schon durch«, murmelte Shakira. »In allen Sprachen. Mit Geburtsjahr, mit Kontostand, mit Ausrufezeichen.«

Max stand jetzt hinter ihr.

Er sah zu Niemand, der keinerlei Reaktion auf Pascals Vorschlag gezeigt hatte. Wie ja auf eigentlich alles. Nichts schien ihm etwas anhaben zu können. Nichts schien ihn wirklich zu interessieren.

Er spürte ein eigenartiges Gefühl. Es war, als würde direkt in seinem Bauch Wissen produziert und ihm durch das Rückgrat ins Gehirn schießen. Das war es wohl, was Juan immer als Instinkt bezeichnete.

»Nichts«, murmelte er. »Nichts bedeutet Niemand etwas.«

»Hab ich auch schon durch«, grummelte Shakira.

»Nein«, sagte Max. Er schob sie behutsam zur Seite und löschte die schwarzen Punkte in der Zeile, mit denen Shakiras nächster Versuch begann. »Ich meine wirklich nichts.«

Die Zeile war leer. Max drückte Enter.

»Guter Gedanke«, lobte Eva-Maria, »... aber das ist schon rein technisch nicht mög...«

Sie verstummte, als der Anmeldebildschirm verschwand. Eine große grüne Sieben mit neun Nullen war zu sehen.

Darunter tauchte eine Bankverbindung auf, dahinter ein Minus mit einer Million. Dann die nächste Bankverbindung. Wieder eine. Noch eine. Die große grüne Zahl wurde immer kleiner. Schon nach einigen Sekunden, während derer rasend schnell Bankverbindungen erschienen, war die Sechs deutlich näher gerückt.

In diesem Moment hörte der Boden auf zu zittern. Max' Füße kribbelten nicht mehr. Es war sehr, sehr still.

Max schaute hoch.

Herr Niemand war blass geworden.

ALLES MUSS RAUS

»Jetzt«, flüsterte Jerome. »Jetzt ist es so weit.«

»Jetzt! Jetzt! Jetzt!« Der Versuchshamster klatschte rhythmisch-freudig in die Hände.

Jerome wartete auf das donnernde Krachen, mit dem das Inferno starten würde.

Doch es kam nicht. Das Hotel lag weiterhin friedlich im Mondschein, keine Rauchsäule schoss dahinter in den Himmel, kein blutroter Glutschein warf sein bedrohliches Licht in die Nacht. Nur Stille. Sonst nichts.

»Aber … aber … das kann nicht sein«, murmelte Jerome.

»Es gibt Wissenschaftler, die halten Instinkt für die tierische Form der Intelligenz«, sagte Juan neben ihm. »Ohne Instinkt würde kein Tier überleben. Menschen haben kaum Instinkte. Es scheint fast so, als würde mit fortschreitender Intelligenz der Instinkt in gleichem Maße abnehmen.«

»Ich habe Instinkt!«, zischte Jerome ihn an. »Ich habe es gespürt! Dass es jetzt, hier und heute passiert!«

Juan nickte. »Und du hattest ja auch recht – irgendetwas war da. Wir alle haben das Grollen der Erde gespürt. Aber ich glaube, bei der Bedeutung des Ganzen hast du dich vertan.«

Jerome starrte suchend in die immer noch friedliche Nacht, während Juan weiterredete.

»Ich vermute, das ist, wie wenn ein Kind in einem anderen Land aufwächst. Es lernt die Sprache, aber dann zieht es weg und irgendwann kann es die Sprache nicht mehr sprechen. Es versteht irgendwie noch etwas, doch wirklich übersetzen – Fehlanzeige.«

»Ha!« Jerome wies auf eine Stelle einige Meter vor ihnen im Gras. »Da! Es passiert!«

Tatsächlich: In der Wiese regte sich etwas.

SHAKIRA

Shakira betrachtete zufrieden, wie die große grüne Zahl immer kleiner wurde.

»Nein!« Niemand sprang auf und stürzte auf den Rechner zu. Shakira nahm den Laptop hoch und hielt ihn schützend im Arm, doch bevor Niemand bei ihr war, stolperte er, schlitterte zur Seite und rutschte auf dem glatten Boden in die andere Richtung des Raums. Er schlug mit dem Kopf gegen die Wand zum Versuchslabor.

Max ging zu der Stelle, an der Niemand gestolpert war, und hob ein kleines schwarzes Rechteck auf.

»Ist das Ihr Handy?«, fragte er Antoine. Der ging zu ihm.

»Ja. Danke.« Er nahm ihm das Smartphone ab und steckte es in die Vordertasche seines Hemdes. Shakira stellte den Rechner wieder auf den Tisch und schaute Antoine fragend an.

»Ähm … Sie sind einer der Bösen in dieser Geschichte. Wa-

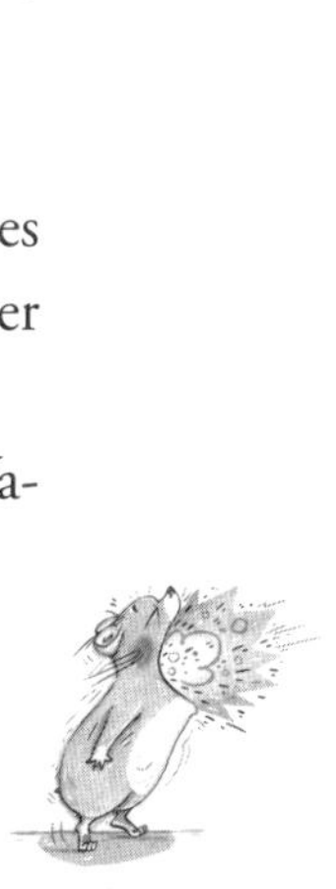

rum werfen Sie dem anderen Bösen ein Handy zwischen die Beine?«

»Na ja, ich habe mein Geld ja. Und ansonsten schien es mir ganz sinnvoll, wenn er keines mehr hat. Er ist ja nun wirklich ein unangenehmer Zeitgenosse.«

Niemand richtete sich in der Ecke stöhnend auf.

Eva-Maria Schröcklich nahm einen Kugelschreiber aus ihrem Mantel und klickte dreimal darauf.

»Operation Niemand abschließen?«, fragte eine Männerstimme aus dem Kugelschreiber.

»Operation Niemand abschließen«, bestätigte die Agentin. »Den Hubschrauber bitte. In fünf Minuten.«

»Ich will auch so einen Kugelschreiber«, jammerte Pascal in der Ecke.

»Kompliment, Antoine«, sagte Eva-Maria. »Für lernfähig hätte ich Sie nicht gehalten.«

»Das ist das Schicksal von attraktiven Menschen«, seufzte er. »Man hält sie immer für viel dümmer, als sie sind. Aber ja, ich habe gelernt. Und ich habe einen Plan: Ich werde die Ahlsfelder Ebene zu neuer, nie gesehener Blüte führen! Sie ist einfach wunderschön. Und das Hotel ist doch ein toller Anfang!«

»Wird aber gleich von einem Vulkanausbruch platt gewalzt«, wandte Shakira ein.

»Stimmt«, sagte Max. »Was ist eigentlich mit dem Vulkanausbruch?«

Ein paar Grashalme in der Wiese schüttelten sich. Dann bildete sich unter ihnen ein feiner Riss, aus dem langsam aufgelockerte Erde quoll, die sich kreisrund und bröckchenweise um die offene Stelle verteilte.

»Ist das ein Maulwurf?«, fragte Juan, während die Erde sich weiter gemächlich aufschichtete. »Ein sehr langsamer Maulwurf?«

»Haha, Maulwurf! Haha, Maulwurf! Haha, Maulwurf!«, amüsierte sich der Versuchshamster und klatschte weiter.

»Nein, das ist … das ist«, stotterte Jerome, der nicht fassen konnte, dass das hier gerade wirklich passierte.

Der Hügel hörte auf einer Höhe von etwa fünfzig Zentimetern auf zu wachsen. Feiner Rauch drang durch die lockere Erde auf der Spitze, als hätte man darunter eine Zigarette eingegraben.

Dann flogen einige Bröckchen Erde zur Seite und mit einem nach einer bösen Erkältung klingenden »Sprotz« schoss ein Spritzerchen glühende Lava in die Luft.

»… das ist der Vulkan«, beendete Jerome mit leichter Enttäuschung in der Stimme schließlich seinen Satz.

LETZTE FORMALITÄTEN

MAX

Die letzten Überweisungen waren getätigt. Als der Kontostand auf Null war, verblasste die grüne Zahl auf dem Bildschirm.

»Vielen Dank, dass Sie sich für die Wina-Bank entschieden haben«, las Max in einem Infofenster. Shakira klappte den Laptop zu und reichte ihn Eva-Maria, die gerade mit einer braunen Aktentasche aus dem Versuchslabor kam.

»Danke schön«, sagte die Agentin. »Der Hubschrauber ist gleich da. Können wir euch irgendwo absetzen?«

Max schaute Shakira fragend an. Die schüttelte den Kopf.

»Ich bin auf Wanderurlaub mit Wichmann. Da hier ja anscheinend doch kein Vulkan ausbricht, werde ich wohl wandern.«

»Ich kann dir ein paar schöne Ecken zeigen!«, rief Antoine begeistert, was Shakira mit einem »Wagen Sie es nicht mitzukommen« abschmetterte.

»Na ja … ich denke, Sie könnten uns in dieses Camp zurückbringen«, sagte Max.

»Bist du irre?«, protestierte Pascal. »Ich gehe doch nicht zurück ins Strebercamp mit Drogenfrühstück, nachdem wir die Welt gerettet haben!«

»Das erfährt doch eh keiner«, seufzte Max.

»Da hat er leider recht«, sagte Eva-Maria und zog ein paar Dokumente aus ihrer Tasche, die sie ihnen aushändigte.

»Eure Geheimhaltungsvereinbarung. Kein Sterbenswörtchen zu Außenstehenden, sonst Folter, Tod, Fernsehverbot und so weiter. Kennt ihr ja schon von letztem Mal. Bitte einmal unten rechts unterschreiben.«

Sie hielt Max einen Kugelschreiber hin. Er nahm ihn und setzte seinen Schriftzug darunter.

»Ich werde also doch noch verhungern«, grummelte Pascal, während er von Max den Stift weitergereicht bekam.

»Antoine, Sie sorgen dafür, dass im Camp drogenfreies und schmackhaftes Essen serviert wird?«, fragte Eva-Maria.

»Kein Problem«, antwortete der Angesprochene. »Die Drogen gingen eh ganz schön ins Geld. Den Strom für den Zaun kann ich mir jetzt ja auch sparen.«

»Und ich kann mich darauf verlassen, dass die Geräte hier entsorgt werden?«, fuhr Eva-Maria fort.

»Natürlich! Diese Etagen hier kann man doch viel schöner nutzen«, sagte Antoine. »Ich denke, das wird ein Wellness-Bereich, wie ihn die Hotelbranche noch nicht gesehen hat. Aber was machen wir denn mit dem da?« Er zeigte auf Niemand. Dieser stand mit aschgrauem Gesicht auf und wankte langsam aus der Tür. Kurz darauf hörte man das »Bing« des Fahrstuhls.

»Er kann einfach gehen?«, fragte Max.

»Er ist keine Gefahr mehr«, erklärte Shakira. »Ohne Geld ist ein Mensch wie Niemand einfach nur ein Nichts.« Dann boxte sie Max aufmunternd auf die Schulter.

»Das mit dem Passwort war übrigens echt großes Kino«, sagte sie und lächelte ihn an.

JEROME

Mit einem letzten leisen »Sprotz«, der vielleicht noch ein Teelöffelchen Lava zutage förderte, beendete der Vulkan seinen Ausbruch. Die Glutmasse der ersten Eruption war bereits erkaltet. Jetzt sah sie aus wie stinknormaler Kiesel. An einem Maulwurfshügel.

»Ich war so ein Volltrottel«, sagte Jerome deprimiert. »Das war also die gewaltige Naturkatastrophe, auf der mein ganzer großer Plan aufgebaut hat. Der ist dann wohl im Eimer.«

Er hörte ein sirrendes Geräusch in der Luft. Er sah nach oben. Die Lichter eines Hubschraubers näherten sich dem Tal.

»Ich kenne diesen Helikopter«, erklärte Juan. »Der ist eigentlich immer ein ganz gutes Zeichen.« Er grinste Jerome aufmunternd an.

»Und was den Volltrottel angeht: Den kann ich ausschließen. Ein Hamster, der den mächtigsten Waffenhändler der Welt in eine Falle lockt, die er sich auch noch selbst baut, ist mit Sicherheit viel, aber kein Volltrottel.«

»Aber was soll ich jetzt tun?«, fragte Jerome.

»Nun, wenn du nichts gegen weite Reisen, gefährliche Missionen und die Gesellschaft eines alten Mannes und einer sehr charismatischen Maus hast, könnte ich dir einen Job anbieten.« Juan streckte Jerome seine Pfote entgegen.

»Abgemacht?«

Jerome schlug ein.

»Freunde! Freunde! Freunde!«, freute sich der weiter vor sich hin klatschende Versuchshamster.

EIN GRILLABEND AM BAGGERSEE

Sie kamen genau pünktlich. Die Kohle war gerade heiß genug, um die ersten Steaks und Shakiras Grillkäse auf den Rost zu legen.

Das Auto der Kühls hielt auf dem kleinen Parkplatz am Baggersee. Pascal, Max und seine Eltern stiegen aus. Alle waren mit Picknickkörben und Kühltaschen beladen, die sie auf den aufgeklappten Büfetttisch ausräumten.

»Oje«, lachte Wichmann. »Wer soll denn das alles essen?«

»Ich«, antwortete Pascal schnell. »Ich habe quasi drei Wochen Nulldiät hinter mir.« Er war tatsächlich in den letzten Tagen noch mal ein bisschen schlanker geworden, als er eh schon war, fiel Shakira auf. Die Agentinnen Schröcklich hatten zwar dafür gesorgt, dass keine Drogen mehr ins Camp-Essen gemischt wurden, geschmeckt hatte es Pascal deshalb wohl trotzdem nicht.

»Ein Glas Sekt für die Erwachsenen?«, fragte Wichmann und hielt Max' Mutter eines entgegen.

»Danke«, sagte sie. »Wir haben heute auch einiges zu feiern. Zum einen, dass wir alle unsere Kinder wieder dahaben« – sie knuddelte Max, was diesem offensichtlich nicht ganz so unrecht war, wie er tat –, »… und ich habe einen neuen Job!«

Wichmann prostete ihr zu. Auch Herr Kühl nahm sich ein Glas.

»Meine Frau ist jetzt ein ganz hohes Tier in Sachen umweltbewusstes Reisen!«, erklärte er.

»Mal gucken, wie lange ich das aushalte.« Frau Kühl nippte an ihrem Sekt, bevor sie weitersprach. »Ihr ahnt nämlich nicht, wer mein Chef ist.«

»Antoine Blanche«, antwortete Shakira. Die Erwachsenen schauten sie überrascht an.

»Stand im Wirtschaftsteil«, behauptete Shakira, und während ihr Onkel und Max' Eltern anerkennend nickten, zwinkerte sie ihren Freunden verschwörerisch zu.

»Ach, Max, bevor ich es vergesse«, rief Herr Kühl und zog eine Postkarte aus der Hintertasche seiner Jeans. »Opa hat wieder geschrieben! Seine Fotomontagen werden immer kreativer.« Er gab die Karte seinem Sohn, der sie anschaute und dann grinsend an Pascal und Shakira weiterreichte.

Vor der Chinesischen Mauer lächelten Wunibald Kühl, Jerome und Juan in die Kamera.

Es dämmerte bereits, als seine Eltern zum Aufbruch bliesen. Da Pascal und Max sich bereit erklärt hatten, alleine die Taschen und Körbe zu tragen, gingen sie Händchen haltend voran.

»Ich wünschte, ich hätte deine Eltern«, seufzte Pascal.

»Die waren auch nicht immer so«, erklärte Max und fühlte sich dabei selbst ein bisschen altklug. »Eltern muss man sich einfach richtig erziehen. Das dauert manchmal ein bisschen. Aber dann wird es auch richtig gut.«

Er drehte sich um. Shakira saß mit ihrem Onkel noch auf einer Decke und spielte Mau-Mau. Anscheinend hatte Wichmann gerade wieder verloren, denn er lachte kopfschüttelnd.

»Weißt du, an was ich gerade denke?«, fragte Pascal.

Max nickte. »An Juan. Als wir nach dem Camp zum Bahnhof gelaufen sind.«

»Es gibt einen Unterschied zwischen echt schön und falsch schön«, wiederholte Pascal die Worte der Maus.

Und ja, wenn man sah, wie Shakira ihren Onkel lächelnd beobachtete, während er die Karten erneut mischte, verstand man den Unterschied.

Natürlich magellan©

FSC®
www.fsc.org
MIX
Papier aus verantwortungsvollen Quellen
FSC® C083411

Wir pflanzen Bäume
Für unsere Umwelt
www.magellanverlag.de

FAIR
PRODUZIERT
www.magellanverlag.de

Hergestellt in Deutschland
Gedruckt auf FSC®-Papier
Lösungsmittelfreier Klebstoff
Drucklack auf Wasserbasis

1. Auflage 2020

Text: Mario Fesler
Illustrationen: Eva Schöffmann-Davidov
Umschlaggestaltung: Christian Keller
unter Verwendung einer Illustration von Eva Schöffmann-Davidov
Druck: CPI, Leck
ISBN 978-3-7348-4720-2

www.magellanverlag.de